ウェッジフィールド館の殺人

エリカ・ルース・ノイバウアー

ジェーンは英国の領主屋敷《マナ》に滞在していた。いっしょに旅行している叔母が館《やかた》の主《あるじ》である男爵とかつて恋仲で、ふたりのあいだに生まれた娘が男爵の養女になっていたのだ。ある晩、館の使用人が主の車を運転中に事故で死亡。車を調べてみると、ブレーキに細工されていたことがわかる。娘の身を心配する叔母に頼まれたジェーンは、折よく館を訪ねてきたレドヴァースと事件を調べはじめる。だが、ジェーンが操縦を教わっている複葉機の部品が壊されたり、怪しい人影が目撃されたりと不審な出来事が続き……。アガサ賞最優秀デビュー長編賞受賞シリーズ。

登場人物

ジェーン・ヴンダリー……………………夫を戦争で亡くした女性
ミリー・スタンリー………………………ジェーンの叔母
レドヴァース………………………………ジェーンの友人
エドワード・ヒューズ……………………男爵。ウェッジフィールド館の主《あるじ》
リリアン……………………………………ヒューズ卿の養女
アリステア…………………………………ヒューズ卿の甥
ポピー（ポップス）………………………アリステアの妹
マリー・コリンズ…………………………リリアンの友人
ジョン・ショウ……………………………ウェッジフィールド館の執事
マーサ・フェデク…………………………同、料理人兼家政婦
サイモン・マーシャル……………………同、整備士
ウィリアム・バーロウ……………………同、庭師
クイーニー・パウエル……………………同、通いのメイド
クリストファー（クリス）・ハモンド……ヒューズ卿の友人。元英国空軍《RAF》大佐
ヒュー・グレイスン………………………警部

ウェッジフィールド館の殺人

エリカ・ルース・ノイバウアー
山　田　順　子　訳

創元推理文庫

MURDER AT WEDGEFIELD MANOR

by

Erica Ruth Neubauer

This book is published in Japan
by TOKYO SOGENSHA Co., Ltd.
Japanese translation published by arrangement with
Kensington Publishing Corp.
through The English Agency (Japan) Ltd.

ウェッジフィールド館の殺人

ベス・マッキンタイヤに
いつも、いろいろとありがとう

1

一九二六年　イギリス

複葉機の車輪の片方が先に地面にぶつかり、翼が不安定に傾いたが、もう一方の車輪はきれいに着地し、小型機は正しい姿勢で、土を固めた滑走路に二筋の車輪の跡を残しながら減速し、ゆるゆると停止した。エンジンが唸《うな》り、目の前のプロペラの動きがぼやけて見える。

心臓の鼓動が平常にもどった。地面に激突すると覚悟したのだが。

「初めての着陸にしては悪くなかった！」

大きな声が聞こえて、わたしは後部の教官用操縦席にすわっている声の主をふりかえった。

「もう一度やってみたいですか？」

そう問われて、思わずにっこり笑ってしまった。そのとおり、ぜひともやってみたい。

「わたしが教えたとおりに、スロットルを開く。ペダルを踏む。さあ、行こう！」

そういわれて、わたしは英国のＤＨモス、正式にいえばデ・ハヴィランド社製の複葉機モスを発進させ、ペダルを踏み、ぎごちなく機体の向きを変えた。わたしの体勢がととのわないうちに、モスはぐっと右側に寄った。機体を回して滑走路に向ける。今度は背後から軽く風が吹いている。機体がふわりと空中に浮きあがり、並木の上空を飛ぶまで、わたしは緊張しきっていた。深刻なトラブルが生じた場合は、後部座席の教官が専用の操縦桿《かん》で的確に機体をコントロールしてくれる――とわかっていても、緊張が解けることはない。

なんだか、天使の息吹《いぶき》のままに上昇し、あるいは下降しているような気がする。流れる雲は、機体が落下しても受けとめてくれるほど硬くはないのだ。眼下には英国の田園が広がっている。うねるような緑の丘陵に散らばる白い点々は、草を食《は》んでいる羊たち。金色とオレンジ色のかたまりは紅葉した木々の葉。視界を流れていく風景をひとつも見逃さないようにする。自由と、仕切りどころか果てのない広い空と、無限の可能性とを、全身で感じとれて心臓が破裂しそうだ。あっというまに時間が過ぎた。ヒューズ卿の領地の上空で機体を旋回させてもどり、館《やかた》の敷地の片隅にしつらえられた私設飛行場の、土を固めた滑走路に向かった。

今回はかなりスムースに着陸できた。車輪が二個同時にやさしく地面にキスしてくれたので、機体は軽く横揺れしてから停止した。飛行場の横の緑地には少人数ながら見物人たちがいて、わたしたちの帰還を待っていた。

「ずっとよくなった！　ほぼ完璧といっていい」エンジンが停まると、元英国空軍《ＲＡＦ》飛行隊長であり、わたしの教官であるクリストファー・ハモンド大佐はそういいながら、ゴーグルを押しあげた。茶色の目がきらきら光っている。ハモンド大佐はひらりと教官用座席から降りた。わたしも、ぴったりと頭をおおっている革の飛行帽の上に、ゴーグルを押しあげた。自然に笑みがこぼれてしまう。

だが、ミリー叔母の顔を見たとたんに、わたしの笑みは引っこんだ。

「あんたがどうしてこんな訓練を受けたいといいはるのか、わたしにはどうしても理解できないよ、ジェーン」叔母の声が遠くから聞こえた。叔母はこのあざやかな黄色の複葉機に近づくことさえ、断固として拒否しているのだ。うっかり近づくと、飛行機にとっつかまって空高く運ばれてしまう、とでも思っているようだ。

「おそろしく危ないじゃないか。あんたが墜落して死んだら、あんたのおとうさんになんて説明すればいいんだい？」

飛行機が墜落して死んだということ自体が、最悪ながらもわかりやすい説明になっていると反論しそうになったが、なんとか舌を引っこめておいた。

「いや、危険はありません」ハモンド大佐はきっぱりいった。

わたしが前部の訓練生用座席を出て翼の上に立つと、大佐が手をのばしてくれた。その手を借りて、慎重に地面に降りる。

「この軍用練習機は、安全性においては非常に優秀な記録をもっているんです」ハモンド大佐はわたしにちかっと目くばせしてから、腕組みをして苦い顔をしているミリー叔母のほうに向かって歩きだした。

「ふうん」叔母は唸った。

この地方の領地の主《あるじ》であるエドワード・ヒューズ卿が、なだめるようにミリー叔母の肩を軽くたたいてから進みでてきて、ハモンド大佐と握手を交わした。「いいものを見せてもらったよ、ハモンド。格納するのに人手がほしいかね？」

ヒューズ卿はミリー叔母よりいくつか歳が上なのだが、いまなお端整だ。半白の髪は豊かだし、娘のリリアン同様に背が高く、体つきはひきしまっている。そしてリリアンと同じく屋外活動やスポーツを好むせいか、血色がよくて、見るからに健康そうだ。卿の足もとでぐるぐるはねまわっていた白い愛犬のラスカルが、ひゅっと前に出て、ハモンド大佐の足にじゃれついた。大佐はしゃがんで犬の耳のうしろを掻くようになでてやってから、小さな棒きれをみつけて放ってやった。ラスカルは嬉々として棒きれを追いかけ、かすかな風が吹くなか、みごとにそれを口でキャッチした。

「いえ、必要ありません。わたしが納屋に格納します。次回の飛行にそなえて、給油しておかなければなりませんし。今日の午後にも飛行なさりたいとおっしゃってましたね？」

ヒューズ卿は力をこめてうなずき、大佐と兵站《へいたん》や軽飛行機のことを論じながら、モスに近づいていった。ヒューズ卿と、ハモンド大佐こと元英国空軍の飛行隊長は長年の知己で、ヒューズ卿は交換条件を提案して、大佐に出張訓練をたのんだのだ。大佐は休暇を延長して田舎の館に逗留《とうりゅう》し、ヒューズ卿は飛行訓練の謝礼を大佐に支払うという取り決めで。

わたしは革の飛行帽をぬぎ、頭を振って、ボブカットにしてある赤褐色の髪をほぐした。地上にもどって固い大地を踏むのは、なんだか残念だ。ヒューズ卿と大佐から視線を移し、微笑しながらミリー叔母を見ると、叔母はまだわたしをにらんでいた。広い空を飛ぶという行為が、結婚以来、身にしみついてしまった閉所恐怖症とは正反対の解放感をもたらしてくれるのだということを、いくら説明しても、叔母にはわからないだろう。わたしの結婚生活がどれほど恐怖に満ちたものだったか、それをあからさまに叔母に説明できないからだ。

「館にもどろうか」ミリー叔母はわたしの返事を待たずに踵《きびす》を返した。わたしは足を速めて叔母に追いついた。

きりっと冷たい朝の空気に、吐く息が白い。ここ、英国でも、ときには底抜けに青い空が見られるし、きらめく陽光が冷たい空気を切り裂いてくれるのだが。

ウェッジフィールド館と呼ばれている領主屋敷《マナーハウス》と納屋のあいだには、踏み固められた長い小道がある。納屋には三台の車とモスが格納されている。先ほどわたしが乗っていた複葉機は、ヒューズ卿がロイヤル・エアロ・クラブから長期契約で借り受けたものだ。元は納屋だった、まにあわせの車庫兼格納庫のそばには厩舎《きゅうしゃ》がある。厩舎といっても、馬の大半は数年前に売却され、いまは二頭しかいない。

館は灰色の石造りの大きな建物で、正面玄関は白い大理石の柱が並ぶ、優美なポルチコだ。わたしの故郷、アメリカはボストンのこぢんまりとした煉瓦《れんが》造りの建物とはちがい、じつに大きくて堂々とした、りっぱな館だ。ミリー叔母とわたしは館の裏手にまわった。正面玄関にくらべるとぐっと小さな裏口から入ってすぐのスペースは、ウールのコートやスカーフなどを着脱できるホールになっている。わたしはそこのベンチに腰かけて、リリアンに借りた重い革の長靴と分厚い毛の靴下をぬぎ、ふだんの踵《かかと》の低い靴に履き替えた。わたしの身仕度がととのったころには、叔母はすでに奥に行ってしまい、姿が見えなくなっていた。機嫌の悪い叔母は放っておくことにする。

厨房《ちゅうぼう》から焼きたてのパンのいいにおいがするので、なかをのぞいてみた。だだっぴろい厨房は、かつては大家族や大勢の使用人の食事をまかなう場所だったのだが、現在は、料理人兼家政婦のマーサ・フェデクがひとりで切り盛りしている。ヒューズ卿は給排水の配管を新しくして、マーサの仕事が少しはらくになるように配慮している。片隅には最新式の料理用ストーブがでんと鎮座ましましている。壁の一面を占めている昔ながらの石造りの炉は、いまはほとんど使われていない。木製の傷だらけの調理台の上方のラックには、これまた新しい、ぴかぴかの鍋やフライパン類がずらりと吊りさげられている。料理用ストーブの上でぐつぐつと煮立っている大きな鍋にかかりきっていたマーサが、目をあげてわたしを見た。

「のぞいてないで入ってくるといいが、ミセス・ヴンダリー。ドアの側柱ってのは、剣呑だって知っとるがね」

そんなことは知らなかったが、マーサにいわれたとおり、わたしは厨房のなかに入った。

「とってもいいにおいがしてるわね、マーサ」

マーサはじろりとわたしを見た。清潔な白いキャップから、カールした赤い毛がこぼれている。腕のいい料理人のイメージとは裏腹に、マーサは背が高くてやせている。灰色の服をすっぽりとおおっているエプロンは小麦粉だらけだし、青白い頰にも小麦粉がついている。彼女はもう何年も、ヒューズ卿のもとで家事全般を担っているのだ。きれいな肌やてきぱきした態度からは、マーサの年齢は三十五歳なのか五十歳なのか、見当がつかない。あるいは、その中間あたりかもしれない。また、軽く訛《なま》っていることや、おいしい煮込み料理が得意なことを足しあわせても、マーサの出身地がどこなのか、これまた見当もつかない。

「今日のお夕食に出しますがね。赤いシチューといっしょに。でもいまおなかが空いているのなら、朝食室にまだお食事が置いてあるがね」

わたしはにっこり笑って礼をいい、マーサがこころおきなく料理に専心できるように厨房を出た。

つい先ごろ、あやうく死にかけたこともあって、ミリー叔母はしばしのあいだでも英国で実の娘のリリアンとすごしたいと思うようになり、わたしたちはエジプトを離れることにした。最初の計画ではエジプトからまっすぐアメリカに帰国する予定だったのだが。わたしとしては、突然に出現した従妹ともっとよく知り合いたかったので、予定変更は願ってもないことだった。

というわけで、叔母とわたしは、英国はイングランド南東部、エセックス州の田園地帯にある、ヒューズ卿の領地に逗留することになったのだ。ゴルフに関心がなければ、じつに静かな暮らしができる。ヒューズ卿はリリアンがゴルフの練習に専念できるように、館の敷地内にちょっとした規模のゴルフ練習場をこしらえたのだ。リリアンは起きているあいだのほとんどの時間を、そこですごしている。ゴルフに対する彼女の熱意はたいしたものだが、天候が悪いときには外でクラブを振るわけにはいかない——したがって、館の大広間は、パッティングの室内練習場と化している。

わたしはゴルフには関心がない。というか、ゴルフにかぎらず、スポーツ全般に興味がないのだ。

ヒューズ卿の館ですごしているうちに、エジプトでの危険と興奮に翻弄された日々は遠くなり、わたしにとっては平々凡々たる毎日になってきた。平穏というのは、最初は安心感をもたらしてくれるが、その時期が過ぎると、エネルギーの捌《は》け口を求めたくなる。幸いなことに、身近にハモンド大佐がいて複葉機の飛行訓練をしてもらえる——天候が許すかぎり、毎朝、空に飛びたてるのだ。この地に来てからまだ二週間だが、早くも二十時間の飛行記録を達成し、離陸にはかなり自信をもてるようになった。着陸も自然体でできるようになれればいいのだが……。

午後は敷地内を散歩したり、ヒューズ卿の図書室でおもしろい本を読みまくったりしている。ヒューズ卿の蔵書には現代小説もそろっているので、地上にとどまっていなければならない時間は、ミステリ小説を楽しむことができるのだ。エジプトでは現実に殺人事件が起こり、それに巻きこまれたあげく、事件の解決に手を貸したとはいえ、それはそれ。ミステリ小説への愛着はいっこうに変わらない。

エジプトでの殺人事件と、協力してその真相解明にあたったパートナーのことが頭に浮かんだが、急いで頭から追い出す。レドヴァースがいまどうしているのか、世界のどこにいるのか、わたしは知らない。どちらにしても、わたしには関係のないことだ。英国に来てからは、彼から連絡などないし、わたしも期待などしていない。いや、そんなことはどうでもいい。わたしはきっぱりと頭を振って雑念を追い払い、飛行訓練後の軽食をとろうと、朝食室に向かった。

2

午後はぐうたらとすごし、楽しみにしていた夕食の時間が迫ってきた。居間に行き、みんなと合流する。暖炉には火が燃えていて、丘陵の向こうに日が沈んでから、ぐんと冷えてきた空気を追い払っている。リリアンと、彼女の友人のマリー・コリンズは居間に入るなり、新品のラジオに駆けよってダイヤルを回した。

「ミリー叔母さん、麻雀《マージャン》をなさる？」わたしは暖炉のそばのマージャン・テーブルを手で示した。そのテーブルにはマージャンの準備がしてあり、すぐにでもゲームが始められるようになっている。

「ヒューズ卿がなさるのなら」

叔母はめずらしくほほえみを浮かべてヒューズ卿を見た。ヒューズ卿もほほえんだ。つながりが断たれていた長い歳月を超えて、いままた、ふたりが結びついたのだと思えるような瞬間だった。肥満ぎみで背が低く、毒舌家ともいえる叔母が、若いころに英国の貴族と不倫をした――その結果リリアンが生まれた――という事実に、わたしはまだ慣れていない。その不倫相手が、目の前にいる闊達《かったつ》な、初老に近い年配の男性だという事実にも。

わたしはしかつめらしい顔を保った。この問題は深く追求しないのがいちばんだ。

「いいとも」ヒューズ卿はハモンド大佐に顔を向けた。「ハモンド、四人目のメンバーになってくれるかね？」

「喜んで」

わたしたちはマージャン・テーブルを囲んだ。ミリー叔母が牌《パイ》をがらがらとかきまぜた。この音は〝雀《スズメ》のさえずり〟と呼ばれているとか。かきまぜた牌を各自が面前に二段に積む。叔母が荘家《おや》に決まり、ゲームが始まった。

やがてサイモン・マーシャル空軍大尉が姿を見せ、リリアンとマリーの仲間に入った。若いふたりのお嬢さんはラジオで気に入った番組がなかったらしく、いまは蓄音機のそばにある棚にぎっしりと並んだレコードコレクションを物色しているところだった。リリアンはサイモンを明るく迎え、さっそく彼にレコードを選ぶ手助けをたのんだ。サイモンはボタンダウンのシャツの袖をまくりあげ、何度も繕《つくろ》ったあとのあるツイードのズボンに、おしゃれなサスペンダーを着けている。この、こざっぱりとした身なりの若い男は、ヒューズ卿が住みこみで雇っている数人の退役軍人のひとりだ。サイモンはここで、車のメンテナンスをはじめ、さまざまな機器の修理や整備を受け持っている。最初は飛行機の整備士だったが、先の大戦のあいだに空軍大尉に昇進したという。わたしはこの若い男性とはほとんどつきあいがなかったが、ヒューズ家には欠くことのできない一員のようだ。

ヒューズ卿が牌を捨てる番になったとき、ジャズのレコードがかかった。サイモンは安楽椅子を何脚か部屋の隅に片づけて空間をこしらえると、リリアンとマリーを交互に相手にして、熱狂的にチャールストンを踊りはじめた。彼がリリアンを好きなのは誰の目にも明らかだが、リリアンをひとりじめしないだけの心遣いはしている。

片目の隅で三人を見ていると、サイモンがリリアンに心を寄せていることに、マリーが気づいているのがわかる。リリアンとサイモンが踊っているのを、マリーは腕組みをして、にらみつけるようにみつめているからだ。だが、サイモンの明るい人柄と、陽気な踊りかたには抵抗できないようで、マリーの番がきて、サイモンにきれいなスピンを決めてもらうと、つい先ほどの怖い顔もどこへやら、彼女の顔に笑みがこぼれた。

「ポン！」ミリー叔母が声をあげた。

叔母は五巡目ですでに同じ牌を三枚そろえたのだ。わたしもよそ見をせずに、ゲームに意識を集中することにした。

テーブルを囲んでいる四人のあいだでゲームが進む。ヒューズ卿が手の内を見ながら熟考していると、ミリー叔母がハモンド大佐に話しかけた。

「ハモンド大佐、大戦のときには、パイロットだったんですか？」

こんな質問を皮切りにして、叔母はなにをいいだすつもりなんだろう？

「そうです」ハモンド大佐はすわったままもぞもぞと体を動かした。どうやら、戦時中の話はしたくないらしい。

「ご結婚はなさってない？」

わたしはあきれた。わたしを再婚させようという叔母の企みは、依然として継続中なのだ。

「戦後、離婚しました」ハモンド大佐は淡々とそう答え、ミリー叔母に儀礼的な笑顔を向けた。

叔母が苦い顔をしたので、わたしはあやうく笑いそうになった。大佐のきっぱりしたことばにより、叔母の質問攻めは、初っぱなであえなく中断せざるをえなくなったのだ。ハモンド大佐はわかっているにちがいない――ミリー叔母には、姪であるわたしを離婚経験者と結婚させる気などまったくないことが。

叔母はマージャンの牌に視線をもどした。

ハモンド大佐が立ちあがった。「飲み物がほしいかたは？」

「お願いします」わたしはお手数をかけますという気持をこめて大佐にほほえんだ。「ジンリッキーを」

大佐はわたしに目くばせをしてよこし、中座をわびて、グラス類やさまざまな種類の酒のボトルが満載されたワゴンに向かった。すると、ヒューズ卿も席を立って、大佐のそばに行った。

大佐は冷静沈着で、めったなことでは動揺したりはしない――すでに何時間も空中で大佐に飛行訓練を受けたわたしには、それがよくわかっている。ミリー叔母の質問ごときに閉口するような大佐だとは思わないが、わたしのほうは、叔母がわたしを再婚させようと見えすいた画策をしていることに、少なからず心を乱されてしまった。またか、という気分だ。わたしには再婚する気のないこと、そして、ようやく勝ちとった自由を満喫できる幸福に浸っていることを、叔母は決して受け容れようとはしない。そう、ハモンド大佐は魅力的な男性――褐色の髪、感じのいい容貌の持ち主――だが、背の高さがわたしとどっこいどっこいなのだ。じっさいのところ、背中合わせに立つと、わたしのほうが一インチは高い。

背の高さといえば、わたしの頭の片隅には、あるハンサムな男性の記憶がいすわっている。その記憶は、追い払ったかと思うと、すぐにまた頭の片隅にもどってきてしまうのだ。

ハモンド大佐がわたしにジンリッキーを持ってきてくれた。大佐のぶんは、強い酒を調合してあるらしい丈の高いグラスだ。ヒューズ卿も、ミリー叔母にハイボールのグラスを、自分にはウィスキーを入れたスニフターグラスを持って、席にもどってきた。

ヒューズ卿の好みからいって、スニフターグラスの中身は、何十年も寝かせた年代物の、樽入りの高価なシングルモルトだろう。卿は簡素で気どらない暮らしをなさっているが、美酒には目がないようだ。

その点では、ヒューズ卿とミリー叔母は一致している。

飲み物を楽しんでいるあいだ、叔母は部屋の奥で熱狂的なダンスに興じている若者たちに目を向けていた。サイモンがリリアンをくるりと回転させてから低い姿勢にもっていく。彼の視線は、リリアンのつつましやかなワンピースのネックラインにそそがれている。そんなサイモンを叔母はじっとみつめている。叔母がぴりぴりしているのが、隣にすわっているわたしには感じとれた。音楽がやみ、サイモンとリリアンは、マリーのそばの椅子に倒れるようにすわりこんだ。ふたりとも頰を紅潮させ、楽しそうに笑っている。

「エドワード」ミリー叔母の声が部屋じゅうに響いた。「あなたは使用人がお嬢さんと社交的なおつきあいをするのを、許していらっしゃるんですか?」

わたしははっと息をのんだ。居合わせている人々も凍りついた。

サイモンだけはちがった。彼は一瞬、硬直していたが、すぐに、とびあがるように椅子から立ちあがった。いつもは陽気な顔が怒りにゆがみ、熟《う》れたトマトのようにまっ赤になっている。そして両手をこぶしに握りしめて、大股で歩きだした。

「あんたになにがわかる?」サイモンは叫んだ。

3

ミリー叔母の目が大きくみひらかれた。そして、激昂《げっこう》した若者から目をそらすことなく、手にしていた牌《パイ》を慎重にテーブルに置いた。静まりかえった部屋のなかで、牌がテーブルにあたる音が銃声のように響いた。

「あんたたちアメリカ人が、あの戦いのことをつべこべいえると思ってるのか?」サイモンはマージャン・テーブルのそばに立った。体のわきに垂らしている両手は、こぶしに握られたままだ。「アメリカ人がおれたちになにをしてくれた? ん? いってみろよ、その偉ぶった口で」

サイモンの声は高くなる一方だったが、そこで彼は口を閉ざした。静寂を破るのは彼の荒々しい息づかいだけとなった。

ハモンド大佐が静かに椅子をうしろに引いて立ちあがり、サイモンに近づいて腕に手をおいた。まだ激しい息づかいがおさまらないサイモンは大佐の手を振りはらったが、大佐は彼の前に立ちはだかったまま、なにもいわずにおだやかな目で彼をみつめた。

やがて憤怒の表情が薄れ、サイモンはくるっと体の向きを変えて部屋から出ていった。

しばらくしてから、わたしは息をついた。自分でも気づかないうちに息を詰めていたのだ。

「ミリー！　どうしてあんなことを！」リリアンの悲しげな声が静まりかえった部屋に響く。非難のこもった口調から察するに、彼女はサイモンの好意を歓迎しているのかもしれない。ミリー叔母の表情にはわたしと同じ疑問が浮かんでいたが、それを良しとしない気持もありありと読みとれた。

小さく叫び声をあげて、リリアンは部屋からとびだしていった。彼女のあとを追おうとしてか、叔母は椅子から立ちあがったが、ヒューズ卿が叔母の肩に手をおいて制した。

「やめなさい」ヒューズ卿は静かな声音でいった。「だいじょうぶだから」

「ほんとうに？」ミリー叔母は不安そうに椅子に腰をおろした。膝にそろえた手がこまかく震えている。「あの子をあの若い男とふたりきりにしていいのですか。あの男ときたら、ひどい癇癪《かんしやく》持ちだこと！」

叔母がこれほど平静を失った姿を見るのは、ひさしぶりだ。リリアンへの愛情が叔母を変え、なにごとにつけ、以前よりもやさしい態度が見られるようになってきたのだが。とはいえ、そもそもサイモンが逆上した原因は叔母の言だという事実に対して、叔母が責任を感じたりはしないことも、わたしにはよくわかっている。

ハモンド大佐がテーブルにもどってきた。「だいじょうぶです。彼はそのう……かっとなりやすいんですよ」

そこで大佐は口をつぐんだ。どこまで話そうかと思案しているのだろう。

「戦争が終わっても、多くの男たちがつらい思いをしているんです」大佐はぼそっといった。

わたしたちは黙りこんだが、ミリー叔母は昂然《こうぜん》と頭をあげた。

「でも、あのアメリカ人がどうこうという話はなんなんです？　大戦では、わたしたちアメリカ人もちゃんと義務を果たしましたよ。なぜあのひとは……アメリカに敵意を抱いているんです？」

ハモンド大佐とヒューズ卿は目を見交わした。まちがいない、彼らには語りたいことがたくさんあるのだ。あとで大佐に訊いてみようと、わたしは胸の内でメモをとった。おそらくわたしには話してくれるはずだ。ヒューズ卿のほうは、そんなことで〝ご婦人がたを悩ませたくない〟とかいって、くわしい話はしてくれないに決まっている。

「もちろん、アメリカは義務を果たした」ヒューズ卿はミリー叔母をなだめるようにいった。「さっきのことは忘れてしまおうじゃないか。どうだね？　せっかくの夕べをだいなしにするわけにはいかん」

ミリー叔母はため息をつき、ばくぜんと手を振ってから、ハイボールのグラスを手にした。叔母がしつこく追求しないことに、わたしはちょっと驚いたが、当然ながら、叔母はリリアンのことで頭がいっぱいなのだ。

気が乗らないまま、マージャンに気持を切り替えようとしたとき、夜気を切り裂くエンジンの音が響いた。ヒューズ卿が所有している自動車のヘッドライトが居間の窓を明るく照らしたかと思うと、車は砂利をはね散らしながら、ドライブウェイを疾走していった。リリアンがもどってきた。青白い顔がひきつっている。

「とびだしていってしまったわ。また」

ヒューズ卿は自分の高級車の一台がすごいスピードで疾走していくのを、たいして気にしていないようすだ。

「二、三時間、車をとばして、むしゃくしゃがおさまったら、帰ってくるよ」ヒューズ卿は力づけるような笑みを娘に向けると、手の内の牌に目をもどした。「チョウ」そういって、手持ちの二枚の牌をオープンにした。

蓄音機のそばを行ったり来たりしていたマリーは、ドア口に立っているリリアンをうながして、蓄音機に向かった。リリアンは窓の外に気をとられているようすだが、そんなリリアンの気持をなんとかダンスのほうに向けさせようと、マリーは躍起になった。だが、そのうちにあきらめて、マリーもリリアンのそばの椅子にすわり、レコードの曲が流れて終わるままに放っておいた。そして細い紙巻き煙草に火をつけて、黙って紫煙を吐いた。

少しのあいだ、わたしも窓の外の濃い闇をみつめた。背筋にかすかに寒けが走った。内心で、サイモンが無事にドライブを終えて帰ってくることを願う。

翌朝、目が覚めた時間は、いつもより少し遅かった。昨夜、あんな騒ぎがあったので、ハモンド大佐と相談して、いつもの早朝の飛行訓練を午前のなかほどに変更したのだ。ベッドに横になっている時間が増えるのがうれしいのは確かだ。おかげで、いつもより遅くまで起きていて、サイモンの車がもどってくる音が聞こえないかと耳をすましていた。あの若い男のことはよく知らないが、無事であることを願っていたのだ。彼がとびだしていったのは、ミリー叔母の無礼な発言のせいだった。だが、叔母が眠れぬ夜をすごしたかどうかはわからない。もしわたしが叔母の立場なら、少なくとも、サイモンの行動に責任を感じるだろう。だが、わたしは叔母の性格を知っている。たとえ一瞬にしろ、彼女が責任を感じて気をもんだとは考えにくい。

シンプルなニットの服に着替え、爽快《そうかい》な気分で朝食をとりに階下に降りた。朝食室は暖かい光に満ちている。朝の光が壁にあたり、金色のグラデーションを作っているからだ。壁には重重しい表情の男性や女性の肖像画がずらりと掛かっている。つまり、ヒューズ卿のご先祖さまたちに見守られながら、朝食をとることになる。サイドテーブルに用意されている料理のなかから、たまご料理とトースト、英国のベーコンを皿に山盛りにして、リリアンの向かいの席にすわった。彼女は気のないようすで、インゲン豆のトマト煮込みをつっついている。

「おはよう、ジェーン」わたしの左隣の椅子にすわりながら、ハモンド大佐があたたかい笑顔を見せた。

「おはよう、クリス」わたしは大佐をファーストネームで呼んだ。飛行訓練を始めて三日目に、大佐にクリスと呼んでくれといわれたのだ。テーブルについていたミリー叔母の眉がくいとあがり、くちびるの端がゆがんで皮肉っぽい笑みを作った。昨夜の大佐の離婚話を思い出せば、しかめっつらになるところだろう。わたしはコーヒーに気持を集中して、叔母の嫌みな態度を無視した。

ヒューズ卿はモーニング・ポスト紙を丹念に読んでいる。三ページしかないこの新聞は、毎朝配達されてくる。新聞を読みながら、卿はときどき手を下におろして、愛犬のラスカルに料理を分けてやっている。ラスカルはしごくまじめな顔で、卿の足もとを暖める役割を果たしているのだ。昨夜の緊張した空気がまだ残っていて、わたしたちは黙って静かに朝食をとっていた。銀器がたてる澄んだ音や、新聞をめくる音しかしない。朝食を終えて席を立とうと思った矢先、ドア口から意外な声が聞こえて、沈黙という魔法が解けた。

「おはようございます。お邪魔でなければいいのですが」

深みのある、響きのいい低い声を聞き、わたしの心臓は喉もとまではねあがった。ゆっくりとふりむいて、声の主の顔を見る。

レドヴァースだ。

4

いまにも止まりそうだった脈拍がいきなり速くなり、この不意打ちに愚かしくも元気のいい反応をしている自分に驚いた。だが、レドヴァースの顔をよく見ると、なにやら沈鬱《ちんうつ》な表情だと気づいた。レドヴァースは一瞬、わたしにあたたかみのある笑みを向けてくれたが、すぐにまじめな顔にもどり、テーブルを囲む人々のほうに目を向けた。

ミリー叔母は歓迎の面もちだ。「お会いできてうれしいですよ、ミスター・レドヴァース。ここのみなさんをごぞんじなの？」

「ええ、ぞんじあげています」

そんなやりとりは、わたしの耳を素通りした。「なにかよくないことでも？　なにかあったんですか？」わたしは訊いた。

レドヴァースはいったんわたしを見てから、ヒューズ卿に視線を向けた。「事故が」

ミリー叔母は息をのんだ。テーブルにフォークが落ちた音がした。その音のほうを見ると、血の気の引いたリリアンの顔があった。

「サイモンだわ」リリアンはつぶやいた。彼女の手にマリーの手が重ねられたが、リリアンはそれをはらいのけて、両手をこぶしに握り、膝の上においた。

「誰かはわかりませんが、この館《やかた》の近くで自動車事故が起こりました。残念ながら、運転していたひとは助からなかったようです」

運転していたのが誰なのか、わたしにはわかった。疑問の余地はない。テーブルを囲んでいる人々を見まわすと、誰もが同じ思いだとわかった。隣席のハモンド大佐の顔は石のようにこわばり、無表情だ——いつもの親しみのある表情はどこかに消えてしまった。わたしが声をかける間《ま》もなく、大佐は椅子をうしろに引いて立ちあがった。民間人たちを相手に飛行訓練の教官を務める一方で、大佐は退役軍人たちに職をみつけてやることに腐心している。その大佐がヒューズ卿に推薦して、サイモンにこの館での仕事を斡旋してやったのだ。サイモン・マーシャル空軍大尉に対し、ハモンド空軍大佐はさまざまな点で責任を負うべき立場にある。

「いっしょに行きます」大佐はレドヴァースに静かにいった。

わたしは食べかけの料理の皿の横にナプキンを置き、椅子を引いて立ちあがった。「わたしも行きます」

「ジェーン」

「ジェーン」

ハモンド大佐とミリー叔母の声が重なる。わたしはするどい目でふたりを一瞥《いちべつ》して黙らせた。レドヴァースの顔を見ると、彼は目を細くせばめてハモンド大佐を見ていた。レドヴァースのその反応の意味がつかめず、わたしは肩をすくめてドアに向かった。

「行きましょう」

わたしたち三人は黙りこくったまま、レドヴァースのハードトップの黒いセダンに乗りこんだ。大佐に助手席にすわるように強く勧められ、わたしはそうした。レドヴァースとの再会はなんだか面映《おもは》ゆくて、わたしはもじもじとスカートをいじくっていた。エジプトで別れてから、まだ一カ月もたっていないのに、なんだか永遠とも思える時間が流れたような気がする。サイモンが亡くなったことを悲しむ気持と、突然のレドヴァースの出現に高ぶっている気持とが、胸の奥でせめぎあっている。それにしても、ミリー叔母はレドヴァースを見ても、それほど驚いていなかった。レドヴァースがヒューズ卿の館にやってくるように、叔母がなにやら画策したのではないだろうか。つい、そう疑ってしまう。

レドヴァースが横目でわたしを見た。「もっといい状況で会えなかったのは残念ですよ」

「わたしも」こんな状況にふさわしい重々しい口調でそう答えたが、本音をいえば、彼に抱きついて、そのどっしりとおちついた存在感を確認し、天に感謝したいところだった。

農地のなかをくねくねと曲がっている幅の狭い道路を数分走っただけで、事故現場に到着した。大きなカーブを回ると、路肩の小さな茂みのなかにそびえているオークの巨木に衝突したラムダが見えた。周囲を見てから、わたしたちは車を降りた。これまでサイモンが発見されなかったわけがわかった。事故現場は、ヒューズ卿の館の敷地と小さな村のあいだのどこかにあたり、その道路はほとんど使われていないのだ。館の広い敷地は人里から離れていて、周囲数マイルに家は一軒もない。

「あのカーブを曲がったところで車のコントロールを失ったように見えます」レドヴァースは

ラムダのまわりを歩いた。ハモンド大佐とわたしもレドヴァースのあとにつづき、事故現場を検分した。大佐はわたしの前に立ち、目隠しの盾となって悲惨な光景がわたしに見えないようにしようとしてくれた。しかし、その光景は彼の肩越しによく見えた。背の高さといい、細身の体といい、大佐の体格では充分な盾にはなりえないのだ。わたしは足早に大佐のそばを通りすぎた。

「こんな光景を見てもだいじょうぶなんですか、ジェーン?」

案じている大佐のことばに返事もしないでいると、レドヴァースが彼女はもっとひどい光景を見たことがあるのだと説明した。わたしはレドヴァースの援護に、ちらっと感謝の微笑を投げてから、事故現場に目を向けた。

現場には、警官たちと地元の医師らしき人物がすでに来ていたが、緊迫したようすはまったくない。ラムダの前面はアコーディオンのようにくしゃくしゃに折れ曲がり、運転手の上体はハンドルにおおいかぶさっている。少し離れたここからでさえ、カールした黒い髪と、昨夜彼が着ていた服に一致する衣類とで、遺体はサイモンだと見てとれた。これ以上、車に近づいて確認するまでもない。死者を重んじる適度な距離を保ちながら警察の仕事を見守れるのは、ある意味で幸運だといえる。

「誰だかわかりますか?」レドヴァースはハモンド大佐とわたしの中間あたりを見ながらそう訊いた。

大佐もわたしもこっくりとうなずいた。

「サイモン・マーシャルです」わたしはいった。

「まちがいなく?」

わたしがレドヴァースにするどい一瞥をくれると、彼は黙ってうなずいた。

「マーシャル空軍大尉は優秀なドライバーでした」ハモンド大佐がゆっくりした口調でいった。「それに、このあたりの道は、どこもよく知っていました。木に衝突するとは、驚き以外のなにものでもない」

「彼が館を出たのは、昨夜の何時ごろですか?」レドヴァースは館のほうを見ながら訊いた。

「もう暗くなってました」わたしはいった。「でも、何時だったか、正確な時刻はわかりません。時計を見なかったので」

ハモンド大佐もくびを横に振った。「わたしも同じです。だが、暗かったかどうかは問題にならないでしょう」

「車の前になにかがとびだしてきたのではないかぎり」レドヴァースがいう。

わたしはため息をついた。その場合、とびだしてきた人間なり動物なりをみつけることは可能だろうか。わたしはその光景を想像してみた。

「もしなにかが車の前にとびだしてきたのなら、彼はブレーキを踏んだはずですよね?」男ふたりはそろってうなずいた。「ブレーキを強く踏んだのなら、路面にその跡が残るんじゃないかしら」その答はわかっていたが、わたしとしては、自分の疑問をダブルチェックしたかったのだ。

レドヴァースの片方の眉があがった。「そうですね、ミセス・ヴンダリー、その場合は路面に跡が残るはずです。ですが、路面にタイヤが停止した跡は見られません」

レドヴァースがよそよそしく〝ミセス・ヴンダリー〟といったことは無視して、わたしは車が致命的な衝突をしたオークの木まで、なんの痕跡も残っていない路面をみつめた。木の根元近くの地面は乱れているが、ブレーキが床まで強く踏みこまれたことを示す、なんらかの形跡はひとつも見あたらない。タイヤがくいこんだ溝やくぼみも、土くれがはねあがった跡もない。

「そんな形跡はぜんぜん見あたりませんね。タイヤが急停止したら、それなりのダメージが残ると思いますが」そういって顔をあげると、ひたとわたしを見すえているレドヴァースの、黒く見えるほど濃いチョコレート色の目と、わたしの目が合った。じわじわとうなじが熱くなってくる。

前にもこんなことがあった……。

「自動車の整備工に車を調べてもらう必要がありますな」ハモンド大佐は事故車に近づこうとしたが、ふいにその足が止まった。事故車のほうを見ると、サイモンの無惨な遺体が運びだされようとしていた。わたしは顔をそむけた。胃のなかの朝食が鉛と化したように重い。

レドヴァースはハモンド大佐のことばにうなずいて同意した。「その点はまちがいなく警察に進言しておきます。知らせるべきご家族は？」

ハモンド大佐は悲しげにくびを横に振った。「いません。そうですね……今後のことはヒューズ卿と相談してみます」

ハモンド大佐とわたしはレドヴァースの車にもどったが、レドヴァースは現場の捜査責任者となにやら話していた。館にもどる車中では、三人ともそれぞれの思いにふけり、寡黙だった。ほとんどノンストップで館に着いた。車を降りてから、レドヴァースとわたしはドライブウェイで立ち話をした。

「ここでなにをなさってるの？」わたしは訊いた。

「再会できてうれしくないのかい？」レドヴァースの目がいたずらっぽくきらめく。

わたしがあきれた顔をすると、彼は破顔した。再会できてどれほどうれしいにせよ、そうだと認めて、彼を――あるいは自分自身を――満足させる気はない。もっとも、彼と目が合うたびに、脈が速くなってしまう。そういう反応は、以前と少しも変わっていなかった。レドヴァースに再会できたことを素直に喜ぶべきではない。エジプトのメナハウス・ホテルで別れるさいにキスしたのは、わたしの自制心――ハンサムで魅力的な男性に対する自制心――が、ほんのつかのま、ゆるんでしまったからだ。本来なら、それを苦々しく思うのが当然なのだ。

「自動車事故の調査にいらしたわけじゃないでしょ」

「あれが事故かどうか、まだ判明していない。そうだろう？　まだ、いまのところは」

わたしはうさんくさいといわんばかりに、鼻にしわを寄せて彼を見た。レドヴァースは単なる悲劇的な事故だとはみなしていないのだろうか。だが、それはそれとして、レドヴァースがヒューズ卿の館に謎めいた出現をした理由はなんなのだろう。誰かがこっそり彼を呼んだのではないかという疑いが、むくむくとふくらんでくる。

「ヒューズ卿とはお知り合いなの、レドヴァース？」

「以前から」

「ふううん」それは事実だろう。「それはつごうのいいこと」

「そうだろう？」

「でもね、賭けてもいいけど、わたしはミリー叔母があなたを呼びよせたんだと思ってる」

レドヴァースはいかにも心外だというように、黒っぽい目を丸くした。「どういう意味か、わからないな」

わたしは思わず笑ってしまいそうな顔を引き締めて、館に向かって歩きはじめた。叔母がわたしを再婚させようと、あれこれ干渉したり画策することには、心底、嫌気がさしているが、もし叔母がわたしたちがここ、イングランドの田園地方に滞在していることをレドヴァースに告げたのだとしても、わたしはそれほど嫌ではなかった。

「おすわり」レドヴァースはラスカルにいった。ラスカルはわたしを無視して、レドヴァースに駆けよってきたのだ。レドヴァースは口もとをほころばせて犬をかまっている。

「クリスがドアを開けたときに出てきたんだわ」

「そうだろうね。だけど、こいつはなんだい？　羊かい？」

わたしは笑った。じつはわたしも、初めてヒューズ卿の愛犬を見たときは羊かと思ったのだ。

ふわふわした白い毛が短いために、標準より少し小さい羊に見えるからだ。「ベドリントンテリアよ」

「だけど、どうして羊みたいなんだ？」

「どうしてか理由は知らないけれど、そんなふうに毛を短く刈りこんであるみたい。そういう品種なのかも」わたしは肩をすくめて、正面玄関に向かった。レドヴァースが横に並ぶ。ラスカルはうれしくてたまらないといわんばかりに大きく口を開き、舌をだらりと垂らして、レドヴァースの周囲を跳びはねている。ラスカルがこれほどあっさりとレドヴァースになついてしまったことを、責めることはできない。

なにしろ、彼と並んで歩いているわたし自身、気持がはずむのを抑えきれずにいるのだから。

館のなかは静かだった。全員が居間に集まっている――昨夜、サイモン・マーシャルはこの部屋からとびだしていって、悲しい最期をとげたのだ。サイモンの死を悼《いた》むというより、もっと陰気な雰囲気だが、彼の死について話をするには、この部屋がいちばん適しているといえる。昨夜サイモンが隅に片寄せた数脚の椅子は、本来の位置にもどされていた。マーサがサンドイッチとお茶を用意してくれていたが、ほとんど手がつけられていない。誰もが黙りこくっているなかで、窓のそばでミリー叔母とヒューズ卿だけが抑えた声でなにやら話をしている。ヒューズ卿が手をのばして叔母の手を取り、やさしく握りしめた。

そのふたりから目をそらして居間のなかを眺めると、知らない顔がまざっていた。上質のウールのスーツを着た若い男が、ふたりがけのソファにリリアンと並んですわり、彼女の腕を軽くたたいている。ダークブロンドの髪、貴族的な長い鼻の、顔だちのととのった若者だ。古典的といってもいい容貌だが、ふたつの冷ややかな青い目が、少しばかり中央に寄りすぎている。

わたしたちの姿を見たとたん、リリアンが立ちあがった。「サイモンだったの?」

わたしがうなずくと、リリアンはくずれるようにソファにすわりこんだ。ヒューズ卿が窓辺を離れ、こちらにやってきた。通りすがりざま、慰めるようにリリアンの肩をたたいた。そして、わたしたちのところまで来ると、レドヴァースと握手を交わした。

「会えてうれしいよ、レドヴァース。うちに滞在してくれるんだろうね」

わたしはそっと頭を振った。ヒューズ卿はレドヴァースが来るのを予期していたようだ。レドヴァースを館に呼ぶというミリー叔母の企みに賛同したとしか思えない。

「あれはわたしの甥のアリステアだ。つい先ほどやってきてね」

ダークブロンドの若者が立ちあがって近づいてくると、わたしとレドヴァースの双方と握手を交わした。沈痛な雰囲気にふさわしく、抑えた笑みを浮かべている。ちらりとレドヴァースを見ると、この若者とは初対面というようすだった。

「嫌なことが起こりましたね」アリステアはいった。「こんなときに、ぼくがリリアンのそばにいてあげられるのは、よかったと思いますよ」そういって、アリステアはふりむき、リリアンに元気づけるようなまなざしを投げてから、またわたしたちに目をもどした。「彼女がマーシャル空軍大尉と仲がよかったのは知ってます」そのいいかたになんとなく毒があるように思えて、わたしはアリステアをじっとみつめた。彼はいかにも誠実そうな表情をくずさない。わた部屋のなかを見まわすと、いつのまにか、ハモンド大佐とマリーがいなくなっていた。わたしのけげんなようすに、ヒューズ卿が気づいた。

「大佐は電話をかけにいったよ。今後の……手配をするために」

わたしはうなずいた。「マリーは?」

ヒューズ卿は肩をすくめた。「部屋にもどったんじゃないかな」

アリステアという新来の若者が、臆面もなくリリアンの歓心を買おうとしているのを見て、マリーは機嫌を損じたのではないだろうか。なにしろマリーはリリアンをあがめていて、なにごとにしろ、彼女のすることは寛容に受けとめているが、その彼女が異性に好意を向けることに関してだけは、共感も同意もできないようなのだ。

アリステアがくすくす笑い、静寂が破れた。ちょうどそのとき、ジョン・ショウがやってきた。彼もまた元軍人で、この館の執事を務めている。背が高く、眼鏡をかけていて、黒い眉が雄弁にものをいう。きまじめで陰気なタイプ。執事という職務にはうってつけといえる。ミリー叔母でさえ、彼の仕事ぶりにはけちをつけることができないほどだ。とはいえ、彼の英国労働者階級の発音には、閉口しているようだ。どれほどていねいに話しても、Hの発音が抜けてしまうので、正確な意味をとるのがたいへんなのだ。

「お邪魔して申しわけございませんが、ミスター・レドヴァースにお電話がかかっております」ショウはいった。

レドヴァースはショウに案内されて部屋を出ていった。なにか新たな知らせが入って、来たばかりのレドヴァースが帰ってしまう羽目にならないといいのだが。もちろん、事情によっては、彼がすぐにもここを辞去するのはありうることだ。彼といっしょにいたくても、それはわたしの身勝手な思いなのだ。わかっていても、なんだか胸がもやもやする。

思考の迷路にはまりこみ、わたしはそれを払拭しようとお茶のトレイに注意を向けた。わたしのために、マーサが小さなコーヒーポットを用意してくれている。なまぬるいコーヒーをついだカップを手に、ミリー叔母に近づく。ヒューズ卿も叔母のそばにもどっていた。

「叔母さん、レドヴァースをここに呼んだの?」そういって叔母の顔を観察する。「だしぬけに現われるなんて、へんだわ」

叔母は軽く肩をすくめた。ヒューズ卿は急にカーテンを熱心に観賞しはじめた。

「あのひとが、今回の悲惨な出来事の調査に関わってくれるといいですわね、エドワード。そのほうがいいんじゃありません?」

ヒューズ卿はそうだなとかなんとか、ぶつぶつつぶやいた。わたしは頭を振った。わたしの疑惑に関する証拠はこれで充分にそろった。この一件の犯人捜しは完了だ。

レドヴァースが居間にもどってきた。むずかしい顔をしている。彼がわたしの隣の椅子に腰かけると、リリアンとアリステアはすばやく立ちあがり、ヒューズ卿とミリー叔母がすわっているソファのうしろに立った。

「警察からでした。担当の警部がまもなくこちらに来るそうです」

来訪を予告するために、警部がわざわざ電話をかけてくるわけがない――レドヴァースの表情からそれが読みとれた。

「警察はなにかつかんだんでしょう？　そうじゃないの？」わたしは訊いた。

レドヴァースの目とわたしの目が合う。

「あの車のブレーキケーブルに、なんらかの細工がなされていたようです」

5

部屋じゅうの者が息をのんだが、わたしは黙ってうなずいた。ハモンド大佐がサイモンの運転技術について太鼓判を押していたので、レドヴァースの言に、ほかのひとたちのように驚きはしなかったのだ。それに、あのカーブを回ったところに、ブレーキをかけた痕跡がなかったのも、この目で見ている。胸の内で、おなじみの好奇心が火花を散らし、ぱっと燃えあがるのを感じたとたん、うしろめたい思いもわきあがってきた。サイモンは好青年だったし、大戦によってつらい経験をしたことをわたしも少しは察していたからだ。

「まもなくその警部がやってきます」レドヴァースはいった。「みなさん全員と話をしたがるはずです」

警察が徹底的に捜査するのはまちがいないと思うが、わたしの頭のなかは疑問でいっぱいだった。つい疑問が声に出てしまった。

「ヒューズ卿」青ざめた顔のヒューズ卿のほうを向く。「サイモンが運転していたラムダですけど、彼はいつもあれを使っていたんですか?」なによりも知りたかったのは、車に細工をした者は、誰を標的にしたのかということだった。もしヒューズ卿があの車を日常的に使っていたのなら、サイモンが狙われたわけではないはずだ。レドヴァースがちらと投げてよこした視線には、わたしの考えかたを良しとする賛意がこもっていた。

ヒューズ卿はちょっと考えてから訊きかえした。「青い車のことかね？」

そういえば、ヒューズ卿は事故現場を見ていないし、所有している車は全部で三台あるのだ。レドヴァースとわたしは同時にうなずいた。

「ランチア・ラムダか。わたしが持っているなかで、いちばん古い車だ。よく走るが、あまり速度が出ない。サイモンに整備を任せていたんだ……サイモンはもっと速度を出せて、効率よく動くようにできると思っていたようだ。じつのところ、あの青年は計画を立てて、それを遂行するのが好きなので、好きなことができる仕事を任せられるのが、わたしとしてもうれしかった。頭のいい青年でね、特に、機械に強かった」

わたしはその情報を頭のなかで消化した。「そうすると、ランチア・ラムダを使うのは彼だけだったんですか？」

「そうだな。わたしは黒のベントリーを使う。もちろん、リリアンは運転をしない」

レドヴァースとわたしは目を見交わした。車に細工をした犯人はこの館《やかた》の住人のことをよく知っている人物で、サイモンを狙ったことはほぼまちがいないようだ。

わたしがヒューズ卿と話をしているあいだ、卿とミリー叔母がすわっているソファのうしろに立っていたリリアンは、静かに足を踏みかえていたが、それ以上この部屋にとどまっていることはできなくなったようだ。

「よかったら、失礼して外に出たいんですけど」

わたしは彼女に向かってくびをかしげた。父親が雇用している者が殺されたために動揺しているだけなのか、あるいは、サイモンの死が打撃なのか。ひょっとすると、愛情がらみの問題なのだろうか。彼女は自分の感情を表に出すほうではないので、気持が読みにくい。もしかすると、表情にではなく、たとえば態度とか、ほかに感情が出る性質《たち》かもしれない。とはいえ、これまでの彼女の反応には、なんらかの形で、彼女がこの件に関与していることを思わせる点など少しもなかった。

「ええ、いいですとも」ミリー叔母がいった。「新鮮な空気を吸えば、気分がよくなるでしょうよ」

じきに警部が来て話を聞きたがるだろうから、待っていたほうがいいとリリアンにいおうとしたが、叔母に恐ろしい目でにらまれ、やむなく、わたしは口を閉ざした。

リリアンが体の向きを変えて歩きだそうとしたとたん、アリステアが彼女の腕に手をおいた。

「誰か、いっしょにいてほしくないかい？」

アリステアはいかにも心配そうに、眉根を寄せている。リリアンは微笑して、彼の手を軽くたたいた。

「いいえ。でも、ありがとう、アリステア。やさしいのね、ほんとうに。でも、あなたはここにいたほうがいいわ」

リリアンが口に出してはいわなかったメッセージを、アリステアはちゃんと受けとめただろうか——彼女はひとりになりたいのだ。

アリステアはなにかいいたいことがあるようすで、何度かぱくぱくと口を開いたが、けっきょくそれはいわずに、うなずいてこういった。「かしこまりました。リリアン。きみのいうとおりにするよ」

リリアンはまたアリステアに、弱々しい微笑を向けてから部屋を出ていった。アリステアはすわろうか、立ったままでいようか、決めかねるように、もじもじしていた。何度か足を踏みかえてから、ようやく心を決めたようだ。

「かまわなければ、ぼく、部屋で荷物をといてます」

「ああ、いいとも、アリステア」ヒューズ卿はうなずいた。「いまここにいてくれて、うれしいよ。リリアンにはつらいときだからね」

「ぼくにできることはしますよ、伯父さん」アリステアはさっと頭をさげてからドアに向かった。

残った者はそれぞれ、もの思いにふけり、部屋のなかはしんと静まりかえった。

レドヴァースがこほんと咳払いをした。「マーシャル空軍大尉がここに来てから、どれぐらいになるんですか、ヒューズ卿？」

ヒューズ卿は顎をなでた。「三年かそこいらだと思う。ハモンド大佐の推挙だった。退役軍人のなかには、なかなか仕事がみつからない者が少なくないんでね、雇用の件は大佐に任せているんだよ」

ミリー叔母がヒューズ卿の顔を見た。「そういうひとたちに仕事を与えてあげるなんて、いいことをなさってますわね、エドワード」

ヒューズ卿はうっすらと顔を赤らめた。ミリー叔母にファーストネームで呼ばれたせいなのか、それともまともに褒められて当惑したのか。どちらと断定できるほど、わたしは卿のひととなりを知らない。

退役軍人を雇用するというヒューズ卿の説明は、昨夜の叔母の言をやんわりとたしなめる、卿の意思表示でもあった。だが、叔母は自分がトラブルを引き起こしたのだと、少しでも自覚しているのだろうか。あの青年の死を全面的に叔母のせいにはできないけれど、叔母の言が火花となって、彼の怒りの炎を燃えあがらせたのは確かなのだ。

わたしがそんなことを考えているあいだにも、レドヴァースは話をつづけていた。「マーシャル空軍大尉に害をなしたい人物。そんな人物に心あたりはありませんか?」

ヒューズ卿はゆっくりとくびを横に振った。「彼はいい青年だった」ミリー叔母は片方の眉をつりあげたが、ヒューズ卿は叔母の無言の批判を承知のうえで、否定的にくびをかしげた。

「神経が高ぶりやすいところはあったが、それも、戦争の後遺症だったんだ。そうだな……ひとつエピソードがある。神経が高ぶると、サイモンは田舎道を車で猛スピードで走りまわり、しばらくすると、すっかり元気になって帰ってきたものだ。なにごともなかったかのように」

「それなら、今回にかぎったことではなかったんですね」レドヴァースはいった。

サイモンのそういう癖《へき》を知っている者なら、誰でもブレーキに細工できる。

「数週間かそこいらに一度は、そういうことがあった。それほど頻繁だったわけではない。田舎の空気がいい薬になったんだと思う。それと、定職を得たことが。だから、彼にはなにか計画的な仕事が必要だと思ったんだよ。計画を立てて、それを遂行することで、かつての自分らしさをとりもどせた気になれるかと」

なるほど。従軍して戦い、除隊して復員したのちに、いまだに職につけずにいる者の数は半端ではない。故国に帰っても、出征前の職場――ほぼあらゆる職場――では代わりの者が働いていて、復員兵が前の職に復帰できる可能性はきわめて低い。場合によっては、なんらかの支障があって兵役を免除された者が、その職に就いていることもあるだろう。復員兵にしてみれば、顔に平手打ちをくったような気になったにちがいない。

ヒューズ卿の領地で働いている人々のことを考えてみた。敷地のあちこちでよく見かける庭師のバーロウ軍曹。彼もまた、執事のショウと同じく、元軍人だ。バーロウは戦闘で左腕を失った。ショウは負傷してはいないようだが、どこか翳《かげ》がある。ミリー叔母のいうとおりだ。ヒューズ卿は退役軍人たちに仕事を与えることで、彼らに報いているのだ。

ふっと、昨夜のサイモンの叫びが耳によみがえった。

「ヒューズ卿、なぜサイモンは、アメリカ人に怒っていたんでしょう?」わたしは訊いた。

レドヴァースとヒューズ卿は目を見交わした。ヒューズ卿はごほんと咳払いした。たぶん、きびしい真実をやわらげて、いいつくろうつもりだろう。

「あの大戦で、アメリカがずいぶん長いあいだ参戦しなかったことを、不快に思っていた若い者たちもいたと思う」

わたしはレドヴァースに目を向けた。

レドヴァースは肩をすくめた。「イギリスやカナダやオーストラリアの若者たちは、何年も苦戦を強いられていたんです。泥のなかに伏し、戦友がばたばたと倒れて死んでいくのを目の当たりにしながら戦っていた。そしてようやく、アメリカが救援と銘打って参戦したかと思うと、数々の栄誉をさらってしまった。アメリカ軍は敵を打ち破った英雄のように見られ、世界は彼らをもてはやした。イギリスの若者たちが腹を立てるのも無理はありません」

わたしが予想していたことに近い説明だった。わたしは叔母に目をやった。叔母は黙ってティーカップをみつめていた。ヒューーズ卿はすわりなおした。ぎゅっと引き結んだくちびるが、おだやかながらも腹立ちを表わしている。

レドヴァースが別の話題をもちだそうとしているのが見てとれた。ちょっといいにくそうなようすだ。

「ヒューーズ卿《かん》、あの青年がここに来てから三年になるそうですが、戦争が終わったのは八年前です。その間、彼がどうしていたのか、ごぞんじですか?」

ヒューーズ卿はくびを横に振った。「ここに来る前は、ロンドンの機器類修理店で働いていたようだ。くわしいことはハモンド大佐に訊いてくれ」

そのとき、廊下から小声のやりとりが聞こえてきた。だが、ドアが開いて姿を見せたのはハモンド大佐だけだった。大佐は一歩だけ部屋のなかに入ると、すばやくみんなのもの問いたげな顔を見まわした。

「わたしになにかご質問が?」

「戦争が終わってから、ここに来るまでのあいだ、サイモンがなにをしていたか、ということを」わたしは大佐にほほえみ、なかに入ってくるように手まねでうながした。

大佐は悲しそうな笑みを浮かべた。開いたドアの前に立ったまま動こうとしない。

「それには何本か電話をかけて、問い合わせる必要があります」大佐は頭を振った。「退役後、サイモンがなにをしていたのか、わたしがなにからなにまで知っているわけではありません。彼の上司だったウォード空軍准将にお訊きになるほうがよろしいかと」

そこで大佐は背後をちらりと見てから、またみんなに視線をもどした。

わたしがくびをかしげると、大佐はかすかにくびを横に振り、わたしの無言の質問に答えてから、また行ってしまった。

正面玄関のほうがなにやら騒がしい。と思うと、執事のショウがやってきた。

「グレイスン警部がおみえです」

6

グレイスン警部は黒いコートの長い裾をはためかせながら、さっそうと部屋に入ってきた。背の高い細身の男で、きびしい顔つきをしている。鼻が長く、頬が少し赤らんでいる。あの事故現場にいた。レドヴァースが話していた相手だ。なにひとつ見逃さないかのような灰色の目。わたしはなにも不安に思う必要はないと承知していたが、つい、もぞもぞと身じろぎしてしまった。エジプトで事件に巻きこまれ、うんざりするほどしつこく尋問されて以来、警察と聞くと緊張してしまう。ヒューズ卿は立ちあがって客を迎えた。わたしがお茶のトレイのところに行き、自分用にコーヒーをついでいると、警部に声をかけられた。

「おや、今朝がた、事故現場にいましたね。ちがいますか?」

わたしは咳払いして答えた。「ええ、いました」

「あなたの姿が目にとびこんできましたよ」

わたしは軽く頭をかしげた。この男はわたしを見初めたとでもいいたいのだろうか。レドヴァースに目を向けると、顎の線が硬く引き締まっている。

警部は頭を振った。「ご婦人が見るべき光景ではありませんからね。レドヴァース、あなたが許可したとは驚きです」

この男がわたしの気を惹こうとしているのならば、いまの言で、早くも彼という船は沈没してしまったといえる。

レドヴァースが取り合わないので、警部は部屋のなかを見まわした。「現場であなたといっしょにおられた男性は、いまどちらに？」

「ハモンド大佐ですが、いまはあちこちに電話連絡をなさっています」

警部はうなずき、部屋にいる全員に、手まねで腰をおろすようにうながした。警部自身は小ぶりの革張りの椅子にすわり、意図的にわたしたちと向かいあう形をとった。各自の名前を聞きとると、レドヴァースとわたしにはおなじみの質問を、順番に全員にしては、その返事を褐色の表紙の小さな手帳に書きこんだ。それが終わると、警部は立ちあがってヒューズ卿と握手した。

「お嬢さんやほかの使用人たちに話を聞かなければなりませんが、それも仕事ですので」

ヒューズ卿はうなずいた。「もちろん、そうだろう」

「レドヴァース、ちょっと外に出てくれませんか」

レドヴァースはうなずいた。「いいとも」

わたしは軽く口もとをゆがめた。警部がすっと寄ってきて、わたしの手を握った。

「ミセス・ヴンダリー、お会いできてよかった。またお目にかかりましょう」

わたしは力なく微笑して返事に代えた。

警部とレドヴァースが部屋を出ていくと、ミリー叔母がわたしの目をとらえ、詰問するように眉をつりあげたが、わたしはちょっと肩をすくめてみせただけで、なにもいわなかった。グレイスン警部がわたしに気があるのは明らかだった。それに、質問されているあいだに気づいたのだが、彼は結婚指輪をはめていなかった。いや、べつにロマンチックな興味に駆られたわけではない。単なる観察の結果だ。

警部がレドヴァースを外に連れだしたのは、ふたりきりでサイモンの死のことで話したかったからだろう。どんな話が出たのか、あとでレドヴァースが教えてくれるといいのだが。エジプトであれこれあって、彼のことはかなり信頼するようになったのだが、口の堅いひとで、いろいろなことを自分ひとりの胸におさめてしまうのは、わたしも承知している。あのふたりについていって話を聞きたいという思いは強かったが、ヒューズ卿もまた部屋から出ていったので、わたしは椅子にすわっておとなしくしているしかなかった。

心を決めて、叔母を見る。警部の聞き取りのあいだ、叔母は彼女らしくもなく、いやに静かだった。いまは膝にのせたティーカップのなかをじっとみつめている。ほとんど生気を失っているように見える。

「ミリー叔母さん？」驚かせないように、低い声で呼びかける。

「この件を調べてくれないかい、ジェーン」叔母もまた低い声でいった。

「わたしにはおとなしくしていてほしいと思ってるんじゃないの」

エジプトで滞在していた高級ホテルのメナハウスで、わたしたちは若い女性が殺された事件に巻きこまれた。わたしがその事件を調べはじめたとき、叔母はこれっぽっちも関心を示さなかった。そのとき、わたしは犯人ではないかと嫌疑をかけられていたというのに。今回の事件に鼻を突っこまずにいられるかどうか、自分でもよくわからない。だが、わたしが殺人事件の調査のごとき下世話な行為に乗りだすのをうながすような、叔母の心境の変化には興味があった。心変わりした理由はなんだろう?

周囲を見まわして、わたしのほかに誰もいないことを確かめてから、叔母はわたしをひたと見すえた。

「リリアンの気持を乱すようなことはあってほしくないんだよ。あの子はゴルフの練習にうちこんでいる。それに……」叔母は語尾を濁《にご》し、またティーカップのなかをのぞきこんだ。

しばらく沈黙がつづいたあと、叔母は目をあげた。叔母らしくない態度が、わたしは気になってたまらなくなった。「……それに、エドワードの身になにごとも起こってほしくない」

〝エドワード〟というのがヒューズ卿のファーストネームだということを思い出すのに、ほんのちょっと時間がかかった。

「まさか、あのかたが今回の件に関わっているなんて、考えているんじゃないでしょうね?」

「まさか!」ふたりしかいない広い部屋のなかに、叔母の声がかん高く響きわたった。「まさか」叔母は少し声を落としてくりかえした。「だけど、あの車。あのひとを狙ったのだとすれば? そのう……そう、あんたに目を光らせていてくれないかとたのんでるんだよ」

驚いた。叔母がわたしにたのみごとをするとは。わたしがなにもいえずにいると、叔母はさらにことばを継いだ。

「お願いだよ、ジェーン」

叔母は〝お願いだよ〟などといったことはない。憶えているかぎり、わたしに向かってそういったことは一度もない。驚きのあまり、思わず眉がつりあがってしまう。わたしは目をみはって叔母をみつめた。この新奇な謎を解きたいという気持に抗《あらが》うことはできるが、それよりも、叔母が心底、わたしをたのみにしているという事実のほうが衝撃だった。こうなれば、手を拱いているわけにはいかない。

「もちろん、いいわよ。叔母さん、そうね……しっかりと目を光らせておくわ」

叔母の肩が少しさがったが、張りつめた表情はゆるまない。またしばらく沈黙がつづいたあと、叔母の不安に満ちた目の色が変わり、なにやら狡猾《こうかつ》な目つきになった。この目つき――次になにが来るか予測できたわたしは、顔をしかめてコーヒーカップに目をやった。

「あの警部さん、ばかにあんたに関心があるみたいじゃないか。あんたもまだまだ捨てたもんじゃないようだね」

この遠回しのお世辞に、ありがとうという気など起こりはしない。

「あのひとと親しくおつきあいをしても、べつに害はないんじゃないかい。ミスター・レドヴァースにも気合いが入るんじゃないかね」叔母はソファの背に寄りかかり、満足そうにうなずいた。「あんたがその気になれば、近いうちに、あんたが結婚するのを見られること、まちがいなしってところだね」

わたしはため息をついた。叔母の性格ときたら、ある点では変化したようだが、それ以外はいっこうに変わっていない。

レドヴァースがもどってきたので、いっしょに散歩することにした。太陽は重苦しい灰色の雲の向こうに隠れ、空気が冷たく冷えて、寒いぐらいだ。わたしはフェルトの釣り鐘形の帽子《クローシェ》を目深にかぶり、ウールのコートの前をかきあわせた。雨になるのは避けられないだろうが、まだ降っていないのがありがたい。

「警部さんとどんな話をしたの？」

落ち葉を踏みしめて歩く。リリアンのゴルフ練習場には近づかず、厩舎《きゅうしゃ》の裏手の森に向かいながら、わたしは訊いた。

レドヴァースの口もとがゆがんだ。おもしろがっている。わたしが一分たりとも待てずに、その質問をするのはわかっていたといわんばかりだ。それを証明してしまったことが、なんだか腹立たしい。

「重要なことはなにも。いまは、警官たちがあそこを捜索している」レドヴァースは立ちどまって納屋を顎でしゃくった。現在は車庫兼複葉機モスの格納庫になっている元納屋の扉が半開きになっているため、なかの照明がついているのがわかる。

「それだけ？」

「捜査に協力してほしい、目を光らせていてほしいといってたよ」

レディに似つかわしくなく、わたしは鼻を鳴らした。「わたしもまったく同じことをミリー叔母にたのまれたわ。叔母のために目を光らせていてほしいって」ちょっと黙ってから、また話をつづける。「心配でしょうがないんだと思う。あんなことをしたのがわたしたちの知っている誰かかもしれないとか、次は叔母の愛するひとが狙われるんじゃないかとか」

「きみが調査するのは、あまり心配じゃないようだね」

わたしはくちびるを噛みしめた。「そうね」ちくりと胸が痛んだが、わたしは先をつづけた。「叔母は誰のことをそれほど心配しているのかしら。リリアン？」

「彼女には動機がない」

「ええ。彼女はあの青年のことが気に入っていたみたい。あれほど感情をあらわにした彼女は、これまでに見たことがなかった。エジプトでミリー叔母が襲われてけがをしたときを除けば」

流れのゆるやかな小川に架《か》かっている石造りの橋を渡り、木々のあいだの曲がりくねった小道に入る。奥に進むにつれ、森はどんどん深くなり、木々の葉むらも厚くなって、怖いほどだが、点在するカエデやカバノキのあいだには、きれいに整備された小道がつづいている。侵入者にいらだったのか、わたしたちを咎《とが》めるように、スズメたちがやかましくさえずった。

「彼女はサイモンに惹かれていたのかい？」

「なんともいえないわ。リリアンの気持がどうなのか、おいそれとは読めないのよ。でも、好意はもっていたと思う」いきなり突風が吹きつけてきたため、わたしは帽子をかぶりなおした。「動機といえば、ヒューズ卿はどうなのかしら。ミリー叔母が心配してるけど」

「そっちのほうが可能性がありそうだ。だけど、お抱えの整備士を殺す理由はなんだろう？」

「サイモンが娘に関心をもちすぎていたから、とか？　でも、それを阻止したいのなら、もっとほかの方法があったと思う。ミリー叔母は、ふたりの仲が進展するんじゃないかと、やきもきしてたみたいだけど」

森の端近くに来ていた。左手に広いゴルフ練習場が見える。わたしは二、三歩前に出たが、レドヴァースは背後で立ちどまっている。わたしはふりかえって訊いた。「どうしたの？」

「ジェーン」レドヴァースの声が低く響く。なにかいおうとしているようだ。なにをいおうとしているのか予測できて、胃がねじれた。

「ジェーン！」

呼び声が聞こえ、わたしはとびあがった。木の向こうに広がるゴルフ練習場で、リリアンが手にしたゴルフクラブを軽く振りまわしているのが見えた。丘を登ってきたリリアンは、木々のあいだからわたしたちの姿をみつけたのだろう。わたしがおざなりに手を振りかえすと、レドヴァースは深くため息をついた。

「なにをいおうとしてたの？」彼がなにを考えていたにせよ、それが聞けなくて残念という気持が半分、聞くのが怖いという気持が半分だった。事件の捜査のことだとは思えなかった——

彼が不満そうに低く呻《うめ》いたところを見ると。

「あとでいいよ」レドヴァースはそれしかいわなかった。だが、それだけにしろ、ともあれ、今回は声に出した。

レドヴァースに対するわたしの気持は複雑だ。最初の結婚があまりにも悲惨なものだったので、二度と同じ過ちはおかしたくない。結婚していたときの傷――文字どおり、身体的な傷――は癒えずにまだ残っているが、再婚などしないと決めているので平穏な気持でいられる。ひとり身でいることを楽しんでいる。

だが、レドヴァースとのつきあいが楽しいのも確かだ。しかし、エジプトでの別れのキス。それが複雑な気持の原因となっている――爪先立ちして体が揺れているような、あやうい葛藤《かっとう》をもたらしているのだ。だが、またあんなキスをしようなんて、思うだけでも恐ろしい。

恐ろしい？　そう、恐ろしいのだ。

わたしたちはグリーンとやらに入った。ゴルフ練習用のグラウンドで、専門用語ではパッティンググリーンというらしい。わたしたちが近づいていくのを待つあいだ、リリアンは軽く素振りをしていた。風で髪が乱れ、頬が赤くなっているのに、寒さはまったく感じていないようだ。

「警察、来ました？」リリアンは訊いた。

「ええ。いまはグレイスン警部が指揮して、納屋を捜索しているらしいわ」

リリアンはそのニュースを嚙みしめた。「わたしも話を聞かれるでしょうね」不安や緊張はうかがえない。ただ事実を口にしただけという感じだ。

「いくつかの点で事情を聞かれるでしょう」そういって、レドヴァースは（そしてわたしも）リリアンのようすを観察した。

「サイモンのこと、気の毒に思うわ」わたしはやわらかい口調でいった。

リリアンはちらりと目をあげてから、すぐにまたゴルフクラブに視線をもどした。「ありがとう」

もっとなにかいいたいことがあるのではないかと思い、待っていると、推測があたった。

「あんなに若かったのに。いいひとだったし、戦争でひどくつらい思いをした。それに、家族がいないの……ひとりぼっちだったのよ」

わたしは思いやりをこめてうなずいたが、リリアンのいったことのなかの一箇所が引っかかった。「サイモンはあなたに、戦時中のことを話したの？」

「ちょっとだけだけど。彼がその目で見たことなんかを……そう、そのせいで、彼は車で田舎道をとばしていたんでしょうね」

「どんな話を聞いたの？」

リリアンはくびを横に振って、わたしの目をまっすぐに見ていった。「彼の信頼を裏切るわけにはいかない」

これはサイモンの死――しかも彼は殺害された――がいわせた、愚かしくもセンチメンタルな感情の発露だろうが、いまここで彼女にしつこく質問するのはいいことだとは思えない。彼女の気持が少しおさまったら、また話をしてみよう。サイモンが戦時中の話をしたなかに、わたしたちの調査の方向を示してくれるなにかがひそんでいるといいのだが。そのなにかが、ヒューズ卿の館《やかた》のなかにいる者が犯人で、それが誰かを指摘するものではないといいのだが。

「ねえ……サイモンに惹かれていたの、リリアン？」

リリアンはすぐには答えなかったが、やがて口を開いた。「彼がわたしにちょっと気があるみたいだとはわかってた。わたしも彼と親しくつきあうのは嫌じゃなかった。ほんとうに」

わたしたちはその先のことばを待った。

「でも、わたしが使用人と結婚するなんて、おとうさまはぜったいに許してくれないでしょうね。たとえ彼が戦争の英雄だったにしても」

「それじゃあ、結婚する気はあったの？」

リリアンは肩をすくめた。「それほど真剣な気持だったわけじゃないわ。結婚なんかしたくないもの」

最後のことばの意味は、あとでもっとよく聞いてみることにしよう。だがリリアンはサイモンにやさしい気持を抱いていたのだ。それで、彼の死に対して強い反応を見せた説明がつく。

「ジェーン」リリアンはなにかいいたいようだが、レドヴァースをちらっと見て口をつぐんだ。他聞をはばかる――これはひとつの証《あかし》だ。幼かった者が急激におとなになったときの。

「なあに？」

リリアンはもじもじと足を踏みかえてから先をつづけた。「この事件を調べるつもりなの？警察が捜査をしているのは知ってるけど、あなたも調べるの？」

「わたしにも質問することはできるわ。でも、どうして？」

「ミリーのことが心配なの。おかあさまのことが」

7

羽根で触れられても、わたしはひっくり返っただろう。リリアンは実の母親のことは知らないと、わたしは思いこんでいたのだが、数週間前から、彼女が〝ミリーおばさま〟といわずに〝ミリー〟というようになったことには、否応なく気づいていた。

ミリー叔母がリリアンの母親であるという事実に関しては、わたしはもはや驚く段階を過ぎていた――そのことは、エジプトで知ったのだ。二十年ほど前、ミリー叔母とヒューズ卿は不倫の関係になり、その結果、リリアンが生まれた。ミリー叔母はあかんぼうを手放し、ヒューズ卿とその妻の養子にするしかなかった。つい先月、エジプトのメナハウス・ホテルで、ミリー叔母は成長したリリアンと初めて顔を合わせたのだ。親交を深めて親しくなったとはいえ、叔母がリリアンに出生の秘密を打ち明けたとは思えない。リリアンは物事をきちんと考えて、全体を見通すことができるようだ。わたしのほうが彼女を見くびっていたといえる。

だが、どちらの疑問を先に訊くべきだろうか。リリアンはどうやって、ミリー叔母が産みの母だと知ったのか？　そして、リリアンはなぜ、叔母がサイモンの死に関与しているのではないか、と疑っているのか？

ありがたいことに、レドヴァースが沈黙の海に小石を投じ、質問の優先順位を決めてくれた。

「きみは彼女がこの件に関与していると思っているのかい?」

リリアンがいつ暴走しはじめるかわからない馬だとでもいうように、レドヴァースはやさしい声でそう訊いた。リリアンは他人の耳には入れたくなかったが、レドヴァースはここにいないものとみなして、自分の胸の内を明かしてくれたのだ。そこにレドヴァースが割って入り、その場に存在していることをリリアンに思い出させたのだ。わたしははっと息をのんだが、リリアンはくびをかしげて、レドヴァースの質問を嚙みしめるように考えこんだ。

「よくわからない」リリアンはゴルフクラブをがんじょうなブーツに何度か打ちつけた。彼女自身を含めて、三人ともその動作をみつめていた。

「ミリーは、サイモンがわたしに惹かれているのが気に入らなかった。それは確か。でも、彼女がひとを傷つけるなんて考えられない」

リリアンはミリー叔母に幻想を抱いている。わたしとしては、同意できかねる。強い動機があれば、叔母は相手に危害を加えるか、あるいは毒気たっぷりの辛辣《しんらつ》なことばを投げつけるだろう。それはまちがいない。しかし、わたしはその思いを胸にとどめて、なにもいわなかった。

「わたし……彼女の身になにか起こってほしくないだけ」リリアンはいった。

その点はわたしたちも同感だ。わたしだって、叔母の身になにかが起こるなんて、考えたくもない。三人とも黙りこんだが、やがて、リリアンがため息をついた。「わたしが父のことを心配していないなんて思わないでほしいんだけど、父はこういうことには慣れていると思う」

「こういうことって?」ヒューズ卿は殺人事件の事情聴取になれているという意味だろうか。

リリアンはあいまいに手を振った。「身辺には気をつけてるってこと」

それはリリアンがいいたかったことではないと思い、そのことを問いただそうとすると、彼女は表情を消して館《やかた》のほうに顔を向けた。「もう帰ります。夕食の前に会いましょう」

リリアンが館に向かって歩いていくのを見送ると、わたしはそれと反対の方向にくびをかしげてみせ、来た方向にもどると無言でレドヴァースに告げた。レドヴァースはうなずき、わたしたちは木々の葉が天蓋《てんがい》となっている森のほうに歩きだした。

「誰もが誰かを疑っているようだ」レドヴァースは小道をゆったりと歩きながらそういった。黒い雲が空に低く垂れこめはじめ、森がいっそう暗く不気味な感じをかもしている。レドヴァースがいっしょでよかった。森には目に見えないものがひそんでいるかもしれないと思うと、背筋がぞくっとした。

「みんながそれぞれ、たがいのことを心配していると思いたいわ」手袋を持ってくればよかったと思いながら、ポケットに両手を突っこんだ。

「それぞれが、館にいる誰かが犯人だとみなしているのは興味ぶかいな。確かに誰かではあるわけだし」

わたしは敷地の構図を頭に思い浮かべた。館そのものは夜間は厳重に戸締まりされているのはまちがいないが、夜の帳《とばり》が下りると、館から離れたところに建っている、納屋や厩舎《きゅうしゃ》などの施設はどうなのだろう。目が行き届かないのは確かだ。

「納屋にしのびこんで車のブレーキケーブルに細工をするのは、とても簡単だと思う。人が集まるような場所ではないもの。特に暗くなってからは」

レドヴァースはうなずいた。「わたしも同じことを考えていたよ」

「わたしたち、サイモンの経歴のことはあまりよく知らないわね。彼が過去に関係した人々のなかで、ここに雇われたことを知った人物がいたとすれば……彼の行動を見張って、どの車を使うかを探りだせば、その車に細工できる」

「可能性はいくつもある」

「リリアンはヒューズ卿はこういうことに慣れてるっていったけど、あれ、どういう意味か、わかる?」

「五里霧中だよ。彼女もはっきりしたことは知らないんじゃないかな」

わたしはため息をついた。「目下のところ、なにもかも五里霧中ってところね」

「情報が少なすぎて、きみの持ち前の野生の勘はまだ発動しない?」

レドヴァースは愉快そうな笑みを投げてよこした。

わたしはとんでもないという顔をしてやった。「まだまだね」

そのあとはしばらく、ふたりとも、ただもくもくと歩いた。先ほどレドヴァースがなにをいおうとしたのか、またその疑問が頭に浮かんできたが、わたしは問いただそうとはしなかった。黙って納屋に向かう。正直にいうと、レドヴァースがなにをいおうとしたのか、それがわからないことに対して失望しているのか、安堵しているのか、自分でも不明だった。

だが、わかっていることが、ひとつある。それを認めても、べつに害はないはずだ。

「あなたがここにいてくれてうれしいわ、レドヴァース」この気持は、不気味な森や、サイモンの死とはなんの関係もない。

レドヴァースはにっこり笑った。英国らしい陰鬱《いんうつ》な天候がつづくなかで、雲のあいだからさしこむ陽光のような笑みは、比喩ではなく、まぶしいぐらいだった。

「わたしもそう思ってるよ、ジェーン。わたしも」

ヒューズ卿所有の三台の車と黄色のモスを格納している灰色の石造りの納屋までは、それほど遠くない。しばらく歩くと、納屋の周辺で五、六人の警官が動きまわっているのが見えたが、わたしたちには気づいていないようだ。

納屋の扉の前で、グレイスン警部と出会った。警部は破顔し、わたしに目くばせしてよこした。どうにもおちつかない気分にさせられる。

「またお顔が見られてうれしいですよ、ミセス・ヴンダリー。ですが、館のなかのほうが快適なんじゃありませんか?」そういって警部は空に目を向けた。「うっとうしい天候ですからね」

「なにかみつけたかい?」わたしが快適かどうかを気遣う警部を無視して、レドヴァースはそう訊いた。わたしは胸の内で、レドヴァースに喝采を送った。

「たいしたものはなにも」警部は足を踏みかえ、わたしに視線を向けた。警部はわたしを眺めるのはうれしいらしいが、わたしの前で捜査のことを話すのはうれしくないようだ。まったく腹立たしい――逆のほうがいいのに。事件に関する話なら、いつだって気持よく会話に加わるのに。

「このひとにはどうせあとで情報を伝えるつもりなんだ」レドヴァースはいらだった口調でいった。

グレイスン警部は眉根を寄せて苦い顔をしたが、話はつづけた。「細工に使用されたとおぼしいナイフを一丁、みつけました」

〝たいしたもの〟といえるではないかと思ったが、やはり口には出さなかった。横目でレドヴァースを見る。彼もまた、わたしがなにか辛辣なことをいうのではないかと思っていたのはまちがいない。わたしは天使のように邪気のない顔を彼に向けた。レドヴァースから返ってきたのは、ふんと鼻を鳴らす音だった。

グレイスン警部はけげんそうな表情もあらわに、レドヴァースとわたしのあいだあたりをみつめていた。そして、咳払いをしてから、話をつづけた。

「ブレーキケーブルの細工に使ったとおぼしい、ポケットナイフです。ケーブルの切り口からいって、このナイフが使用されたものと考えられます。柄にはＥＲＨと、イニシアルが彫ってあります」

わたしは眉をひそめ、口を開こうとしたが、警部にさえぎられた。

「ヒューズ卿のイニシアルですが、誰がこのナイフを使ったかは特定できません。なにせ、ここにある物はすべて、ヒューズ卿の所有ですからね。わざとナイフをここに置いて、ヒューズ卿を陥《おとしい》れるのはじつに容易です。ともあれ、指紋を調べてみます」

グレイスン警部にはいらだたしい思いをさせられるばかりだが、これにはいい印象をもった。警部は手がかりがみつかったからといって、一足飛びに結論を出すほど軽率ではないのだ。ミリー叔母の懸念が正当な形で払拭されると思うと、少しばかり安堵したのは確かだ。ナイフが発見しやすいところに置かれていたことは、ヒューズ卿をサイモン殺しの犯人に仕立てあげるのが目的だと思う。卿が真犯人だなんて、想像することすらできない。

少なくとも、犯人が卿を陥れるのを目的としているのなら、卿が命を狙われたわけではないといえる。ブレーキケーブルが細工されたのは、明らかにサイモンを狙った犯行なのだ。

〝たいしたものではない〟情報を手に入れて、レドヴァースとわたしはそこを去ることにしたが、警官たちが捜査の詳細をきっちり記録するかどうか、なんとも心もとなかった。グレイスン警部はあとで館で会おうといった――ヒューズ卿自身がナイフを使用したとみなしているかどうかはさておき、警部は卿に、ナイフのことを問いただす必要があるのだ。

8

館《やかた》の裏口で、ばったり、マーサと出くわした。マーサは顔をひきつらせて早口でいった。

「レドヴァースさま、クイーニーにお部屋を用意させました。ミセス・ヴンダリーのお部屋のふたつ隣になります」

「アリステアも滞在するの？」わたしは訊いた。あの若者は館の中でなにか騒動を起こしそうな気がする。

「あのかたのお部屋は、あなたがたのお部屋と廊下をはさんで反対側になります」

「クイーニーって、誰かね？」レドヴァースが訊く。

「クイーニー・パウエルという、通いの若いメイドですがね。このお館には、戦争の前から、住みこみのメイドはいないんです」

「ああ、なるほど。ありがとう、マーサ」

きっぱりとうなずき、マーサはせかせかと厨房《ちゅうぼう》にもどっていった。いつもはどっしりとかまえているマーサも、客が増えて、多少、いらだっているように思える。マーサにサイモンのことをなにか知らないか尋ねたかったけれども、彼女らしさをとりもどし、気分よく話してくれるのを待つほうがよさそうだ。

部屋に行くレドヴァースと別れて、わたしは誰を捜すともなく、あるいは誰かを避けるでもなく、階下をうろついた。居間に入り、窓から外を眺める。その窓から、片腕がないというハンディをものともせず、らくらくと仕事にいそしんでいる庭師の姿が見えた。彼に話を聞いた者がいるのだろうか――彼は仕事柄、表から一歩も二歩も引いたところにいてすべてを見ている、そんなたぐいの人物だといえる。ぜひとも彼と話をする必要があるが、彼とおしゃべりをするのは、いまを措いてなさそうだ。

この館に到着したとき、庭師のウィリアム・バーロウ軍曹に紹介されたが、それ以降、彼とは顔を合わせたことがない。もの静かで、寡黙な男だ。サイモンとちがって、みんなが和気藹藹と集まっているときでも同席することはなかった。ほかの使用人たちと同じように、館のどこかに自室があるのか、それとも、館の外にねぐらがあるのか、わたしはそれすら知らない。彼の肌の色のせいなのか、あるいはひとりでいるのが好きなのか、それもわからない。

砂利を敷いてある小径を踏みしめ、足音をたてながら進んでいく。これで彼にも誰かが近づいてくるのがわかるはずだ。しゃがみこんで薔薇《ばら》の根囲いをしていたバーロウは、ゆっくりと体を起こして立ちあがった。庭のこの一画は多種多様な薔薇が植えられていて、七色の薔薇が咲きほこる。時期的にいまは花も萎れはじめているが、夏の盛りにはどれほどみごとな眺めだったか、たやすく想像できる。

「バーロウ軍曹」わたしは静かに呼びかけた。「お元気？」

見ただけで、彼の左腕が失われているのがわかる。顔とくびの左側にもくっきりと傷跡が刻まれている。なめらかな黒い肌に刻まれた傷跡。

バーロウはわたしに顔を向け、片頰だけに笑みを浮かべた。

「おれは元気ですよ、ミセス・ヴンダリー。なんでまた、この薔薇園に？」剪定鋏《せんていばさみ》を持った手で薔薇園を示しながらそう問いかけてきた。やわらかい西インド諸島訛《なま》りが耳にやさしい。

「ごらんのとおり、いまは最盛期を過ぎちまってますよ」

「でも花が咲きほこる時期がどんなにすばらしいか、目に見えるようだわ。夏はさぞみごとな眺めでしょうね」わたしは薔薇園に面したベンチの前に立ち、コートの前をかきあわせて腰から下をきちんとおおってから、冷たい石造りのベンチにすわった。「サイモン・マーシャル空軍大尉のこと、あなたも聞いたと思うけど」

バーロウはうつむいた。「はい、ミス・マーサが教えてくれました。恐ろしい事件です。でも、ご主人やお嬢さまがご無事だったのはなによりです」

その意見を嚙みしめる。「ご主人かお嬢さんが狙われたと思う？」

バーロウはくびを横に振った。「いいえ。あのラムダを使っていたのは、サイモンだけでした。でも、リリアンお嬢さまはときどき、同乗してました。サイモンが頭に血を昇らせていない、平静なときは」

わたしはなるほどとうなずきながら、話をどういうふうにもっていこうかと考えた。

「サイモンのこと、よく知っていたの？」ようやく質問を思いついた。

「みなさんと同じぐらいは。一杯機嫌のときはおれんとこに来て、よくしゃべってましたけど」

もの静かなバーロウのようすから、たぶんサイモンが一方的にしゃべっていたのだろうと推察できる。

「軍隊ではいっしょだった?」サイモンにしろ、バーロウにしろ、戦時中の彼らのことはなにも知らないし、微妙な問題を持ち出すのは神経を使う。特に、バーロウはひどい傷を受けたのだから。

「いや。同じ隊にいたのは、おれと同じ肌の色の者だけです。最初はそうではなかったんですが、最後のほうはそうだった」

「そう」自分の無知に顔が熱くなる。

「そうは思えないでしょうが、むしろ、そのほうがよかったんですよ」バーロウはやさしくわたしにほほえみかけた。だが、すぐにその顔が引き締まった。「だけど、サイモンが殺されたのは軍隊時代のことと関係ないと思うんですが」

「どうしてそう思うの?」

バーロウは一瞬、わたしの顔をじっとみつめてから、軽く肩をすくめた。「そのう……何週間か前、サイモンが得意そうにいったんです……ある情報を手に入れた、って」

石のベンチの冷たさが、腰の下をおおっているコートの布地越しに、じんじんとしみてきたため、わたしはもぞもぞと身じろぎした。そして、バーロウが考えをまとめるのを待った。

「ヒューズ卿に関する情報を」

思わずぽかんと口が開いた。話のつづきを待ったが、バーロウの話はそれで終わったようだ。

「どんな情報か、聞いた?」

バーロウはくびを横に振った。「いいえ――どんな情報かと何度か訊いてみたけど、サイモンはいおうとしなかった。決していい話ではない。それぐらいはわかりました」

魚さながらに口をぱくぱくさせているわたしを尻目に、バーロウはいった。

「ヒューズ卿がサイモンの死に関係してるはずはありません。ヒューズ卿は善良ないいかたです。おれはサイモンに、手に入れた情報がなんであれ、気をつけるように忠告しました。ここに職を得られて、おれたちはとても幸運だったんです。特に、おれは」右手で失われた左腕を示し、次いで、自分の顔を示した。「この国に残りたいと思った黒人兵の大多数は、その望みをかなえられませんでした――この国でおれたちが就ける仕事なんか、ほとんどありませんからね。ここに雇ってもらえたのはほんとに幸運だったんです。それも片腕のない、このおれが」

わたしは思いやりをこめて微笑し、うなずくしかなかった。じつをいえば、ヒューズ卿が片腕の庭師を雇っていると知ったとき、わたしは納得がいかなかった。ばかげているとさえ思ったほどだ。だが、バーロウにはその資格があるし、残っている片腕をうまく使っているようだ。それにしても、なによりも肌の色が、彼にどれほどの艱難辛苦《かんなんしんく》をもたらしているか、わたしは考えようともしなかった。アメリカ合衆国内よりも英国内のほうが、異人種間の関係ははるかに平等だと思っていたが、それほどでもないようだ。

「サイモンは、ここに来る前にどんな仕事をしていたか、あなたに話したことはある?」

バーロウはくびをかしげて考えこんだ。「機器類修理店に勤めていたといってましたが、そこは閉店してしまったようです。自分は係わり合いにならなかったけれど、オーナーが問題を起こしたといってました。オーナーはいまは刑務所に入ってるんじゃないかと思います」肩をすくめる。「とにかく、それでサイモンは職を失ったわけで」

これは調べてみるしかない。だが、おそらく、サイモンがバーロウにいったとおり、勤め先のオーナーが刑務所行きになった件と、今回の件は、なにも関係がないだろう。

「あなた、戦時中はどんな任務についていたの？」考えなしに、ついそう訊いてしまった。

バーロウはしばらく黙っていた。返事はしてもらえないものと、わたしがあきらめかけたぐらい長い時間。

「砲兵隊にいました。トルコで戦ったんです」口をつぐみ、周囲を見まわした。「おれはこの庭の世話をするのが好きです。それに、馬の世話も」

バーロウはこちらを見ていなかったが、わたしはうなずいた。

ひとつ、疑問に思ったことがあり、訊いてみた。「あなたはイギリス生まれではないわね。戦争が終わったあと、どうして故国に帰らなかったの？」

彼の目にするどく、痛みに満ちた色が宿った。ほんの一瞬のことだったが、わたしは確かにそれを見た。しかしその目の表情はすぐに消え、おだやかなまなざしにもどった。

「帰っても、家族はもういないんですよ。故郷には、ほとんどなにも残っていないんです」

バーロウは空を見あげた。「ミセス・ヴンダリー、お館に帰ったほうがいいですよ。じきに雨が降りだします」

わたしも空を見あげた。いくつもの黒い雲が集まって、大きな塊になりかけている。

「時間をさいてくれてありがとう、軍曹」

「ウィリアムと呼んでください」バーロウはそばに置いてあった手押し車に剪定鋏を突っこみ、ほかの道具も片づけはじめた。

「わたしのことはジェーンと呼んでね」

「はい、マム」

わたしはほほえんだ。たとえ、何度もしつこくたのんでも、彼がわたしをファーストネームで呼ぶことはなさそうだ。

館にもどる途中、敷地内でなにかいつもと異なる不審な出来事に気づかなかったか、バーロウに訊くのを忘れたことを思い出し、自分をののしった。たとえば、深夜に――ブレーキケーブルに切り込みを入れるために――納屋にしのびこむ不審者を見なかったかどうか、訊くつもりだったのに。

だが、いまにも雨粒が落ちてきそうな空模様だ。その疑問を質すために引き返すのはやめて、後日にするしかない。

少なくとも、バーロウはわたしに質問されるのを避けようと、わたしを追い払ったりはしなかった。

9

レドヴァースを捜すことにする。バーロウから聞いたサイモンの話をしたかったのだ。サイモンが得たというヒューズ卿に関する情報がどういうたぐいのものか、レドヴァースならわかるかもしれない。だが、一階に多数ある部屋のどこを見ても彼はいなかったし、さらにいえば、図書室にも厨房《ちゅうぼう》にもいなかった。ヒューズ卿の書斎のドアは閉まっていたが、レドヴァースに相談したい話の内容を考えると、そのドアをノックして、卿の邪魔をするわけにはいかない。

ひょっとすると自室にいるかもしれないと思い、階段を昇り、二階のレドヴァースの部屋のドアをそっとノックしてみる。予想したとおりだった。返答はなく、ドアノブを回してもドアは開かなかった。

欲求不満を抱え、わたしは自分の部屋に行った。すると、なんということか、ドアがロックされていなかった。おかしい――部屋を出たときには確かにきちんとロックした。マーサかクイーニーが掃除にきて、部屋を出るときにロックし忘れたのだろうか? なかに入り、ざっと部屋のなかを見てみたが、荒らされたようすはない。どの品も、わたしが置いた場所にある。腰に両手をあて、大きな窓から少し離れたところにある四柱ベッドを眺めてみる。枕に小さな白い紙片が鎮座ましましていた。

〝夕食前のカクテルタイムに会おう。図書室で——R〟

レドヴァースが姿を消した理由はわからないが、この伝言には思わず頬がゆるんだ。とはいえ、文句をいいたい気分で、口のなかでぶつぶつ不満をつぶやいてしまう。ドアに近づき、しげしげと観察する——鍵穴にはひっかき傷ひとつない。どういう技を使ったのか、あとで訊いてみよう。

と、ふいに背筋に寒けが走った。そんなにも簡単に、鍵を使わずにロックを解けるのなら、ほかの誰でも同じことができて、容易に室内に入れるのでは？　サイモンはなんらかの理由があってあんな目にあってしまったのだろうが、わたしが狙われる理由はない……ないはずだ。だが、こみあげてくる不安を抑えることはできなかった。

そのあと、わたしは夕方まで図書室に閉じこもっていた。読書に没頭したかったものの、ともすれば目は本のページから離れ、雨が強くなってきた窓の外を眺めながらあれこれ考えてしまう。誰もが秘密を抱えこんでいる。ヒューズ卿もその例に洩れない。でも、サイモンがどんな情報を入手したにせよ、それが彼を殺す動機になるものだろうか。ヒューズ卿は無実だ、とみなしているわたしが愚かなのだろうか。

この館《やかた》の敷地内には、かなり大勢の人間が居住している。ほんの数人の使用人も含め、戦時中はたがいに顔も知らなかった人々が集まって暮らしているのだ。そのうちの誰かが、サイモンを殺す動機をもっていたのか。サイモン以外の者が死ぬ可能性もあるのに、なぜ、ブレーキケーブルに細工をしたのか。なぜほかの、いわば昔ながらの殺人の手段を取らなかったのか。サイモンが確実にあの車を使うという裏づけはなかったはずだ。それに、彼が車を出す前に、不具合に気づいたとしたら？　しょっちゅうあの車に乗っていた彼なら、ましてメカに強い彼なら、それはありうることだ。そうなれば、殺意ある企みは成就しない。いちかばちかの危険な賭けのようなものだ。それに、サイモンが前に勤めていた修理店が閉店した理由はなんだったのだろう?

疑問ばかりが頭に浮かぶ。そのうえ、あのつかまえどころのない執事や、ぶっきらぼうなマーサも含めて、話を聞くべき相手のリストは長くなるばかりだ。

図書室に入ってくる足音は聞こえなかったが、森を思わせるコロンの香りが鼻孔に届き、グレタ・ガルボまがいに片方の眉をつりあげて、わたしは顔を香りのほうに向けた。

「こんなふうに会うのはやめたほうがいいと思うけど」

レドヴァースのくちびるがひくりと動いた。「銀幕デビューにそなえて練習しているのかい？」

思わず笑ってしまう。「練習するまでもないと思わない？」

「顔にいろいろ塗りたくる必要があると思うよ」

わたしは怒ったふりをした。「魅力的に見せるには、濃い化粧をするべきだと?」

レドヴァースの口が軽く開き、頬が赤くなった。指先でカラーを引っぱる。「いや、そういうことではなくて……そのう……」

わたしは笑い声をあげた。「レドヴァース、してやられたって顔ね」

レドヴァースは目を細くせばめてわたしをみつめた。

わたしはこらえきれずにまた笑い、狼狽しているレドヴァースを救ってやることにした。レドヴァースを狼狽させ、顔を赤らめさせるなど、めったにできることではない。エジプトで別れた時点につながったような気がして、わたしの胸の内にあたたかい灯がともった。

にやにやしてレドヴァースを眺めているうちに、彼の髪が濡れていることに気づいた。

「ずっと外にいたのね」

「風呂に入ったとは思わないのかい」

わたしはすわったままで、鼻をふんふんいわせた。「いいえ。雨のにおいがする」

レドヴァースは頭を振った。いつもの平静さをとりもどしたようだ。「雨ににおいはないよ。ところで、庭師からなにか聞き出せたのかい?」

どうしてわたしがバーロウと話をしたのを知っているのかと、思わず訊きそうになったが、訊いても意味がないと思い直して立ちあがった。居間と同じく図書室にも、酒のボトルやグラスがそろったバーワゴンがあるので、そちらに向かう。そろそろ一杯飲《や》って然るべき時間だ。

「ええ」

「で、その情報を提供してくれるのか、それとも、きみが独占しておくつもりなのか、どちらなんだい？」

雨のにおいと、爽快《そうかい》な松の香りをただよわせて、レドヴァースがそばに近づいてきた。

わたしは鼻にしわを寄せて彼を見ながら話をつづけた。

「サイモンはヒューズ卿に関する情報を手に入れたみたい。でも、その内容まではバーロウにはいわなかった」

「ふうむ、それは事件の背景になりそうだ」

わたしはうなずいた。「それが新たな脅迫の種にならなければいいけど」

レドヴァースは自分用にスコッチを適量グラスについでから、わたしに訊いた。「ジンリッキー？」

彼が憶えていてくれたことがうれしくて、わたしはほほえんだ。そして、無意識に手に取っていた空のグラスを手渡した。「ありがとう」

「ジンというのは、貴族階級には品の悪い酒だと思われている。だのに、ヒューズ卿がちゃんとそろえているのは驚きだな」

「ええ、そうしてくださって、わたしはうれしいわ。たぶん、わたしのために用意してくださったんでしょうね」そういって、レドヴァースが手ぎわよくジンリッキーをこしらえるのを見守る。「バーロウの話では、サイモンが前に勤めていた修理店のオーナーはなにか良からぬことをしていたみたい——そのせいで、オーナーは刑務所に入る羽目になったんじゃないかと」

レドヴァースは手を止めてわたしをみつめた。「その事件のこと、バーロウはなんといっていた？」

わたしはくびを横に振った。「なにも知らないと」そこで思考がとんだ。「ちなみに、どうやって、わたしの部屋に入ったの？　ドアがロックされていたのはわかってるわよ」

「簡単に開けられるロックでね。簡単すぎるぐらいだ」

「今日から、夜はドアチェーンをかけておくことにするわ」

レドヴァースはその案をまじめに受けとった。「悪い考えじゃないね。もちろん、それだと、きみが外に出るのも、誰かを入れるのもめんどうになるだろうが」

その意味が頭にしみとおると、いった当人のレドヴァースも、わたしも、顔がぽっと赤くなってしまった。わたしが誰かを部屋に招きいれたいと思っているみたいではないか。それも夜間に。

顔の赤みがそれ以上濃くならないうちに、わたしは急いで話題を変えた。「で、今日の午後はどこにいたの？」

「敷地内の付属建物を見てまわっていた」

「わたし抜きで？　わたし抜きで調査するなんて、あんまりだわ」

不平たらたらのわたしの言など聞かなかったかのように、レドヴァースはジンリッキーを作りつづけた。「厩舎《きゅうしゃ》の上に広い部屋があるらしいが、ドアは厳重にロックされていた」

「あなたでも入れなかった？　あなたに解錠できないロックがあるなんてね」

「もっとちゃんとした道具が必要なんだ。館内の各部屋のドアロックより少しばかり複雑な構造のものだったんでね。それに、あまり頻繁に使われているようではなかった」

「あまり使われていない？　複雑な構造のロック？」

「いくぶんかは」

「なぜそんなものがそんなところに使われているのかしら」

そこにミリー叔母が突入してきて、わたしたちは談義を中断せざるをえなくなった。

「図書室なんかで、ふたりきりでなにをしてるんだい？」わたしたちがグラスを手にしているのを見ると、叔母はつかつかと近づいてきた。「もう飲んでるのかい？　いいねえ」

叔母が手ずからハイボールをこしらえるのを見守り、レドヴァースとわたしはおもしろがって目を見交わした。そのとき、ふと思いついた——ヒューズ卿が居間だけではなく、図書室にもバーワゴンをそなえているのは、叔母のためではないだろうか。

「なにかわかったかい、ジェーン？」

「まだなにも。取りかかってから、まだ数時間しかたっていないのよ、ミリー叔母さん」

叔母はふんと鼻を鳴らし、レドヴァースに目を向けた。

「あなたがここにいてくれて、うれしいですよ、ミスター・レドヴァース」

レドヴァースは叔母に向かってにやっと笑った。「わたしも同じですよ、ミセス・スタンリー」

「で、どうしてこんなところにぼさっと突っ立ってるんです？」厚手のウールの服とショールに身を固めているのに、叔母はぶるっと震えた。「居間の暖炉には火が入っていて、気持よく燃えてますよ。さあ、あちらに行きましょう」

叔母はグラスを手にしたまま、先に立って廊下に出た。わたしたちもあとにつづく。居間に入ると、叔母は暖炉近くに配置されている椅子のひとつにすわった。

「だけど、あんたは暖炉のそばにすわらなくてもいいみたいだね、ジェーン。ちっとも寒そうに見えないよ。もう充分に温まっているみたいだ」

わたしは頬を軽くたたいた――顔の赤みはとっくに薄れたはずだ。レドヴァースのほうはもうすでに平常どおりの顔色だ。

ハモンド大佐がやってきた。まっすぐにバーワゴンに向かって酒を調達してから、すわりこんでいるわたしたちの仲間に入った。しかしすわらずに、わたしの椅子のそばに立ち、椅子の背もたれの上に肘をのせた。そんな大佐に叔母は苦い顔をしたが、大佐は無視している。

わたしは体をひねって大佐を見あげた。「おすわりにならないんですか?」

「いまは立っていたいんですよ。気遣ってくれて、ありがとう。いや、なかなかたいへんな一日でした」

「そうでしょうねえ」わたしは同情した。「必要な手配はすべて終わったんですか?」

大佐はうなずいたが、くわしい話はしなかった。

やがてほかの人々も集まったので、そろって食堂に向かった。

「今夜はたいした料理ができませんで」マーサが弁解しながら、最初の料理を配った。おいしそうなマッシュルームのスープだ。「お食事をなさるかたが何人になるか、わからなかったものですから」気の毒に、マーサはまだ動揺しているようだ。

「うまそうじゃないか、マーサ」ヒューズ卿がいう。

会話が途切れる。ハモンド大佐がわたしに小声でいった。

「朝の訓練をつづけたいですか？　天気さえよければ、の話ですが」

「ええ、ぜひとも。せっかくの機会を逃したくはありません」わたしはにっこり笑った。

レドヴァースは眉根を寄せて、わたしと大佐を交互に見た。「朝の訓練？」

「ジェーンは飛行訓練を受けているんですよ」ミリー叔母が説明したが、腹立ちのこもった口調だった。「もう訓練はできませんよ。車に細工がしてあったことだし」スープを味わっているヒューズ卿を手まねで示す。「エドワードは、この事件が解決するまで、飛行訓練を中止することに賛成してくれました」

「あの車に細工がしてあったからといって、飛行訓練とは関係ないわよ、叔母さん」

「車も飛行機も同じ場所にあるじゃないか！」叔母は助けを求めるようにヒューズ卿のほうを向いたが、卿は話が聞こえなかったふりをして、スープにかかりきっている。卿がほんとうに飛行訓練を中止することに賛成したのかどうか、あやしいものだ。叔母をなだめるためにだけ、その場しのぎで同意しただけかもしれない。

「飛行訓練を受けているんですか？」レドヴァースの声には、信じがたいという響きがこもっていた。

「ええ」わたしはそれ以上なにもいわせないという気持をこめて、レドヴァースをにらみつけた。

レドヴァースはわたしの目を見返してから、うなずいて、大佐に視線を向けた。「当然ながら、離陸前には念入りに飛行機を点検するつもりでしょうね」

「もちろん。通常も念入りに点検していますが、今後はさらに徹底的にやりますよ」

大佐の言に、レドヴァースはまたうなずき、スープにもどった。それ以上異議を唱えようとしないのだとわかり、わたしは軽くショックを受けた。卒中でも起こしそうな叔母の顔から、叔母もまたショックを受けたようだ。何度か文句をいおうとしたが、ことばにならないようだ。それには誰もが知らん顔をした。

わたしはじんわりと頬がゆるんでくるのを感じた。

そのあとはずっと、わたしは食事をしながら、みんなを見守っていた。アリステアはリリアンばかりに注意を傾け、一度ならずおもねるような笑い声さえあげた。そのたびに、マリーは苦い表情を浮かべ、射るような目でアリステアをにらんだ。

「視線でひとを殺せるものなら……」レドヴァースが小声でわたしにいった。

「次の被害者はアリステアね」わたしは考えこんだ。「あの青年も、もっと気をつけるべきじゃないかしら」

レドヴァースはなにもいわなかったが、テーブルの端に固まっている若者たちから目を離さず、じっくり観察していた。

ようやくリリアンから笑いを引き出したアリステアは、自分たちを見ているわたしに気づき、悠然と目くばせをしてよこした。わたしはちらりと笑みを返した。視線をずらすと、マリーがリリアンの注意を惹こうと機会をうかがっているのがわかった。

わたしはテーブルのもう一方の端に目を向けた。こちらには男たちが集まっている。

「戦時中は任務についておいでしたか？」ハモンド大佐がレドヴァースに訊いた。

「ええ」レドヴァースはうなずいた。

この質問の先はどこに向かうのか、わたしは興味津々だった。これはわたしもいつも疑問に思っていたことなのだが、どう訊けばいいのか、わからなかったのだ。

レドヴァースがうなずいたきり、くわしい話をしようとしないのを見てとり、大佐はけげんそうに眉をひそめた。

すると、レドヴァースは大佐をまっすぐにみつめた。「わたしの任務は……別方面だったんです」

「ああ」大佐は合点がいったとばかりにうなずき、話題を変えた。

食後、みんなは早々に自室に引きあげていった。サイモンが亡くなってからまだ間もないために、楽しく遊ぶという気にはなれないのだろう。自室に引きあげたわたしは、今夜はこれでおしまいなのかどうかよくわからず、部屋のなかをうろうろと歩きまわっていた。

ベッドサイドテーブルに置いてある読みかけの本にも関心が向かない。窓辺に行き、窓を開けた。ぎしぎしと音がした。冷たい夜気が部屋のなかになだれこんでくる。カーテンを少し寄せて、警官が警備しているのだろうかと思いながら、厩舎と納屋のほうを見る。なんといっても、納屋は犯行現場なのだから。

あるいは、警察はわざと、残りの二台の車——それに小型の複葉機——を闇のなかに放置しているのだろうか。何者かがしのびこんで致命的な細工ができるように。

10

翌朝、早起きしたわたしは、飛行日和《びより》の晴れた空が広がっていることを期待して窓辺にとんでいった。期待は裏切られなかった。低く垂れこめていた雲は夜のあいだにどこかに流れていってしまい、あいにく青空ではないが、灰色の空が広がっている。わたしは急いで身仕度をすませ、階下に降りていった。昨夜の懸念が頭をよぎる。だが、もし何者かがモスに細工をしたとしても、コックピットに乗りこむ前に入念に点検すれば、そうとわかる。それは確かだ。

マーサは早くから朝食をととのえてくれているはずなので、わたしはまっすぐに厨房《ちゅうぼう》に向かった。ちょうど執事のショウが厨房から出てきたところで、わたしは彼にぶつかって、よろけそうになった。

「ミスター・ショウ、あなたにぶつかるなんて、なんだか運がいいみたい」いつもならドアロにほかの者が現われれば、ショウは必ず一歩さがって、決してひととぶつかったりしない。

「ちょっとお話をしたいの……朝食のあとはどうかしら?」

「よろしいですよ、ミセス・ヴンダリー」そういうと、ショウはその場に立ちどまりもせず、すたすたと廊下を進んでいった。彼を見送ったあと、くびを振りながら厨房に入る。あとでショウをみつけることができれば、ささやかな奇跡といえる。

「ミセス・ヴンダリー！　朝食はまだ用意できていないんです！」マーサはエプロンで手を拭き、頰にこぼれた赤い巻き毛を耳のうしろにかきあげた。

「いいのよ、マーサ。トーストが何枚かとコーヒーがあれば、それで充分。それに、それぐらい、自分で用意できるわ」

「それはだめですがね。あたしの厨房ではだめです」マーサは鶏を追うように、両手でわたしをテーブル前のスツールのほうに追いやった。厨房のまんなかには、大きな木製のテーブルがどんと鎮座ましましているのだ。わたしがスツールに腰かけると、マーサは料理用ストーブの上でしゅんしゅんと湯気を立てているポットから、カップにコーヒーをついで、わたしに渡してくれた。そして、ストーブの前にもどると、ちょっと考えこんでから、ポットを火からおろして、ポットごとわたしの前に持ってきた。

「マーサ、あなたって、夢みたいにすばらしいひとね」わたしは両手でカップをつつみこみ、芳醇《ほうじゅん》なカフェインの香りをたっぷり吸いこんだ。マーサは笑いながらパンにバターを塗り、それを料理用ストーブのグリルにのせた。数分後、わたしは幸せそのものの気分で、焼き加減も絶妙なトーストをさくさくと食べはじめた。いつもは主人の席の足もとにいるラスカルだが、今朝は料理用ストーブの近くで暖をとっていた。わたしがトーストを食べていると、ラスカルはその場を離れ、わたしのそばにやってきて床に腰を落とした。わたしがトーストをひとくち食べるたびに、訴えるように大きな茶色の目でみつめている。

「ラスカル、おいで」マーサが犬に骨を見せた。ラスカルは尻尾を振りながら料理用ストーブのそばにとんでいき、骨にかじりついた。マーサは厨房のなかをせわしげに歩きまわっている。そんな彼女を見守っているうちに、カウンターの上に置いてある柳細工のバスケットが目に入った。

「今日、どなたかピクニックにいらっしゃるの？」

マーサはすぐに返事をしなかったが、痩せた体を流しのほうに向けた。「なぜ、そんなことをお訊きになるんですかね、ミセス・ヴンダリー？」

「だって……ピクニック・バスケットがあるから」

マーサはさも忙《せわ》しげにパン焼き皿を洗っている。しばらくしてから、ようやく返事が返ってきた。

「どなたかが、外でなにか食べるものがほしいとおっしゃったような気がして。たぶん、リリアンお嬢さまだったと思いますがね。お嬢さまは外で、あの金属の棒を振っていらっしゃいますが、小腹が減ったときに、なにかめしあがりたいみたいで」

「ああ、そりゃあそうでしょうね」わたしがピクニック・バスケットのことをいったとき、マーサの反応はおかしかった。それとも、なんでもないことに、わたしが過剰反応してしまったのか。サイモンが殺されたために、誰彼となく、疑いの目を向けているせいか。

マーサの石鹸だらけの手があがり、流しの上方の窓に向けられた。「しっ！」ガラス窓の枠に石鹸の泡が飛ぶ。窓台に止まっていたブラックバードがさっと逃げていった。

マーサの顔が暗く曇っている。「悪いしるしなんだがね、あれは」両手でエプロンをしっかり握りしめ、マーサはわたしを見た。「今日は気をつけてくださいよ、ミセス・ヴンダリー」

わたしがなにかいう間《ま》もないうちに、ハモンド大佐が厨房に入ってきた。ゴーグルと飛行帽を手にしている。「準備は？」

「すぐに！」わたしは残っているコーヒーを飲みほした。「マーサ、もどったら、ポットを空にするわね」

マーサはうなずいた。「はいはい。ちゃんと取っておいて、お帰りになったら、温めてあげますがね」

テーブルに置いてあった自分のゴーグルと飛行帽とコートとスカーフをまとめてつかみ、納屋に向かう。マーサの警告を考えてみたが、すぐにそれを頭から追い出した――彼女は迷信深いのだ。窓台に鳥が止まったことと、車に細工をされたということには、なんの関係もない。ああいう迷信は、もっと年老いた女性ならいかにもいいそうなことだ。そういえば、マーサは何歳で、出身はどこなのだろう？

館《やかた》の裏の低い丘を登っていくと、向こうからレドヴァースがやってきた。距離が狭まってくると、わたしは声をかけた。

「こんなに朝早くから、なにをしてるんです？」

「朝の新鮮な空気を楽しんでいるところですよ」

彼の屈託のない笑顔を、わたしはうろんな目でみつめてしまった。

「飛行訓練が終わったら、また会いましょう」笑顔のまま、レドヴァースはツイードの帽子に

いった。

「あなたがたおふたりは、親しい仲のようですね」ハモンド大佐がのんびりといった。

大佐の真意を見逃すまいと、わたしは大佐を横目で一瞥《いちべつ》した。だが、大佐は好意的な関心しかもっていないと判断する――それとも、なにか見逃してしまった？　いや、それはないと思いたい。

「わたしたち、エジプトで出会ったんですよ。わたしがちょっと厄介なトラブルにはまりこんだのを……彼が助けてくれたんです」あいまいに説明してから、話題を変える。「クリス、昨夜、レドヴァースが、戦時中は別方面の任務についていたといってましたけど、あれ、どういう意味なんでしょう？」

大佐は笑った。「知らないんですか？　そうですね、あえていおうとはしないでしょうね」

「そうなんです。それなりの推測はできますけど、わたしには暗号を解く知識はありませんし。ただ、自分の推測が正しいかどうか、知りたいだけなんです」

大佐はわたしを見てから、しかたがないというようなため息をついた。「あれは、なんらかの形で軍事情報関係の任務に従事していたが、そのことを話すのは許されていない、という意味です」

わたしの推測はあたっていた。それが確認できたのはうれしい。それでいろいろなことに説明がつく――エジプトでも、レドヴァースが戦時中と同じように、政府の特命を受けた任務を続行していたのならば、自分の職務について口を濁《にご》したのも当然だろう。彼はじつにまさに口が堅いが、それは必然であり当然のことだと納得できた。初対面のとき、銀行員と名のっていたレドヴァースのことを思い出すと、笑いたくなってしまう。その点において、彼の言を信じなかったわたしは正しかったわけだ。

大佐とわたしは黄色のモスを石造りの納屋から出し、翼を前に引き出した。このタイプの複葉機は上下の翼をつないでいる支柱をはずせば、機体の格納が簡単にできるように、巣についている鳩のように翼をたためるのだ。飛ばすときは、翼を前に引き出して、支柱を装着しなおさなければならない。最初は、翼が常に定位置に固定されているわけではないことに不安を覚えて神経質になったが、ハモンド大佐は、きちんと定位置につけて支柱をロックすれば安全だ、と請け合ってくれた。もちろん、だからといって、わたしもまた、チェックを怠ったりはしない。ダブルチェックをおこなう。翼はしっかりと固定されている状態でなければならない。

支柱を立てて上下の翼を固定し、その確認を終えると、大佐とわたしは徹底的に機体を点検した。外側も内側も、徹底的に。偏執的な妄想と、不吉な予感にもかかわらず、機体に異常はいっさいなかった。

深呼吸をしてからコックピットに乗りこみ、操縦桿《かん》を握る。わたしを待っていたかのように、エンジンが始動した。

後部座席のハモンド大佐に助けてもらうことなく、わたしの操縦どおりに、機体は離陸した。モスは土を固めた滑走路を走り、ふわりと空中に浮きあがって、木々の上を越えた。わたしは無意識に息を詰めていた。徹底的に点検したとはいえ、離陸できないのではないかと不安に駆られていたのだ。無事に離陸して空中に出れば、もうこっちのもの。らくに呼吸ができるようになり、胸の内にいつもの解放感が広がった。

今日の訓練は傾斜旋回だ。前に浅い旋回はしたことがあるが、今回は機体をすばやく大きく傾けて、深く旋回する。すてきだ。一時間以上、何度もくりかえし、その練習をした。わたしの気まぐれなあつかいに、操縦桿は敏感に反応してくれた。

やがて、またもや雲が垂れこめてきたので、訓練を切りあげなければならなくなった。機体を旋回させ、機首を長い滑走路に向ける。着陸は前回よりも格段にスムースにできた。

「コツをのみこめてきましたね」

エンジンを停止させ、コックピットから降りると、大佐はそういった。「最後の二回の旋回は、二回ともみごとだった」

「ありがとうございます」満面に笑みがこぼれる。ライセンスを取得できるようになるには、まだまだ道は遠いが、コックピットに乗りこむたびに自信がつく。

なにか問題があったのに、それに気づかずに離陸して墜落するなどという羽目にもならず、無事に飛行を終えることができて、ほんとうによかった。車に細工した犯人が誰であれ、モスには手を触れなかったのだ。

いままでのところは。

11

ハモンド大佐を手伝って上下の翼をたたむ。モスを押して納屋のなかに入れ、いつもの場所にもどす。納屋は本来、家畜専用舎として作られた構造なので、機体を格納するには少々時間がかかる。三年前にヒューズ卿に雇われたサイモンが、機械類の修理・整備に使おうと納屋の一階をがらんどうにして、倉庫のように広々とした空間に変えていた。片隅にはまだ干し草の梱《こり》が積まれているが、奥の壁ぎわには作業台が据えてあり、その上には種々の工具が雑多に置いてある。昨日、警察は捜索のさいに、工具類を選り分けようと努力したようだが、日ごろから整理整頓されていない工具類をどこにどう片づければいいのか、さぞ困ったことだろう。とはいえ、多少はその努力の成果はあったようだ。

ヒューズ卿の黒いベントリーは納屋の奥、裏口にあたる大きな扉近くに停めてある。以前はベントリーの隣に、ダイムラーと並んで、サイモンが乗っていたラムダが停めてあった。それを思うと、あの青年の悲惨な運命がまたもや脳裏に浮かんだ。ため息をつき、体の向きを変えると、つややかな黒と赤の、サイドカー付きのオートバイが目に入った。アリステアのオートバイだ。表扉のすぐ内側に停めてある。

ハモンド大佐が納屋の扉をきっちり閉めるのを待ち、大佐といっしょに館《やかた》に向かう。これから朝食をとるのだ。

館まで歩いていく時間を有効に使い、大佐にサイモンのことを訊いてみたかった。あの事故、いや、事件のあと、大佐はサイモンのことを話したくないようすだったが、最初のショックが少しは薄れたいまなら、いろいろと話してくれるのではないかと思ったのだ。

「クリス、サイモンが戦後にどんな暮らしをしていたか、あまりよく知らないといってましたね。でも、彼にここの仕事をみつけてあげたのはあなただ、という印象を受けたんですけど」

大佐は微笑した。「そうですよ。だが、彼をわたしに推薦してくれたのは、彼の上司だった司令官です」

「ウォード空軍准将？」

大佐の眉がくいっとはねあがった。「たいした記憶力ですな。そう、ウォード空軍准将です」

大佐がみずから話をつづけてくれるのを期待して、せかさずに待つことにする。期待は裏切られなかった。

「戦時中、マーシャル大尉は……いや、サイモンは……わたしの部下ではなかったんですが、よく見かけましたよ。彼はほんとうにメカに強かった。天才的といってもいい。機械類の修理なら、なんでもござれでしたから」

大佐はふっと息を吐いた。冷たい朝の空気に、それが白く見えた。ふたりとも、しばらく黙って砂利道を進んだ。やがて大佐がまた口を開いた。

「飛行機の整備に長けていたので、彼はその能力を車の修理にも応用できたんですよ。自分の役割をきちんと把握していました。だからこそ、大尉にまで昇進できたんです。戦争が終わっても、数年間は同じ職にとどまることができたんですが、シェルショックで神経をやられましてね」

シェルショックで神経を病んだ兵士が、退役直後にはその徴候がなくて元気いっぱいなのに、数年後に発症するという話は、わたしも聞いたことがある。

「誰に訊いても、彼はいい兵士だったといいます。ただ、連隊には……無用の人物となった……」

「連隊にとどまっていられれば、彼のためになったでしょうね」

「人生というのは、ひとそれぞれです」

サイモン・マーシャルとはあまり関係のないことだが、ここ二週間、飛行訓練で時間を共有してきた大佐に関係のあることには、わたしも関心をもつようになっていた。

「大佐はどうして――そのう、そういう兵士たちに仕事をみつけてあげるようになったんですか？」

大佐はポケットに両手を突っこみ、ひょいと肩をすくめた。その話は自分の口からはいいたくないのだと察しがついた。そのおだやかなしぐさには、自分の善行を語ることを恥ずかしく思う気持が隠れているのだろうか。わたしは辛抱《しんぼう》づよく、大佐のことばを待った。「わたしの父はなかなか優秀な事務弁護士《ソリシター》で、さまざまな業界に顔が利きました。それに、わたしも空軍での任務を通して、ロイヤル・エアロ・クラブと縁ができて……。ええ、何人か知り合いができましてね。なので、情報を聞き逃さないように注意して、人材と職とをつなぐようにしているだけです」

まだ歴史の浅い航空界という特殊な専門業界のなかを、大佐が気軽に動きまわっている姿が目に浮かぶ。「ひとのためになることをなさってるんですもの、すばらしいですわ」

大佐の頬がほんのりと赤く染まった。もう館はすぐそこだ。

「バーロウ軍曹にも、ここの職をみつけてあげたんですか？」

「そうです。あの男の場合は、就職先をみつけるのがちょっとむずかしくてね。積極的に黒人を雇おうというひとは、そう多くないんです――終戦直後には人種差別による暴動もありました。だが、バーロウ軍曹の雇用をお願いしたとき、彼の肌の色のことも、片腕がないことも、ヒューズ卿はまったく気になさいませんでした。彼に仕事を任せられるのならそれでいい、というお返事だったんです」大佐の頬の赤みが薄らいだ。そして、先ほどの話題にもどった。「とにかく、ウォード准将はいつもマーシャル大尉のことを褒めてました」

「ご家族はいないんですか？」

「先だっての夜、電話でウォード准将と話したんです。マーシャル大尉には婚約者がいたんですが、戦後、故郷にもどってみると、婚約者はほかの男と結婚していたそうです」

「悲しい話ですね」

「よくある話ですよ」

無愛想な声音だったので、その問題はそこで打ち切ることにする。戦後、大佐自身が離婚したことを思えば、ここいらが限界だろう。

「あのう、大佐は戦時中からロイヤル・エアロ・クラブと関係があったんですか?」

大佐の顔がぱっと明るくなった。「そうです。そのおかげで、戦後は訓練用の飛行機を借りて、あちこちでプライベート・レッスンができるんです。エアロ・クラブはもともとフランスで始まった民間の航空機の飛行を調整する組織なんですが、わたしは、イギリスにエアロ・クラブを設立することになったときの、創設メンバーのひとりなんですよ。クラブの本部はロンドンのピカデリーにあります」

「それじゃあ、いつか、ロンドンにお帰りになるんですね?」

利己的ながら、わたしはそれが数週間先だといいと思った。単独飛行ができるようになるまでには、まだまだ訓練時間が足りない。

「ああ、早々にというわけじゃありませんがね。確認事項があるんで、週末にロンドンにもどる必要がないとはいえませんが、わたしがここに長期逗留《とうりゅう》できるように、ヒューズ卿はクラブに多額の金を払ってくださっているんですよ」

ヒューズ卿は通常、午後にご自分が飛行訓練を受け、午前中にはわたしが訓練を受けられるようにしてくれている。わたしが訓練を受けたいといいだしたとき、ヒューズ卿は気が進まないようだったが、ミリー叔母が反対する声を聞くと、わたしにぱちりと目くばせをして、わたしの援護にまわってくれたのだ。卿には少しばかり偏屈な面があり、ときおり、隠しもったトゲで、叔母をちくりと刺したくなるようだ。もっとも、わたしが寡婦でなければ、話の流れはまったく異なっていただろう。君主制のもとでは、寡婦という社会的な立場にあれば、未婚の独身女性よりも、いくぶんかの自由を得られるというわけだ。

　裏口からなかに入り、コートをぬいでスカーフを取る。革手袋をポケットに突っこむ。大佐もわたしも次回にそなえて、飛行帽とゴーグルをテーブルの上に置いた。それから朝食室に向かった。ドアの手前で、大佐がわたしの腕に触れた。

「ジェーン、いうのを忘れるところだった。じつは昨日、おかしなことがあって……」

　近くの階段を降りてくる足音が聞こえてきて、わたしたちはふりむいた。アリステアが階段の角を曲がり、廊下に降りてくるのが見えた。

「いや、なんでもない」大佐はつぶやくように低い声でいった。

「おはよう！」アリステアが陽気にあいさつをしてよこした。幸いに、自分が邪魔をしたことには気づいていないようだ。

　わたしは笑顔であいさつを返した。そして三人そろって朝食室に入るさいに、大佐の目をとらえて、話を中断されて残念だという気持をこめて微笑した。どんなおかしなことがあったのか興味があったが、大佐としては、他人がいる前でその話をしたくないのだということは、充分に理解できた。あとで大佐に会って、話のつづきを聞かせてもらおう。

　朝食のテーブルには、もうほかの人々が顔をそろえていて、食事を終えようとしていた。数分後、マーサがわたしのために、湯気の立つコーヒーポットを持ってきた。新しく淹れてくれたようだ。

「お席はどこですか、ミセス・ヴンダリー？」

わたしは空いているレドヴァースの隣の席を指さして、コーヒーを忘れずに持ってきてくれたマーサに、心から礼をいった。

「おやおや」ミリー叔母がフォークをおろした。「あんたがいままでどこにいたか、わかるよ」

そして、一本の短い線になるほど強く、くちびるをぐっと引き結んだ。

「どこにいたと思いますか、叔母さん」わたしはサイドテーブルに用意された料理のなかから、たまご料理とスライスしたハムをどっさり皿に盛った。インゲン豆のトマト煮込みはやめて、焼きトマトを取る。

「髪の毛が頭にぺったりはりついてるじゃないか。飛行帽をかぶってたせいだね。あの恐ろしいしろもので空を飛んでたんだ。あれほど、考えなおすようにいったのに」

わたしは反射的にボブカットの髪に手をやったが、すぐにその手をおろした。叔母のいうとおり、髪がぺたりと頭にはりついているのは、頭をぴったりとおおう革の飛行帽をかぶっていたせいだ。飛行訓練が終わったばかりで気持が昂揚《こうよう》していて、身なりをかまう気分ではなかったのだ。髪はあとでなんとかしよう。

「おっしゃるとおりよ、叔母さん」席につき、コーヒーをカップにつぐ。

レドヴァースがわたしのほうを向いた。くちびるの片端がちょっぴりあがっている。「飛行訓練の成果は？」

レドヴァースに訓練のことを話しているあいだ、叔母はヒューズ卿にぶつぶつと愚痴《ぐち》をこぼしていた。わたしはそれを無視した。ヒューズ卿もわたしと同じく、叔母の愚痴には知らん顔で、ときどき、あたりさわりのないことをいっている。わたしは叔母にいらだっても、それをあからさまに叔母にぶつけないと決めている。叔母のほうはわたしに対するいらだちを隠さないが、それは、不安の裏返しにほかならないからだ。

「ジェーン、雨は降ってる？」

リリアンの声で、はっと我に返る。「いいえ、まだよ。いまにも降りだしそうだけど」

リリアンはうなずき、椅子をうしろに引いた。「それなら、いまのうちね」

「ぼくも行くよ」アリステアも椅子をうしろに引いた。彼の皿には、まだどっさりと料理が残っている。

リリアンは肩をすくめた。そしてふたりは部屋を出ていった。

マリーはテーブルの端にひとり取り残されたかっこうだ。優柔不断を絵に描いたような表情――リリアンたちについていくべきか、それとも、食べかけの朝食をおいしくいただくべきか？　心が決まったらしく、マリーはすわったまま肩をすくめ、背筋をのばした。

「このあとの予定はおありかい、ジェーン？」ミリー叔母が押しつけがましく訊く。たのんだことがあるのを忘れるな、といわんばかりの、わりにあからさまな訊きかただ。

「そうね、ミスター・ショウに話を聞いてみたいわ。ヒューズ卿、この時間帯なら、どこに行けば彼がみつかるか、ごぞんじですか？」

「うん?」ヒューズ卿は急に呼びかけられて新聞から目をあげたが、質問は聞きのがしたようだ。

わたしは質問をくりかえした。

ヒューズ卿は考えこんだ。「そうだなあ、地階のどこかにいるんじゃないか。ショウがどこにいるかなんて、あまり考えたことはないな」ヒューズ卿は肩をすくめた。「必要なときは、いつもそばにいるものでね」

ヒューズ卿の言に、ミリー叔母は眉をひそめた。

わたしがそれ以上なにもいわないように、レドヴァースが口をはさんだ。「いい考えですね、ミセス・ヴンダリー。ついでにちょっと散歩でもしましょうか。脚をのばして、新鮮な田舎の空気を楽しみましょう」

「雨が降りそうだよ」ミリー叔母がいう。

「傘を持っていきますよ」レドヴァースは叔母にそういった。

12

レドヴァースとわたしはお先に失礼といって席を立ち、執事のショウを捜しに出かけた。

「ショウのこと、なにかごぞんじ？」

「いや、たいして知らない」

「それ、ほんとう？　またわたしにいろいろ隠していることがあるんじゃないの？」わざといたずらっぽい声音でいってみたが、もちろん、そこそこ、本音がまじっている。前にエジプトで協力して調査をしたさい、レドヴァースが一度ならず、わたしに事情を隠してひとりで動いていたことを、まざまざと思い出す。

「わたしが？」レドヴァースは自分の胸に指を向けた。「きみに隠しごとをする？　とんでもない」

わたしはレドヴァースに舌を突きだしてやった。

裏階段を降りて館《やかた》の腹のなかに向かう。こういう古い建物の〝地階〟はまだ見たことがないし、ここでなにがみつかるか見当もつかない。石造りの裏階段を降りると、目の前に長い廊下がのびていた。廊下の両端の高いところに窓があり、そこから外光が入ってきている。

「まああ」わたしは思わず声をあげた。

レドヴァースは片方の眉をつりあげて、ちらっとわたしを見た。

「思っていたのとずいぶんちがうわ」

「地下牢があると思ってたのかい？　いまどき、使用人を地下牢に鎖でつないでおくとは思えないがね。そういうのは、いまは認められていない」

ちょっとむっとする。「そうね、でも、部屋がずらっと並んでるじゃない？」

レドヴァースはなにもいわず、先に立って、廊下の奥に進んでいった。

「ショウの部屋がどこか、どうして知ってるの？」いやに静かなのでつい声をひそめてしまう。

「訊いたんだ」わたしのささやきに対して、レドヴァースはごくふつうの声で答えたが、周囲が静かなので、大声を出したかのように響きわたった。

廊下の奥の木製のドアにたどりついた。レドヴァースが片手をあげてノックする。部屋のなかからひとの話し声が聞こえて、わたしは眉根を寄せた。ショウのほかに誰かいるのだろうか。だが、ひとの声がぷつりと途絶えたので、ショウはラジオを聞いていたのだと合点がいった。

やがて、ドアが細めに開いた。

「こんなところになんのご用ですか？」

敵意むきだしの口調ではなかったが、それでも、ここはレドヴァースに任せたほうがいいと思った。

「二、三、質問したいことがあってね。サイモン・マーシャルに関してだが」

茶色の目が、眉毛の下からすくいあげるように、わたしたちをみつめていたが、すぐにドアが広く開けられた。「よろしいですよ」ショウはどうぞと、手まねでなかに招じた。

わたしは頭のなかで、蠟涙《ろうるい》のしたたる蠟燭《ろうそく》に照らされた、そっけない小さな部屋で、家具といえば狭いベッドと化粧台しかない光景を思い描いていた。ディケンズの作品に描かれたような部屋。だが、じっさいはそうではなく、ドアの向こうは、家具が詰めこまれすぎてはいるが居心地のいい居間で、暖炉には火が焚《た》かれているし、最新式のラジオもある。もうひとつドアがあり、つづき部屋の存在を示しているが、そっちはショウの寝室だろう。

ショウはわたしの驚き顔を見て、にやっと笑った。「館《やかた》勤めの執事はたっぷりお手当をいただいているんですよ」

わたしは、暖炉の前の詰め物をした椅子に腰をおろした。レドヴァースはわたしの隣の椅子にすわった。椅子の木製の肘掛けはなめらかで、座部の布地はかなり古ぼけているが、階上にある椅子にひけをとらないほど上質のものだ。ここの家具は、階上の家具を一新したときに、おはらいばこになった品々なのだろうか。ショウはわたしたちと向きあう、ふたりがけのソファにすわり、たたんだ新聞を前のテーブルに置いた。わたしたちが邪魔をする前、その新聞を読んでいたようだ。

レドヴァースは新聞を顎でしゃくった。「今日の馬たちの仕上がりぐあいはどうだい？」

ショウはかすかに顔を赤らめた。「わたしはいつも勤めをおろそかにせず、ご主人のご用があるときにそなえておりますよ」

先ほど聞こえた興奮した声は、ラジオの競馬中継だったらしい。ショウは執事としての仕事にいそしむ合間に、するりと仕事を抜けだして、競馬の放送を聞いているのだろうか。頻繁に？　もちろん、ヒューズ卿はおだやかなかただし、ショウが容易にこなせないような用事を次々にいいつけるとは思えないが。

ミリー叔母は、二十年以上前にヒューズ卿と知り合ったころにくらべてヒューズ卿の家庭の事情が大きく変化したことを、幾度となく口にした。卿の常識はずれの使用人雇用のやりかたは、叔母の理解を超えているようだし、使用人たちが主人の家族に気やすい態度をとることに対していらだっているのも確かだ。ヒューズ卿が使用人に対し、なぜそこまで鷹揚《おうよう》なあつかいをしているのか、わたしにはわからないが、執事たる者が地階の自室でどういうふうにすごしているか、ミリー叔母が知ったら卒中を起こしかねないのはわかる。

レドヴァースは話題を変えた。「サイモン・マーシャルのことをよく知っていたのかね？」

ショウは話題が変わったことにほっとしたようだ。「彼が話していたことがほんとうかどうか、わたしにはわかりません。彼の部屋は廊下をへだてた向かい側ですが、あれ以来、そのままにしてあります」

警察は納屋を捜索しただけで、まだサイモンの部屋は調べていないのだろうか。ざっと調べてみることすらしていないのかもしれない。

「それぐらいしかいえませんね。とにかく、わたしはわたしの仕事をして、彼は彼の仕事をしていたわけで」

「ここに来る前のことを、なにか聞いてないかい？」

ショウは否定した。「いいえ」

執事のジョン・ショウは、嫌になるほど調査の役に立たないことが判明した。ちらっとレドヴァースを見ると、ショウから情報らしい情報が得られず、彼もまたいらだっているようすだ。わたしは口をはさんでみることにした。

「ヒューズ卿のことなんだけど、ヒューズ卿には表沙汰になるとぐあいの悪いことがあって、サイモンがそれを探りだした。そんなことがありうるかしら？」

一瞬、ショウの顔に狡猾《こうかつ》な表情がよぎった。どうやら、金鉱を探りあてたようだ。と思ったのもつかのま、ショウの顔はすぐに、いつもの無表情にもどった。この男からなにか聞き出せる見こみは、まったくなさそうだ。

「ご主人は善良なかたです。サイモンが探りだすようなことなど、あるわけがありません」

そのあと、ショウはそそくさとわたしたちを送りだし、ドアをぴしゃりと閉めた。

「いったいどういうことかしら？」

レドヴァースは早くも廊下の向かい側の部屋のドアを開け、そのすきまに頭を突っこんでいた。わたしもそれに倣《なら》った。

「彼の話、サイモンが殺されたことと、なにか関係がありそうだった？」

レドヴァースはくびを横に振った。「そうとはいいきれない」

サイモンの部屋に入り、ざっとなかを見まわす。執事のつづき部屋とはちがって、ふつうのシングルルームだが、想像していたよりも感じがいい。天井近くの窓から外光が入り、壁ぎわに置かれたベッドのあたりも明るい。ベッドの上掛けはパッチワークキルトだ。新式の流しつき洗面台の横に、引き出しつきの大きなたんすがあり、隅にはすわりごこちのよさそうな椅子が一脚。

「ここはすでに、警察が徹底的に捜索した」

「どうしてそれを知ってるの？」

「グレイスンから聞いたんだ」

「そりゃあ、あの警部から聞いたんでしょうよ」

レドヴァースはにやっと笑ってから、さっさとたんすに近づき、引き出しを開けて、中身を探りはじめた。

わたしはベッドに近づき、その下をのぞいたが、丸まった埃の塊がいくつかあるだけだった。ため息をつき、もう一度、部屋のなかを見まわす。「なにもないわね」

椅子を見てみる。読みさしの本がページを開いた状態で、椅子の肘掛けにかぶせてある。手に取ってみると、上流階級のエチケットブックだった。その本をもとにもどしながら不思議に思った──どうして機械の整備士にこんなものが必要だったのだろうか、と。

彼が大いなる野心を抱いていたのではないかぎり。

レドヴァースは引き出しを閉めた。「目を惹くものはなにもない」

こうなれば、館の外に出て調査をすべきだろう。

「厩舎《きゆうしや》には幸運が待っているかもしれないわね」

13

「でも、まず最初に」廊下をもどりながら、わたしはレドヴァースにいった。「バーロウがどこで寝泊まりしているのか突きとめないと。留守の部屋にしのびこむのは、どうも気が進まないけど」

「今朝、ヒューズ卿に訊いておいた。バーロウの部屋もこの地階にあるんだ。それと、厩舎《きゅうしゃ》の上の部屋に鍵がかかっているというと、ヒューズ卿はひどく驚いていたよ」

「迅速だことね、レドヴァース」

閉まっているドアの前を通りすがりざまに、ドアノブを回してみる。ドアはすんなりと開いた。すきまに頭を突っこむ。サイモンの部屋と同じシングルルームだが、なかは空っぽ。ベッドはあるが、マットレスだけで寝具はない。ドアを閉める。

わたしの行動に、レドヴァースは片方の眉をつりあげてみせたくせに、自分も手近なドアのドアノブを回した。ふたりして、廊下に並んでいるドアをかたっぱしから試してみる。ロックされているドアはふたつだけだった——ひとつはマーサの部屋、もうひとつがバーロウの部屋だろう。あとの部屋は使われていない。

地階の調査を終えて、さっさと裏階段を昇り、館《やかた》の外に向かう。外に出る寸前に、レドヴァースは先ほどのミリー叔母との約束を思い出したらしく、傘をひっつかんだ。

「ミリー叔母さんは悪魔じゃないのよ。常に目を光らせて、なんでも見ているわけじゃないわ」

「それはどうかな」レドヴァースはわざと重苦しい声でそういってから、軽く目くばせをしてよこした。

厩舎に向かう途中で、わたしは昨日、レドヴァースが厩舎の上の部屋を調べられなかったことを思い出した。

「昨日は鍵を開けられなかったのよね。今日は〝もっとちゃんとした道具〟を用意しているんでしょう？」

レドヴァースはまた片方の眉をくいっとあげた。「おやおや、ご慧眼《けいがん》、畏《おそ》れいりました」

レドヴァースはポケットを軽くたたいた。わたしは、そこに鍵を開けるのに必要な道具が入っているとにらんでいたのだが、やはりそうらしい。解錠用の道具があれば、わたしもいろいろと助かりそうだ——手もとにあると便利な品のひとつに思える。

歩いているうちに、ふいに今朝がた、ハモンド大佐とモスを出そうと納屋に向かっていたときに、ひょっこりとレドヴァースが姿を見せたことを思い出した。

「今朝、あんな早い時間になにをしていたの？」

「ちょっと散歩をしていただけだとは思えないのかい？」

わたしはふんと鼻で笑ってやった。

レドヴァースはため息をついた。わたしは辛辣《しんらつ》なことばを口にして追い打ちをかけようと思ったが、レドヴァースに先を越された。「きみはこの件を甘く見てるんじゃないか」

「あら、わたしのことをよくごぞんじね」

レドヴァースは肩をすくめた。「複葉機の点検をしっかりしてほしいだけだよ。飛ばす前に」

「まあ」急に足が動きにくくなったが、ちょっと歩が乱れただけで、立ちどまりはしなかった。「ええ、そうね……ありがとう」

飛行訓練のことをとやかくいうのではなく、レドヴァースはわたしの安全を確保するために、彼にできる範囲で万全のことをしようとしているのだ。それがわかって、心底、ありがたいと思った。

レドヴァースは照れ隠しのように、こほんと咳払いをした。「どういたしまして」

厩舎は、二台の自動車と複葉機が置いてある納屋から、少し奥に引っこんだ場所にある。館やほかの付属の建物と同じく、灰色の石造りだが、かなり大きくて堂々としている。このなかに、ボストンの父の家がすっぽりと収まってしまうのはまちがいない。

二階建てで、一階の馬房には、ヒューズ卿所有の馬二頭がおさまっている。だが二頭とももはや若くはないので、外に連れだされるのは一日に一回だけ。一階の床はきれいに掃ききよめられていて、馬具室も馬房もきちんと整頓されている。庭師のバーロウが、時間をかけて庭の手入れをするのと同じぐらい、時間をかけて厩舎の世話もしているのだ。

石の階段を昇り、二階に向かう。空気が黴《かび》くさくて、鼻にしわが寄ってしまう。黴くささといい、雰囲気といい、忘れられた場所という気配が濃厚だ。北側の壁に沿って廊下がのびていて、その左側に部屋が並んでいる造りだ。手前から数えて、三つのドアはどれも開けっぱなしになっている。

「昨日、調べたの？」わたしは開いているドアを手で示した。レドヴァースはうなずいた。

廊下を進んでいくと、いちばん奥の部屋のドアには錠がかかっていた。レドヴァースもわたしもドアの前に立ち、かすかな音さえ聞き逃さないように、息をひそめて耳をすました。

なにも聞こえない。

「なかに誰かがいるのなら、わたしたちの足音が聞こえたはずよね」わたしはひそひそとささやいた。

「だが、どこにも逃げ場はないよ」

わたしは片方だけ肩をすくめた。なかに入ったとたん、襲われるなんてことになりませんように。

レドヴァースはしゃがんで床に膝をつき、鍵穴の高さに目を合わせた。小さな道具キットを取りだす。じっと見ていると、彼は指をすばやく動かして、鍵穴に細い金属棒を慎重にさしこみ、解錠作業にかかっている。これなら、将来、わたしにもできるかもしれない。誰にしても、不都合にもロックされたドアをぜひとも解錠しなければならない、という場面に遭遇しないとはかぎらないではないか。

だが、この錠はいやに手ごわいようだ。数分たってもまだ開かず、わたしはレドヴァースの肩越しに解錠作業を見守りつづけた。

「館の部屋の錠より複雑そうには見えないけど。なにがどうちがってて、開きにくいのかしら？　なんだか手こずってるみたいだけど」

レドヴァースは手を止めて、わたしをきつい目でにらんだ。

わたしは悪気はないとばかりに、にこっと笑ってみせた。

さらに数分が過ぎたとき、ふいにカチッという音が聞こえた。レドヴァースは黒っぽい髪を指で梳《す》いてから、道具キットをポケットにしまった。

「錆びつきかけているようだ。長いこと使われていなかったんじゃないかな。まだ鍵が回るのが不思議なぐらいだ」

彼の背中にくっつかんばかりの近さにいたため、低くて静かなその声が、わたしの胸のなかに震えて伝わってきた。立ちあがったレドヴァースは、手まねでわたしをうしろにさがらせて背後にかばうようにしてから、片手で木製のドアを押しあけ、警戒しながらなかをのぞきこんだ。わたしも彼の背中の横っちょから顔を突きだして、なかをのぞいた。

「なにかある？」部屋のなかに誰かがいれば、わたしたちがここにいることはもう知られているに決まっているのだが、わたしはやはり小声で訊いた。

レドヴァースは片手をうしろに回し、わたしをかばったまま、ドアのすきまに突っこんだ頭を左右にめぐらした。やがて緊張をとき、その手をぱたりと落とす。しかし、警戒はとかずに、部屋のなかに足を踏みこんだ。彼の背中にくっつくようにして、わたしも前に進む。

隠れる場所など、ほとんどないことがすぐにわかった。汚れた窓から薄日がさしこんでいるので、隅にテーブルがあるのが見える。テーブルの上には食べ物の包みがあり、食べかすが散らばっている。テーブルの脚の陰で食べかすを嬉々としてかじっていたネズミが一匹、かん高い鳴き声をあげて、ちょこまかと逃げていった。レドヴァースはわたしの顔を見たが、わたしは肩をすくめただけだ。

ドアの横手の壁ぎわに、幅の狭い簡易寝台が置いてある。わたしは寝台に近づき、しわくちゃのシーツを観察した。寝台のわきの床に無造作に放ってあった、空っぽの煙草の箱を拾いあげる。

「こんな煙草、見たことないわ」

わたしが煙草の箱を掲げてみせると、レドヴァースが近づいてきた。

「それもそのはずだ。外国の煙草だよ」

「へえ。どこの国のかわかる？」

「さっぱりわからない」

あたりを見まわしてから、いわずもがなのことを口にした。「誰かがここにひそんでいたのね」

「ざっと見たかぎりでは、わりに最近のことだと思う」レドヴァースは食料の食べかすを顎でしゃくった。

ほかに見るべきものはなかった。少なくとも、いまこうしているときに、未知の人物がここにもどってくることはなさそうだ。正体不明の未知の人物――もしかすると複数かもしれない

――が館の敷地内にひそんでいると思うと、どうにも気持がおちつかない。その人物がラムダに危険な細工をしたと断言することはできないし、その確証もない。レドヴァースがいとも容易に、わたしの部屋の鍵を開けてしのびこんだことを思うと、背筋がぞくっとした――わたしたちが相手にしている人物にとっては、ちゃちな鍵を開けることなど児戯に等しいだろう。夜はドアノブの下に椅子をかっておくのは、決して愚かなまねではなく、むしろ必然に思える。それでも、我が身が安全だとはいいきれないのだ。

「館の住人じゃないとしたら、どうやってここの鍵を手に入れたのかしら？」

レドヴァースは頭を振った。「そして、いまどこにいるのだろう？」

わたしたちはそれぞれの思いにふけり、黙りこくって館につづく小道をもどった。うっすらと霧が立ちこめ、レドヴァースのウールのコートの肩にこまかい水滴が玉を結んでいる。館の手前で、レドヴァースがふいに足を止めてわたしの腕に手をおいた。

「ジェーン、どうか用心してほしい。相手にしている者の正体がわからないのだから」わたしの思考を映しとった鏡のように、彼もまた同じことを考えているのだ。「きみの部屋のドアを補強できるかどうか、見てみよう」

「今回は、わたしが標的にされるとは思えないわ、レドヴァース」でも、彼が心配してくれるのはありがたい。

「だが、それもまたわからないんだ」

目と目が合う。わたしは彼が次になんというか予想がつき、息が詰まった。

「ジェーン……」レドヴァースは話をつづけようとした。

「傘を持って出るといってらしたと思うけど」いきなりミリー叔母の大きな声が聞こえた。裏口のドアを開けて待ちかまえていたようだ。「なにもそんなところに突っ立って、わざわざ風邪をひく必要はないだろうに」

レドヴァースは深いため息をつき、手に持っていただけで開いていない傘を、叔母に振ってみせた。

「持っていても使わないのなら、なんにもなりゃあしない」叔母は追い打ちをかけた。

わたしたちはすごすごと館のなかに入った。

「みんなはどこかしら?」霧で湿ったコートをぬいでフックに掛けながら、わたしは叔母に訊いた。

「ヒューズ卿は仕事のことで弁護士と相談してるよ」

いつものように、ミリー叔母は腕を組み、きびしい目でわたしたちを監視しているが、そのいかめしい顔に一瞬、不安の色がよぎった。訊かなくても、叔母が心配しているのはわたしとレドヴァースのことではなく、ヒューズ卿のことだとわかる。

ヒューズ卿が弁護士を呼んだのは、領地に関する問題なのか、それとも、もっと深刻な事柄なのか——たとえば、殺人犯に仕立てあげられそうだとか。レドヴァースの顔をうかがったが、その考えこんだ表情から、彼もまた、わたしと同じ思考の道をたどっているのがわかった。リリアンはミリー叔母が嫌疑をかけられるのではないかと気にかけていたが、彼女が真に心配すべきは父親のほうなのだ。

「ほかのひとたちは？」

「アリステアと女の子たちは、大広間でパッティングの練習をしているよ」

それを聞いて、レドヴァースの眉が両方ともつりあがった。ここの家族がどれほどゴルフに熱意をもっているか、彼はまだよくわかっていないのだ。

レドヴァースは軽く咳払いをした。「それでは、わたしはちょっと用がありますので」今度はわたしが眉をつりあげる番だ。「警部に電話をしなければならないんです」

わたしはうなずいた。厩舎で発見したことを、グレイスン警部に報告する必要があるのだ。報告を受けた警部が、すぐさま厩舎の二階を捜索しようととんできても、驚きはしない。

それで真相に近づければいいのだが。警部の手腕については、多少、疑問がある。

14

午後は考えをまとめることに専念し、頭のなかで、これから調べるべきことをリストアップした。グレイスン警部が来たら、サイモンの経歴のことを訊きたい。警察はもうとっくに調べているはずだ。いちばん知りたいのは、サイモンの前の雇用主がなぜ刑務所に入れられることになったのか、という点だ。そして、どういう経緯でそんな結果になったにしろ、その件に、サイモンがまったく関与していなかったのかどうか、それも知りたい。

ため息が出る。グレイスン警部がわたしの疑問に答えてくれるかどうか。警部はわたしには愛想がいいが、内心では、わたしが分をわきまえて女らしい仕事にいそしみ、調査や捜査は〝男たち〟に任せておけばいい、と考えているのではないだろうか。とはいえ、わたしは刺繍《ししゅう》は苦手だ。それればかりか、警部が〝女らしい〟と考えている仕事は、どれも苦手なのだ。

ちょっといらだってきたので、気持を切り替える。疑惑を向ける相手を、館《やかた》の住人だけに限定するにしても、調査は続行するつもりだ。とはいえ、住人の大部分は、わたしの個人的な知り合いでもあることを思えば、やはり、外部から侵入してきた者の犯行だと考えたくなる。

外部から侵入してきた犯人は、いまも敷地内にひそんでいるのだろうか。そう考えると、うなじがちくちくしてきて、背筋に寒けが走る。

また気持を切り替えて、ラムダのブレーキケーブルに切り込みを入れたのに使われたナイフのことを考える。発見されたナイフには、ヒューズ卿のイニシアルが彫られていたそうだが、警察の見解と同じく、わたしもそれはヒューズ卿に疑いを向けさせるための、ちゃちなまやかしだと思う。卿のひととなりを知るほどに、心底、いいひとだと思えるのだ。娘を無条件に愛しているし、ミリー叔母にもやさしい——これはなかなかむずかしいことなのだ。それに、困《こん》窮《きゅう》した退役軍人たちを雇用している。これは声を大にして褒めたい。

だが、一点の曇りもない完璧な人間などはいない。どうやら、サイモンは、ヒューズ卿の汚点ともいえる、なにかいまわしいことをつかんだようだ。とすれば、その方向に沿って調査を進めなければならないと、頭のなかにメモする。それを種に、サイモンがヒューズ卿を脅迫していたのなら、その内容を明確に把握する必要がある。それにしても、サイモンが傍目《はため》にも明らかなほどリリアンに好意的な態度をとることを、ヒューズ卿はべつに気にしていないように見受けられた。そんなことが彼を殺害する強い動機になるとは考えにくい。それにくらべれば、〝脅迫〟というのは、弁解の余地もない、きわめて悪質で卑劣な行為だ。

そういえば、執事のショウに、サイモンがヒューズ卿のなにかを探りだした可能性はあるかと質問したときに、彼は奇妙な反応をした——ような気がする。ショウはなにか隠しているのだろうか。ショウがどういう人間なのか、わたしはほとんど知らない。ヒューズ卿に忠実なのか、あるいは、今回の事件を自分の利になる好機だとみなしているのか。

アリステアが館にやってきたのは、あの日の朝、サイモンの死が発覚したあとだ。それも遠くから。その点では、アリステアは嫌疑からはずれる。誰に訊いても、アリステアが前回ここに来たあと、サイモンは何度もあの車を走らせていたのだ。

ほかの者はどうだろう？　ハモンド大佐は数週間、この館に滞在しているが、戦時中、サイモンとは交渉がなかったという。では、サイモンを殺すために、故意にこの館に職を得たのだろうか。大佐が暗殺の命を受けた身であるなら、そういうこともありうる――なあんてね。そう思っただけで、ついくすくす笑ってしまった。

マリーのリリアンに対する愛着は、尋常とはいいがたい。リリアンとすごす時間を他者に奪われたり、彼女以外にリリアンの注意を惹く者が現われたりするのを、激しくきらう。それがリリアンの父親であっても、心おだやかではないようだ。もっとも、最低限、その気持を抑えて隠してはいるけれど。エジプトでも、彼女のそういう面を見たことがある。マリーのリリアンへの愛着は、一歩まちがえると異常ともいえるほど強いものだ。だが、だからといって、それがひとを殺すことにまで発展するものだろうか。それに、車のブレーキケーブルに精確な細工ができるほど、メカニカルな知識があるだろうか。女にはひとを殺すほどの技量はないなんて、これっぽっちも思わないが、車に細工をするほど、マリーに機械の知識があるとはとうてい考えられない。彼女が馬術に秀でているのは知っているが、乗馬をしたいと意思表示することはない。噂話や、アメリカの映画スターの話題を口にすることはなきにしもあらずだが、わたしはこれまでに、彼女とそういう会話を交わしたことは一度もない。たぶん、いまこそ、新たな目でマリーを見る、いい機会なのだろう。

庭師のバーロウとも、もっとよく話をする必要がある。昨日はかなり率直に話をしてくれたが、執事のショウのこととか、あのときは話題に出なかった人々のことを、なにか知っているかもしれない。それに、あのときは訊き忘れたけれど、見たことのない不審な人物を目撃しなかったか、ぜひ訊いてみたい。彼は長い時間、厩舎《きゆうしや》ですごしているのだ——厩舎の二階の部屋に誰かがひそんでいることに、ほんとうに気づいていないのだろうか。

夕食の一時間ほど前になると、ネイビーブルーのシルクのワンピースに着替え、ヴェネツィア・ガラスの玉を連ねたネックレスを着けた。銀色のTストラップの靴を履き、習慣となっている食事前のカクテルタイムを楽しもうと、階下の居間に降りていった。

居間にはすでにレドヴァースがいて、酒類がそろったバーワゴンのそばに立ち、グラスを手にしていた。グラスの中身はスコッチだろう。わたしに気づくと、レドヴァースは尋ねるようにグラスを掲げてみせた。わたしは微笑してうなずいた。レドヴァースはわたしのために飲み物をこしらえはじめた。広い部屋のなかを見まわしても、レドヴァースとわたししかいない。

「警部さんとのおしゃべりはどうだったの？」

「有益だったよ。今夜、またいくつか質問をしに、ここに来るそうだ」

「で、厩舎を見てみる、ということね」それなら、警部にサイモンの過去のことを聞けそうだ。

「そのとおり。ほかの情報はあとで」

レドヴァースの視線がドアに向けられている。そっちを見ると、足早に入ってきたミリー叔母が、わたしたちのほうに向かってくるところだった。

「わたしにかまわず、話をつづけて」そういって、叔母はウィスキーのボトルを指さした。「よかったら、ハイボールをお願いしますよ、ミスター・レドヴァース」

レドヴァースはちょっと困惑した顔で、叔母の飲み物を用意した。

「ジェーンと話がはずんでいるみたいだけど、わたしがいてもかまいませんよね」

「ええ、今夜、警部が来るという話をしていたんですよ」

レモンをかじったように、叔母はくちびるをぎゅっとすぼめ、憤然としてふんと鼻を鳴らした。「あらまあ、どうして警部が来なきゃならないのか、さっぱりわからない。前に来たときに、必要なことをすべて、みんなに訊いておくべきだったんじゃないかね」

わたしはあきれた顔をしないように気をつけて、話題を変えた。

「ヒューズ卿はいらっしゃらないの？」

「すぐに来るはずよ」

そういって、叔母がぽっと顔を赤らめたので、わたしは驚いて目をみひらいてしまった。レドヴァースに目をやると、彼は片方の肩をすくめて、頭を軽く振った。

いうべきことを見出せずにいるうちに、アリステア、リリアン、マリーの三人がやってきた。わたし同様、お嬢さんたちは簡略だがフォーマルな装いだ。男性たちはスーツ姿で、アリステアは昼間のスカーフをネクタイに替えている。

いつものように、会話の話題はリリアンのゴルフの練習になった。リリアンはセミプロのゴルファーをめざしていて、春のトーナメントに出場したいのだ。叔母とヒューズ卿がリリアンの挑戦について話し合っているのを、そばで聞いたことがある――ふたりはリリアンが優勝を狙っているということを理解したうえで、あれこれと案じていた。

新来者たちに、レドヴァースが飲み物はどうかと訊くと、三人ともうなずいた。わたしはスポーツの話には加われず、みんなのようすを眺めているだけだ。アリステアとマリーのあいだには、あからさまなライバル意識が存在し、たがいに先を争うようにして、リリアンのパットの練習のさまをミリー叔母に報告した。アリステアは自分もまたいかにうまくできたかを、自慢げに語った。そんなアリステアを、マリーはふふんと鼻であしらった。

「そりゃあね、スポーツはけっこうだけど、リリアンは結婚したらゴルフなんかやめなきゃね」アリステアはリリアンを見ながら、支配者然とした態度でそういった。彼女の結婚相手は自分だと、決めこんでいるのが見てとれる。

リリアンのするどい声が会話の流れを断ち切った。「なんですって?」

ミリー叔母ですら衝撃を受けたようすだ。マリーの手がこぶしに握られたのを見て、わたしは彼女がアリステアに殴りかかるのではないかと案じた。部屋のなかを見まわすと、いつのまにか、ヒューズ卿とハモンド大佐が来ていた。

リリアンのきびしい声音に、アリステアは気まずそうな顔をした。

「だって、結婚したら、きみは夫と家庭を守らなきゃならないじゃないか。ゴルフと掛け持ちなんて、無理だよ」

アリステアはわたしたちの反応に驚き、助けを求めるようにヒューズ卿を見た。「ね、伯父さん」

ヒューズ卿は顔をしかめた。「その件については、まだ話し合ったことがない」そういって、娘の紅潮した顔に目をやった。「おまえは優勝をめざして、練習に集中すればいい」微笑してみんなを見まわし、大佐にいった。「一杯もらえるかね、ハモンド大佐？」

大佐はみんなが集まっている暖炉の前を離れた。ほかの者たちは重苦しく黙りこんでいる。叔母でさえ、いつもの調子をとりもどせずにいる。

飲み物のグラスが各自の手に渡ると、わたしたちは食堂に向かった。徐々に会話が復活したが、リリアンはまだその流れに乗れずにいる。リリアンの結婚という話題が公然と口にされたのは、これが初めてなのだろうか。それとも、前にもこういうことがあり、ゴルフをやめろといわれるのが嫌で、彼女は結婚したくないのだろうか。おそらく後者だろう。

テーブルにつき、食事が始まった。マーサは腕をふるってローストした二羽の雉《きじ》とつけあわせのポテトと根菜を、みんなにサーブした。

「こちらの領地で獲った雉ですか、ヒューズ卿？」レドヴァースが尋ねる。

「そうだよ。わたしはスポーツとして狩りをするのは好きじゃないが、先の大戦が始まってからは、必要に迫られて、やむなく狩りをするようになったんだ。幸いに、領地には野鳥が豊富でね」

「ご自身で？」

「ああ。まあ、ときどき、ショウが代わりに撃っているようだが——」

アリステアが無作法な音をたてた。ヒューズ卿は話を中断し、甥の顔を見た。

「なにかいいたいことがあるのかね、アリステア」

「いいえ」アリステアは深いため息をついた。「アリステア？」「ただ、伯父さんは雇い人たちを自由気ままにさせすぎてるんじゃないかと思って。みんな、つけあがりますよ」いかにも強情そうに、ぐっと顎を突きだす。

ヒューズ卿は甥をじっとみつめた。「あとで話をしようか、アリステア。きちんと話さなければならないことが、多少あるようだ」

夕べの雰囲気をかきまわしてくれた——もしも、もっと大きな騒ぎを起こすつもりだったとすれば、そのもくろみはうまくいかなかったといえる。

そのあとは静かな時間が流れた。食事が終わって、みんなは居間にもどったが、誰もがなんとなくおちつかないようすで、あまり元気がなかった。リリアンは失礼といって部屋を出ていき、ミリー叔母はカードゲームで座を盛りあげようとしたが、誰ひとりとして、腰をおちつけてゲームに集中できる心境にないようで、それもうまくいかなかった。酒でも飲もうかという雰囲気になった矢先に、執事のショウがやってきて、レドヴァースに電話がかかっているといった。中座してもどってきたレドヴァースは、グレイスン警部は明日の朝まで来られないと、わたしに教えてくれた。

「万事、平穏なんでしょうね、ミスター・レドヴァース」隅のカードテーブルについていたミリー叔母が声をかけた。カードをシャッフルしていた手が止まっている。ヒューズ卿も同席していたが、ゲームをしたいような気分ではないことが、ありありと見てとれる。

「ええ、万事、平穏です」レドヴァースは笑顔で請け合ったが、どこかぎごちない笑みだった。レドヴァースの返事を聞いて明るくなった叔母の顔を見れば、気の小さい者ならうしろめたく思い、あわてたことだろう。だがレドヴァースは、陽気な笑みを消さず、叔母に軽くうなずいてみせてから、ハモンド大佐とわたしがいるほうにもどってきた。

やがて、寝るにはまだ早い時間だったが、それぞれが各自の部屋にさがった。わたしの部屋はヒーターの暖気でむっとしていたので、窓を開ける。雲が切れて月が顔を出し、部屋の下の小さな区画に銀色の光をそそいでいる。この小さな区画はハーブ畑で、マーサが料理に使うハーブを育てているのだ。窓敷居にもたれて、暗い夜景をみつめ、冷たい空気を吸いこむ。窓を少し開けたまま寝てしまうのは賢明だろうかと、ちょっと思い悩んだ——ひんやりした部屋で寝るのが好きなのだ。

視界の左側で、なにかが動いた。目を細くせばめて見直したが、自分が明かりのついた部屋にいることを思い出した。外にいるのが何者にしろ、わたしが見ていることをわざわざ知らせる必要はない。わたしの部屋は二階にあり、暗いなかでは、灯火台さながらに明るく目立っているだろう。わたしの姿も丸見えにちがいない。遅ればせながらも重いカーテンの陰に隠れ、先ほどなにか動きがあったあたりに目を凝らした。すると、厨房《ちゅうぼう》の勝手口から少し離れたところに人影が見えた。人影はハーブ畑のなかを通り、納屋と厩舎のあるほうに向かっている。おそらく庭師のバーロウだろう。納屋と厩舎のあるあたりは、彼の縄張りなのだ。人影がほんの少し向きを変えた。月の光が背の高い痩せた姿を照らしだす。人影――男――は、帽子のつばに手をかけてかぶりなおすと、並んだ木々の暗がりに消えていった。

その男には両腕があった。

バーロウではない。ハモンド大佐にしては背が高すぎるし、背は高いががっしりした体格の執事のショウでもない。

きりっと冷たい夜気を閉め出すのは残念だが、窓を閉めて鍵をかける。いましがた見たものに少し動揺してしまい、窓を開けっぱなしにしておく気にはならなかった。たとえこの部屋が二階にあるとはいえ。外をうろついているのが誰にしろ、敷地内を警官が警備しているというのに、それをものともしない剛胆さだ。警備にあたっている警官は、いくつもの付属の建物や、サイモンの作業場だった納屋を巡回している――あの謎の人物がそれを見逃すはずはない。

我が身に危険が迫っているとは思わなかったが、それでも、気味が悪い。特にわたしは、このところ、残忍な計画の標的になりかねない場所に鼻を突っこんで、嗅ぎまわっていたのだから。部屋のなかを見まわし、レドヴァースと交わした、ドアのちゃちな錠の話を思い出した。デスクの椅子をつかんでドアまで運んでいき、ドアノブの下にかませる。

後悔するより、用心するほうがいい。

15

ひと晩じゅう、輾転反側《てんてんはんそく》してしまった。冷たい空気が入ってこないため、部屋のなかはオーヴンさながらの暑さだ。ヒーターのバルブがみつからなかったので、暖気を調節することもできない。しかたなく、上掛けの上に横たわり、天井と窓を交互ににらみながら、聞き耳を立てていた。過剰反応だとは思うが、不審者を目撃してしまったからには、のほほんと寝てはいられない——と思っていたが、どこかの時点で寝入ってしまったにちがいない。目が覚めると、ねじれた上掛けと上下二枚の湿ったシーツのあいだで、ねじれた姿勢で横たわっていた。掛けシーツと上掛けのキルトをはねのける。

本日の最初の仕事は、新式ヒーターのスイッチのありかを教えてもらうことだ。あとは、雉《きじ》撃ちに行ってもいい——雉料理を作ってもらうために。ローストして、ポテトとおいしいアスパラガスを添えたひと皿のために。

専用の小さな浴室に行き、手早く風呂を使う。眠りの浅かった夜の名残を、ごしごし洗いながす必要があったのだ。できるかぎり長く、鉤爪《かぎづめ》状の脚のついた、なめらかな浴槽に身を沈めていようかと思ったが、けっきょく、さっさと浴槽を出て、ワードローブに向かった。数少ない暖かい衣類に目を走らせる。昨日、外をうろついていたときに、やすやすと寒気がコートを突き抜けてきたことを思い出す。今日もまた、外で調査をすることになるかもしれない。ダークグリーンのセーターにウールのスカート、厚手の長靴下という組み合わせにする。

階下の朝食室に行くと、まだ早い時間だというのに、レドヴァースがすでにテーブルについていた。グレイスン警部もいる。マーサはわたしの姿を見るとすぐに、コーヒーポットを手にわたしを追いかけてきた。マーサにキスしたくなる――眠れぬ夜をすごしたあとは、ほしいのはコーヒーだけなのだ。レドヴァースの隣の椅子にすわり、さっそくカップにコーヒーをつぐ。料理を皿に盛るよりも先に、まずはカフェインでしゃんとしなければ。

「ミセス・ヴンダリー、だいじょうぶですか?」テーブルの向こうからグレイスン警部が訊く。わたしの顔を見て、心配になったのだろう。レドヴァースはわたしと警部を交互に見ているが、その眉尻が下がっている。

「だいじょうぶですよ。昨夜は眠れなかっただけ」

「なにも心配なさらなくていいんですよ、ミセス・ヴンダリー」警部は元気づけるようにわたしにほほえんだ。彼の隣にすわっていたら、手の甲をぽんぽんとたたかれたにちがいない。

「ええ、そうでしょうね。でも、きのうの夜、不審な人影が厩舎《きゅうしゃ》のほうに歩いていくのを見たんです。それで、夜気を入れるのをあきらめて、窓をロックして寝ました。そのため、部屋のなかが暖かくなりすぎて、よく眠れなかったんです」

レドヴァースとグレイスン警部は、わたしが〝不審な人影が〟といったあとのことばは、もう聞いていなかった。ふたりともすぐさま口々になにやらいいはじめたのだ。わたしはため息をついて席を立ち、サイドテーブルの料理を取りにいった——このあとの議論にそなえて、エネルギーをたくわえておく必要がある。

「どうして誰かを呼ばなかったんです?」警部の顔は赤く染まっているが、まっ赤というわけではなくフクシアの花のような色合いで、なかなかおもしろい。赤というより、赤紫色なのだ。レドヴァースは椅子から立ちあがっている。

わたしは黙って皿に料理を盛った。席にもどり、フォークを取りあげてから説明する。「だって、服に着替えて階下に降りて警備の警官を呼ぶには、時間がかかるでしょ。たとえミスター・レドヴァースに知らせたとしても、もうそのころには、不審な人物は姿を消しているはず。ここの敷地は広大だし。不審者は自分が捜されているのは、充分に承知していますよね。そこいらをぐずぐずとうろついて、あっさり捕まるとは思えません」

警部の怒りに満ちた沈黙をものともせず、わたしはたまご料理をフォークですくい、口に運んだ。レドヴァースはわたしの行動が正しかったと認めてくれるだろう。コーヒーカップの縁から彼を見ると、彼はまじまじとわたしをみつめていた。

警部が口を開いた。「警備の警官の数を増やします。敷地内も再度、捜索します。どっちにしても、館《やかた》の部屋はすべて調べなければ」警部はふだんの顔色にもどっている。このほうが健康そうに見える。

「館のなかも調べなきゃならないんですか?」わたしはやんわりと訊きかえした。

警部はうなずいた。「先だって発見したナイフは、刃に傷がついていましたが、警察の専門家にいわせると、ブレーキケーブルに切り込みを入れられるほどするどい刃ではないそうです。あのケーブルにはすぱっと切り込みが入っていて、最初はブレーキも利くけれど、早々にケーブルが切れてしまうように細工されていました。綿密に計算された手口です」

「では、犯人は故意に、ヒューズ卿のイニシアルが彫られたナイフに傷をつけ、これまたわざと、発見されやすい場所に残したってことですね」わたしの疑惑が裏づけられたのだ。「犯人はヒューズ卿を陥《おとしい》れようとしているんです」

「確かにそう見えますな」グレイスン警部はおだやかにいった。

わたしはくびをかしげた。「なぜヒューズ卿を逮捕しなかったんですか？ナイフでそれが証明されたとは思わなかったからですか？」そう訊いたのは、警部にそう考えてほしいという願望よりも、好奇心のほうが勝っていたからだ。

警部は居心地が悪そうにすわりなおした。「そうですね、ヒューズ卿は……男爵でいらっしゃる」こほんと咳払いする。「今後、貴族院に入られる可能性もあります。われわれ警察としては、貴族を逮捕するのなら、そういうことも視野に入れて慎重に動かなくてはなりません」

わたしはまたうなずき、食事にもどった。ヒューズ卿がなぜまだ拘束されずに自由の身でいるのか、警部の言で説明がつく。警部は貴族を逮捕するのを渋っているのだ。

空になった皿をわきに押しやり、自分の心の動きを不思議に思った。あの不審者のことも、館のなかの捜索に関しても、それほど不安に思ってはいない。わたしにしてはめずらしいことだ。疲れているせいだろう。「それでは、まず始めに、わたしの部屋を調べてください。そうすれば、ほかの部屋を捜索なさっているあいだに、ちょっと眠れますから」

男たちはいくぶんか心配そうにわたしを見た。

「はあ……そうですね」警部はなんだかたよりない声音で応えた。

わたしはにっこり笑い、警部に部屋の鍵を渡した。警部の高い頬骨のあたりがうっすらと赤く染まる。わたしがくびをかしげてみせると、警部は肩をすくめた。

「これまで、ご婦人から進んで部屋の鍵を渡されたことはありません。たとえ殺人の凶器を捜すという名目にしろ」そういって、口をゆがめて笑うと、引きつれてきた部下たちを指揮するために、朝食室を出ていった。わたしは小さく頭を振った。時代錯誤な思考の持ち主ではあるが、グレイスン警部は彼なりに魅力がある。

「警部はきみに惹かれているようだね」レドヴァースは小声でそういった。

わたしは彼をみつめた。「ねえ、マーサはコーヒーのお代わりの分をとっておいてくれてると思う?」

しばらくすると、警部が朝食室にもどってきた。わたしは警部に、サイモン・マーシャルの経歴についてなにかみつかったのかどうか、訊いてみることを思い出した。

「いやあ、なにも気になさることはありませんよ、ミセス・ヴンダリー」警部はわたしのそばに立った。今度は手をのばして、わたしの腕をぽんぽんとたたいたので、わたしはするどい短剣のような視線を投げて彼をにらんだ。テーブルの向こうでレドヴァースがにやりと笑っているのがわかり、彼もにらみつけてやる。

警部のいいぐさにいらだち、ひと眠りするかわりに、外に出てゴルフ練習場を縁どっている森に行くことにした。森のなかには、くねくねと曲がっている小道があるだけではなく、きれいな小川が流れていて、その小川には小さな木の橋が架《か》かっている。その橋の上で足をとめ、木の手すりに両腕をのせ、おだやかな水音をたてている流れをみつめながら、空中にただよう腐葉土のにおいを楽しんだ。川底の石ころを洗って流れていく水を眺めていると、なにかがちかっと光った。目を凝らしてみても、それがなんなのかはわからない。小川の土手を数ヤード下りていき、それがよく見える位置に立った。さらに近づくと、金属製のものが光っているのだとわかった。ナイフだろうか？　すでに発見された、ヒューズ卿のイニシアルが彫ってあるナイフではなく、じっさいにブレーキケーブルに切り込みを入れたナイフ――警察がいまだに捜している、別のナイフだろうか？　水に洗われ、証拠は消えてしまったかもしれないが、回収しておく価値はある。ヒューズ卿が陥れられたことを証明できるかもしれないではないか。

水辺に立つと、そこは川幅が広く、目当てのものを拾いあげるには、流れに入らなければならないとわかった。館にもどって長靴を持ってこようか。水中の金属品は、ただのゴミかもしれないが、重要な証拠だとすれば、後悔するよりも、大事をとったほうがいい。

木々のあいだにあったかなり大きな石に目をつけて、それを、ここと決めた水辺の地点まで引きずっていく。目印にするためだ。石を移動させると、両手をこすりあわせて、泥や、腐った木の葉を落とした。満足して、流れに入れるような長靴はどこにあるのか、マーサに教えてもらおうと、館にもどった。

マーサはいつものところにいた――厨房《ちゅうぼう》で昼食の準備をしている。

「昼食まではまだ数時間ありますがね、ミセス・ヴンダリー」肉の塊を切り分けながら、マーサは目もあげずにそういった。

「長靴がどこにあるのか、教えてほしいだけよ」

マーサはけげんな目でわたしを見たが、疑問を口に出すことはなかった。「裏口のホールを見てごらんなさい、ミセス・ヴンダリー。ウェリントンブーツがあるはずです。あまり深いところでなければ、それで流れを渡れますがね」

マーサにありがとうといってから、いわれたとおり裏口のホールを捜してみる。あった。ウェリントンブーツといっても、とうていブーツには見えないし、明らかに男ものだ。たぶんヒューズ卿のものだろう。わたしには大きすぎるだろうが、あの金属品を拾いあげるには、足くびぐらいの深さの水に入ればいいのだ。警察は館の捜索に忙しいだろうから、わたしがいなくても問題にはならないだろう。

一瞬、考えこむ。警察に証拠らしきものをみつけたと報告すべきだろうか。いや、やめよう。わたしは暇なのだし、あの光る金属品がただのゴミだとすれば、警察の手をわずらわせるまでもない。警察は館の捜索に時間を使うほうがいい。

正直にいえば、警察の捜査に加われないのが気にくわないのだ。あの金属品を回収するのは、質問をしてまわるよりも、ずっと手応えのあるチャンスではないか。グレイスン警部がしないからといって、わたしが質問しても、明確な返答が返ってくるとはかぎらないし。

大きなウェリントンブーツを抱えて橋に行く途中、下生えの茂みから物音が聞こえ、わたしは立ちどまった。昨夜、あの不審者を見て不安になってから、物音には敏感になっている。ウサギが走っていくのを見て、詰めていた息を吐く。今日は陽光に恵まれているし、館のなかには警官たちもいる。安全に決まっているのに、謎の不審者のせいで不安がぬぐえず、愚かしいまねをしている。

小川に沿って進んでいき、土手を下りて、先ほど目印に置いた石をみつける。流れをのぞきこんだが、あの金属品は見あたらず、少し左に寄ってみる。陽光を受けて、きらりと光るものが見えた。流れに押されて、金属品は少し移動したらしい。でも、幸運にも、下流に流されてしまったわけではない。金属品から片目を離さず、枯れた草の上にすわりこんで、履いている靴をぬぎ、オリーヴグリーンのウェリントンブーツを履く。履きおえると、よいしょとばかりに立ちあがり、大きすぎるブーツを履いた足で流れに踏みこもうとしたとき、背後で、枯れ葉が踏まれる乾いた音がした。ブーツのせいで動きにくく、のろのろとふりむこうとする間《ま》もなく、背中を両手で押され、力いっぱい突きとばされた。

16

水は凍りそうなほど冷たい。水底の石が脚にくいこんでいる。底は浅いけれども水量が豊かで、ほとんど全身が水に浸かってしまいそうだ。ウェリントンブーツを履いていなかったら、ずぶ濡れにならずにすんだかもしれない。このブーツのせいでバランスを取りそこね、小川にうつぶせに倒れこんでしまったのだ。腕の力で体を起こす。両の手のひらに小石がくいこむ。顔にへばりついている濡れた髪をかきあげ、誰に押されたのか見てみようとふりむいたが、木木のあいだを走っていく人影しか見えなかった。わたしにいえることは、その人物は、背の高い男だったということだけだ——だが、もう遠くに行ってしまい、誰なのか、しかと見定めることはできなかった。

足をすべらせないように用心して立ちあがる。服からも顔からも水が流れ落ちる。寒けがしてきて震えがきた。歯がガチガチと鳴る。英国にしては、この季節らしからぬ暖かい日だというのに、水はちっとも温かくない。足もとに目をやると、一フィートほど離れたところに、あの謎の金属品が石に引っかかり、陽光を受けて光っていた。どうせ濡れているのだ。両腕で体を抱きかかえ、金属品のそばまで行く。片手を凍りつきそうな水に突っこみ、こんな状況に陥る原因となった、金属品をつかむ。

銀のフォークだった。

わたしはレディらしからぬ悪態をつき、がちがちと鳴っている歯をくいしばり、土手に向かった。途中で足をすべらせたが、なんとか岸辺にたどりついた。胸に押しつけるようにフォークを握りしめて土手を登る。こんな状態になったというのに、成果は銀のフォークが一本。なんともはや。

がたがたと震えながらウェリントンブーツをぬぎ、ブーツのなかに数インチほど溜まっていた水を空ける。ぬいでおいた自分の頑丈なウィングチップを履く。かじかんだ指ではブーツをつかめないので、土手に置いていくことにした――あとで誰かに取りにきてもらおう。自分を励ましながら館《やかた》にもどり、裏口のドアに体あたりするようにしてホールに入った。

騒がしい音を聞きつけ、マーサが急いで裏口のホールにやってきた。わたしを見たとたん、彼女の顎ががくりと落ちた。

「あれまあ、ミセス・ヴンダリー、くちびるが青くなってますがね！　早く服をぬがなければ」

「ジェーンと呼んでちょうだい」がちがちと鳴る歯のあいだから、ことばを押しだす。「これから服をぬぐのを手伝ってくれるのなら、ぜひとも」

ずぶ濡れのウールのコートをぬがせてくれていたマーサの口もとが、ひくりと動いた。剝ぎとったコートをタイルの床に放る。「コートの手入れはあとまわし」ひとりごとのようにつぶやく。

まるで見計らったかのように、執事のショウが現われたので、マーサはわたしのめんどうをみているあいだ、警察も含めて、誰も厨房《ちゅうぼう》のほうに来ないようにと伝えてほしいといって、彼を追い払った。

ショウが行ってしまうと、マーサはわたしの世話にもどった。わたしもできるかぎりのことを自分でしようとしたが、指がかじかんでいて、思うように動かない。ほとんどマーサがひとりで、服をぬがせてくれた。やせた女性なのに、驚くほど力が強い。ぬがせた服をぽいぽいと床に放ったので、濡れそぼった服の山ができた。そしてフックに掛かっていたヒューズ卿の厚地の大きな外套を取り、それですっぽりと、わたしをくるみこんでくれた。濡れた下着姿なので、外套が湿ってしまうといおうとしたが、マーサはわたしを黙らせ、裏階段を使って、わたしを部屋まで追い立てた。

部屋に入ると、マーサは浴室に直行して浴槽に温かい湯を入れ、わたしを浴槽に入れてくれた。下着姿のまま、わたしは温かい湯に浸かった。どうせ下着も濡れているのだし、この恰好なら、少なくとも、はしたなくはない。

「ぬるいけど、これでいいんです」マーサは湯に手を入れて温度を測った。「少しずつ熱くしますから。急に熱い湯に入ると、体に障《さわ》りますんで」

わたしはうなずいた。まだ歯がガチガチ鳴っている。早くそれがおさまってくれるといいのだが。

マーサは、わたしの血色がもどるまで、そばについていてくれた。ぬるい湯が徐々に熱くなるように、蛇口から流れる湯の量を調節してくれたので、浴槽いっぱいに熱い湯がたまったころに、ようやく体の震えが止まった。それを見届けてから、マーサは浴室を出たが、すぐにタオルと瓶を持ってもどってきた。瓶は、熱い湯を入れて湯たんぽにするためだ。わたしはといえば、かなりぐあいはよくなったが、熱い湯で体の芯まで温まって寒けがおさまったかどうかは、まだわからない。ずぶ濡れのまま、小川から館まで約十五分間、歩いてきたのだから。

「ベッドに入って、あったかくしていれば、風邪をひかずにすみますがね」マーサはベッドの上掛けをめくってから、わたしが寝間着に着替えるあいだ、礼儀正しく向こうむきになっていた。着替えたわたしは、マーサが瓶の湯たんぽをいれてくれたベッドに這うようにして入り、横になった。

「もっと毛布を持ってきましょう。それから昼食も。何か食べたほうがいいです」

「これ以上、迷惑をかけるわけにはいかないわ、マーサ」

マーサはじろりとわたしを見た。「迷惑じゃありません」

「ありがとう、マーサ」

「どういたしまして、ジェーン。でも、こんな季節に泳ぐなんて無茶ですがね」

マーサの軽口に、わたしはにっこり笑ったが、すぐに笑みは消えた。「泳ぐ気なんかなかったわ。誰かにうしろから突きとばされたの」

マーサは黙りこみ、わたしをじっとみつめた。「よくよく気をつけなくては」そしてドアに目をやった。「今夜はドアに鍵をかけるのを忘れずに」

そのとおりだ。「そうするわ。いいアドバイスをありがとう」

マーサはうなずき、部屋を出ていったが、じきに熱々のシチューと、焼きたてのパンにバターを塗った昼食を持ってきてくれた。ほかのみんなの今日の昼食の残りなのか、それとも、作り置きのシチューを、わざわざわたしのために温めなおしてくれたのか。どちらにしろ、このひとは至宝といえる——彼女を雇っている理由がなんであれ、ヒューズ卿はじつにひとを見る目がある。

昼食を食べさせてくれようとまでするので、ちょっと押し問答をしたが、けっきょくはわたしの好きにさせてくれ、マーサは部屋を出ていった。昼食をすませ、わたしは疲れた目を閉じようとした、その矢先に、ドアにノックの音がした。厚手のガウンをはおり、襟もとを合わせてから、どうぞと応える。マーサがせかせかと入ってきた。

「よかった。ガウンを着てますね。もう体はぬくもりましたかね?」

わたしがうなずくと、マーサは先ほどと同じことをいった。「あったかくしていれば、風邪をひかずにすみます」そういって、顔を左側に向け、肩越しに三度、唾を吐くまねをした。

「これで悪魔は退散」

なにもいうことを思いつかなかったので、わたしは黙ってうなずいた。「ありがとう。だけど、このあともずっと、ベッドで寝ている必要はないと思うんだけど……」

マーサにじろりとにらまれ、わたしは口をつぐんだ。少しずらしていた重い上掛けを引っぱりあげ、また目を閉じる。どこもぐあいは悪くないが、昨夜の寝不足がたたっているのと、手や足が水底の石や岩にこすれてできたすり傷が痛むのとで、ちょっと弱っているのは確かだ。

「それじゃあ、警部さんを捜してきますがね。みつけるのはむずかしくないでしょうし」

驚いて目を開け、わたしはマーサを見あげた。「どうして?」

「あなたが誰かに突きとばされたから。それを警部さんにいわなくては。誰がそんなことをしたのか、きっと突きとめてくれますがね」

わたしはほほえんだ。ふだんの彼女は、どちらかといえば、近よりがたくてよそよそしいのだが、その下には、ひとを気遣う、あたたかい心がひそんでいるのだ。彼女はいま、親身になってわたしを気遣ってくれている。なので、わたしはとやかくいわずに、警部と会うことを承諾した。

「だけど、ここに来てもらうわけにはいかないわ」わたしは手まねでベッドとガウンを示した。

マーサはくちびるを引き結んだ。「なら、どうしましょうかねえ」

だが、けっきょく、いい考えは浮かばず、マーサのいうとおりにするしかなかった。マーサが断固として、わたしがベッドから出ることを認めなかったからだ。それで、警部とレドヴァースをここに連れてくるけれども、マーサが付き添い役《シャペロン》として同席することになった。ふたりを呼んでくると、ベッドのそばに椅子を置いて、それにマーサがすわり、腕を組んだ。看護婦とシャペロンの両方の役目を、真摯《しんし》に受けとめているのだ。

そんなマーサを、警部、レドヴァース、わたしの三人は目をみはってみつめたが、三人とも肩をすくめて受け容れた。

「どうも。こんな恰好で申しわけありません」

「なんのなんの、だいじょうぶですよ、ミセス・ヴンダリー」

そういったグレイスン警部の顔にも、黙っているレドヴァースの顔にも、懸念の色が濃い。警部は先をつづけた。「なにがあったのか、話してください。ミス・フェデクの話では、うしろから突きとばされたとか」

わたしはうなずき、さらにきつくガウンの襟もとを引き寄せて、小川にはまった経緯を話した。朝食室でこのふたりに会ってから、まだ数時間しかたっていないのに、それがずいぶん前のことのように思える。

わたしの説明が終わっても男たちは黙っていたが、やがてレドヴァースが口を開いた。

「で、なにをみつけたんですか？　小川に沈んでいたものは、ちゃんと拾って、まだ持っているはずですよね」

わたしはつんと顎をあげた。「重要な手がかりになるかと思って」

レドヴァースの口もとがぴくぴくと動いた。「で、なんだったんです？」

わたしは話をでっちあげようかと思ったが、すぐにあきらめた。「銀のフォークでした」

レドヴァースはまじまじとわたしをみつめたあと、いきなり笑いだした。腹の底からの大きな笑い声で、そんな彼を見ていると、こちらも笑みがこぼれてくる。枕に頭をつけ、わたしもにやりと笑った。なかなかおさまらないレドヴァースの笑い声を聞きながら、こんなふうに彼が笑うのを見るのは初めてだと気づく。なかなか愉快な眺めだし、その笑い声はこちらにも伝染してしまう。こんなレドヴァースを見たことがあるひとは、どれぐらいいるだろうか。いや、めったにいないはずだ――なんだか、天からの贈り物のような気がする。

レドヴァースは笑いすぎて目尻ににじんだ涙をぬぐった。わたしはくちびるを引き結んで、まだ引っこまない笑みを押し殺した。グレイスン警部はレドヴァースの反応に度肝を抜かれたようすだし、マーサはマナーを失した紳士らしからぬふるまいを咎《とが》めて、彼をにらみつけている。とはいえ、わたしにいわせれば、彼の反応は然るべきものだった。小川にはまってずぶ濡れになったのに、手に入れたのは銀のフォークが一本。まるっきり笑い話ではないか。

「ひどいけがを負わされたかもしれないんですよ、ミセス・ヴンダリー。光るものをみつけたときに、すぐさま警察に知らせて、処置を任せてくれるべきでした」

警部がそういうと、マーサも同感だとばかりに強くうなずいた。

「警察は館の捜索で忙しかったじゃないか」ようやく笑いがおさまったレドヴァースが、まじめな顔で警部にいった。「このひとはそれを邪魔するようなことはしませんよ。それに、ひどいけがを負わされていたなら、わたしも笑ったりはしない」そして、わたしのほうを向く。「だが、だいじょうぶなんでしょう？　けがはしていない？」

「プライドは傷ついたけれど」そうつぶやいてから、少し大きな声でつけくわえる。「誰に押されたのか、ふりむいて顔を見ようとしたんですけど、ブーツがぶかぶかで動きがままならなかっただけではなく、背中を突かれたとたんに、うつぶせに倒れこんでしまったんです。わたしを突きとばした人物は、ズボンをはいていて背が高かったとしかわかりません」わたしはくちびるを引き結び、木々のなかに駆けこんでいった男のことを思い出そうとした。「それに、すぐに逃げていったし」

グレイスン警部はため息をつき、質問をくりだした。「そもそも、いったいなぜ、小川に入ることにしたんです？　なにをみつけたと思ったんですか？」

「車の細工に使ったナイフではないかと思ったんです。水に浸かって証拠は損なわれているかもしれないけど、少なくとも拾いあげる価値があると。ヒューズ卿が嵌《は》められたことが証明できれば、卿への容疑は晴れるでしょうから」

警部はくちびるをすぼめた。「重ねて申しあげますがね、ミセス・ヴンダリー、その件は警察にお任せください。あなたが頭を悩ませる必要はありません」

レドヴァースが口をはさんだ。「背が高く、ズボンをはいていた。それで選択の幅が狭まりますよ」

「そうですね」わたしはレドヴァースに感謝の視線を投げた。「除外していいのは庭師のバーロウ」両手で背中を突かれたのだから。「それと、わたしの叔母のミリー。叔母は、そのう、ちょっとふくよかですから」叔母は背が低く、ぽちゃっと太めなので、やはり嫌疑からはずれる。ここでわざわざ彼女の名前をあげる必要があるとは思えないけれど、口をついてその名前が出てしまった。それにミリー叔母と同じく、マリーも背が低くてぽっちゃりしているから除外できる。

警部は両方の眉をつりあげた。「叔母さんがあなたを殺そうとしているとは、考えられませんな」

わたしは肩をすくめた。「どちらにしろ、その人物はわたしを殺そうとしたわけではないと思います」小川はそれほど深くない。水深が一インチあれば溺死するとはいえ、わたしがむざむざ溺死したとは思えない。殺したいのなら、頭を殴って気絶させてから小川に放りこむほうが確実だ。

レドヴァースもうなずいた。「脅すのが目的だった。そっちでしょうね」

グレイスン警部はむっとしたようだ。「これに懲《こ》りて、事件に鼻を突っこまないことですな、ミセス・ヴンダリー」そして口調をやわらげて、あとをつづけた。「あなたの身に、もっと深刻な被害が及ぶのは願いさげです。もう充分でしょう、ね？　あとはわたしたち警察に任せてください」

彼の警告を聞き入れたと信じてもらえるように、にっこり笑ってみせる。ただし、じっさいにそうするとはひとこともいわずにいた。

「では失礼して、館のなかの捜索をしている部下たちを引きあげて、森を見てまわらせることにします」警部はきびきびとおじぎをして、部屋から出ていった。

レドヴァースはにやりと笑った。「この件から手を引いて、おとなしくするとは思えない」

わたしはにんまりと笑った。「まさか。どっちにしろ、いまさら森を調べても、なにもみつからないと思う。わたしを小川に突き落とした人物は、とっくに逃げおおせてるはずだもの」

「わたしの思考を読まれたようだ」

「なにか新たにわかったことがあるの？　警察はなにかみつけたのかしら？」

レドヴァースは、腕組みをして彼をみつめているマーサに目をやった。

「すまないが、ちょっと席をはずしてくれないか、マーサ。時間はかからない。約束するよ」

マーサはぶつぶついいながらも席を立ち、いま一度、わたしの状態を確認してから、部屋を出ていった。

「なにかわかったの？」わたしは身をのりだして、急《せ》くように訊いてから、はっとして、ガウンの胸元をきつくかきあわせた。

「いや」レドヴァースはベッドに近づいてきて、端っこに腰をおろした。「サイモン・マーシャルが除隊後に勤めていた修理店を辞めたのは、店主が逮捕される前だった」

「店主はなぜ逮捕されたの？」

「闇市場に手を出していたんだ。サイモンは関係していなかったから、あっさり辞められたんだと思う。裏づけを取るために、警察がまだ調べている」

がっかりした。サイモンの死の真相がそちらの事件と関係があるとわかれば、館の住人が手を下したのではないかと疑うよりも、ずっと気がらくになるのに。「それだけ？　そんなことでマーサをわざわざ追い払ったの？」

レドヴァースは微笑した。「きみがほんとうに無事かどうか、確かめたかったんだ。ほんとうにだいじょうぶかい？」

あたたかいまなざしがかすかに懸念で曇っている。先ほどは大笑いしていたが、いまは確かな懸念が読みとれる。

こくりとうなずく。胸のなかがほっこりしてくる。「だいじょうぶよ。ちょっと冷えただけ」

レドヴァースはおもしろそうな顔をした。「いまはもう冷えていないようだね」

ふたりとも黙りこむ。レドヴァースはわたしを見おろした。彼の黒っぽい目がわたしのくちびるを凝視していることに気づき、彼との距離が近いことを意識する。自分の口がかすかに開くのを感じた。突きとばされてずぶ濡れになったことも、ヒューズ卿が疑われている問題も、頭から抜け落ちてしまいそうだ。磁石の両極が引きつけられるように、わたしもごく自然に、レドヴァースのほうに少し身をのりだした。

と、いきなりドアが開いた。

17

矢継ぎ早に質問が降ってくる。「どうしてまた、ベッドに？　それに、ミスター・レドヴァース、ここでなにをしておいでです？　ふたりきりで！　穏当とはいえません！」

ミリー叔母だ。

この横槍に、わたしはあやうく声に出して呻《うめ》いてしまうところだった。わたしはレドヴァースと目を見交わしてから、叔母に視線を向けた。「今日はぐあいがよくなくて。マーサに横になっているべきだといわれたの」

「マーサ――あの若い女だね。よろしい、それならわたしも彼女の判断を尊重しよう」

叔母の基準だと、マーサは〝若い〟のだろうか。わたしは目を閉じたが、叔母が探るように見ているのが感じとれた。しばらくすると、叔母は鼻を鳴らした。「確かに、ぐあいがよくないみたいだ。といっても、それほどひどくはないようだけど」

叔母の率直な意見はいつも当たっている。それを聞きたいか聞きたくないかは別にして。

レドヴァースは叔母の言を退出のきっかけにした。

「だいぶよくなったように見えますよ、ミセス・ヴンダリー。わたしは失礼しますので、ゆっくり休んでください」

わたしは訴えるような目でレドヴァースを見たが、彼はにやっと笑って、そっとドアから出ていった。邪魔をされたことで、叔母に文句をいってもいいぐらいだが、レドヴァースとキスをするというのは、はなはだ危険な考えだったかもしれない。彼がいかに魅力的で、やさしくて、思慮ぶかい男だといえども、グレイスン警部からわたしを守るために、けっこうな時間を使ってくれているといえども……。

わたしはため息をついた。

「あの警部もここにいたって聞いたけど？　なんの用だったんだい？　警部ともふたりきりで会っていたのかい？」

「わたしのぐあいを見にきただけよ。おまけに、最新の捜査状況を教えてくれたわ」誰かに小川に突き落とされたことは、叔母にいう必要があるとは思えなかった。それを打ち明けたら……そう、そのあとがどうなるか、それは神のみぞ知る。だが、えんえんと小言をくらうことになるのは確かだ。

「少なくとも、情報をもらえたのはありがたいと思わなくちゃ」

叔母が椅子にすわり、でんと腰をおちつけたのがわかった。先ほどまでマーサがすわっていた椅子だ。誰かがその椅子を片づけてくれていたらよかったのに。こうなっては、ゆっくり休むことなどできっこない。

だが、この館《やかた》の主《あるじ》について、いろいろ訊くにはいい機会だ。

「ヒューズ卿のこと、どれぐらいよく知ってるの？」

叔母はくちびるをすぼめた。「かなりよく知ってるよ、ジェーン」それ以上の質問は受けつけないという口調なので、叔母を不快にさせる質問は多少、控えることにした。〝あいこにする〟というのは、フェアなやりかたといえる。

「卿の過去のことは知ってる？　それと、正式な称号は？」称号の件は、ヒューズ卿に直接訊きにくかっただけではなく、英国の貴族に関して無知だということをさらけだしたくなかったからだ。だが、卿とその家族に関しては興味がある。

「ヒューズ卿は男爵だよ」ミリー叔母はさも重要なことだといわんばかりに、力をこめてそういったが、わたしにはよくのみこめなかった。「二十年ほど前に、先代のヒューズ卿、つまり、おとうさまが亡くなられたあと、エドワードが称号を受け継いだんだ」叔母はそこでちょっと考えこんだ。「いえ、もう少し前だったかもしれない。だけど、おとうさまは領地と財産の大半を失っておられた」

わたしは眉をつりあげた。

叔母の声が低くなる。「ギャンブルでね」

重々しい、深刻な叔母の声音に、わたしはほほえみそうになったが、なんとか抑えて、まじめな顔を保った。

「エドワードには投資の才覚があってね、失った一族の財産をもとのように増やし、領地も買いもどしたんだ。そして、ここを〈ウェッジフィールド〉と名づけた。その理由はあんたにもわかるだろう？」

わたしがぽかんとした顔をしていたせいだろう、叔母はいらだった。

「ウェッジというのは、ゴルフのウェッジ、ボールを打ちあげるのに使うくさび形のアイアンクラブのことだよ。フィールドは、数エーカーもある敷地のこと。憶えておき、ジェーン」

わたしは目玉をくるっと回した。ゴルフ用語を憶える気など、さらさらない。

「エドワードには弟がいるんだけど、その弟が困ったひとでね」叔母の眉間にしわが寄る。

「わたしが思うに、父親と同じ問題を抱えていたんだろうね」

「ギャンブル？」

叔母はうなずいた。

「名前は？　そのひとのこと、まだ一度も聞いたことがないみたい」

「ジェームズ・ヒューズ。あんたが聞いたことがないのも当然だよ。誰もそのひとのことは口にしないから。兄弟仲はよくなかった。ことにジェームズのギャンブル癖《へき》のせいで」

わたしは黙りこんだ。ヒューズ卿の弟。その人物こそが、わたしたちの捜している当人だろうか。兄弟のあいだに強い確執があれば、ジェームズが兄を破滅させてやりたいという動機になるかもしれない。兄の名誉毀損をもくろみ、兄の領地のどこかにひそんでいる、例の不審者だという可能性はある。でも、兄弟仲を断絶させるほど、ギャンブルが大きな原因になるものだろうか。

「どうしてそういう事情を知っているの？」わたしは沈黙を破った。「ここに来て、まだ二週間ぐらいしかたっていないのに」

ミリー叔母はじろりとわたしをにらんだ。「訊いたんだよ、ジェーン。情報がほしいんなら、わたしみたいに知ろうと努力することだ」

これは聞き流す。あつかいにくい叔母にもどっている。

ほんと、いつもどおりの叔母だ。このぶんでは、長い午後になりそうだ。

18

翌朝までベッドから出るなと、マーサにも叔母にもきつくいわれたので、終日ベッドですごすことになった。次の日の朝になると、もう一秒たりとも寝ていたくなくなった——じっと寝ていたせいで、体じゅうがきしんでいるし、部屋に引きこもっているあいだになにがあったのか、それを知りたい。レドヴァースも警部も最新情報を知らせにきてくれなかったので、この部屋の外でなにが起こったのか、知りたくてたまらなかった。

レドヴァースが昨日のことを、ふたりの仲が近づきかけたことを、どの程度認識しているのか、それを確かめたいという好奇心——不安というべきか——もある。とはいえ、本気で確認したいのかしたくないのか、自分でもよくわかっていないのだが。

みんなが集まる居間には誰もいなかったし、ヒューズ卿の書斎のドアは閉まっていた。それで、少なくともひとりは確実にみつかる場所に向かった——厨房《ちゅうぼう》に。

そっとドアを開けて厨房に入ると、ハモンド大佐がテーブルについていた。その向かいで、マーサがせっせと野菜を切っている。わたしが入っていっても、マーサは目もあげずに質問を投げかけてきた。

「ベッドから出てもだいじょうぶなんですかね、ジェーン？」

「ええ、平気よ。とても気分がいいわ。あなたのおかげで、風邪もひかずにすんだし」

マーサはすばやく目をあげて、さっとわたしを眺めまわすと、軽くうなずき、また野菜切りの作業にもどった。

ハモンド大佐を見ると、こわばった笑みを浮かべていた。わたしは体調不良だったし、ヒューズ卿は書斎にこもっているので、今朝はモスの出番はなかったようだ。わたしひとりが取り残されたというわけではないことがわかり、いくぶんか気持がおちついたが、できるだけ早くコックピットに乗りこみたい。

「明日の朝は練習できますか?」

「もちろん」大佐はうなずいた。「あなたの気分がよければ」そういいながら、大佐はマーサから目を離さず、じっとみつめている。わたしはふたりを交互に眺めたが、マーサは脇目もふらずに作業に専念している。

「ほかのみなさんはどこかしら?」

マーサは野菜を切る手を休めずにいった。「お嬢さまたちは、あなたの叔母さまといっしょに外にいますがね。だんなさまと警部さん、それにミスター・レドヴァースは書斎にいらっしゃいます」

「そう。それじゃあ、執事のショウは? 庭師のバーロウはどこかしら?」

「ショウはヒューズ卿のご用命で町に行ったようです」大佐がいった。「バーロウは厩舎《きゅうしゃ》にいましたよ」

「わかりました」ショウは用事をおおせつかって、町に出かけたわけだ。「ショウが出かけたのは、いつごろ？」

「三十分ぐらい前でしょう。ベントリーで出かけましたよ」

わたしはうなずき、教えてくれてありがとうと、大佐に礼をいった。そしてしばらくのあいだ、大佐とわたしはもくもくと野菜を切っているマーサを見守った。

「今日のお昼はサンドイッチになります。いろいろと邪魔が入って……」マーサはぼそぼそといった。

大佐と目を見交わしてから、わたしはとりなすようにいった。「それでけっこうよ、マーサ。そこいらじゅう警官でいっぱいなのに、あなたは自分の仕事をきっちりやっているわ。おまけに、館《やかた》には何人も客がいるというのに」

顔をあげたマーサは、ちらりと大佐を一瞥《いちべつ》してから、感謝をこめてわたしを見た。「ありがとう、ジェーン」そういったかと思うと、すぐさま、また野菜切りと、切った野菜を調理用ストーブにかけてある鍋に放りこむ作業にもどった。

わたしが失礼するというと、ハモンド大佐はうわのそらといったようすで手を振った。廊下に出てから、マーサと大佐がかもしだしていた、なんとなくくつろいだ雰囲気のことがちょっと気になったが、肩をすくめて気にしないことにした。ハモンド大佐は小腹が空いて、それを満たしたくて厨房にいるのだろう。いつも空きっ腹を抱えているひとなのだ。

裏階段を使い、地階の使用人居住区域に向かう。いま、執事のショウは留守なのだ。昨日、警察はあらゆる部屋を徹底的に捜索したはずだが、女の目で部屋を見れば、男には気づかなかったなにかがみつかるかもしれない。先だって、ショウにヒューズ卿のことで質問したときに、彼の顔によぎった狡猾《こうかつ》な表情がどうしても頭に浮かんでしまう。地下の廊下を早足で進むと、コンクリートの床に耳ざわりな靴音が響く。ショウの部屋の前で立ちどまり、他の部屋の閉じたドアを眺め、人影がないことを確かめてから、ドアノブに手をのばした。

ドアノブは簡単に回った。ショウが鍵もかけずに部屋を出たのが奇妙に思われたが、たぶん、急いでいたのだろう。部屋のなかの家具や調度の位置は、先日レドヴァースとわたしが訪れたときとほとんど変わっていないとはいえ、警察が捜索した痕跡はいたるところに残っている――警官たちが階上の部屋よりも手荒に捜索したのは明らかだ。きちんと積んであった新聞の山は崩されて無造作に床に放り投げられているし、隅の小さなオーク材のデスクの上もめちゃめちゃで、書類が散乱している。わたしはわきに寄せてあった、一枚刷りの競馬の出馬表の束を手にとり、ぱらぱらとめくってみた。顔をしかめて、もう一度、めくってみる。

束になった出馬表の書きこみの字は、ふたとおりあった。ひとつの束には乱雑な文字と、なんらかの記号らしいものが書きこまれているが、どちらも判読不能だ。もうひとつの束には、小さなきちんとした文字が書きこまれていて、文字を書き慣れていることがわかる。乱雑な文字のほうはショウのものにちがいない――彼の筆跡を見たことがあるが、それと同じなのだ。だが、きちんとした、書き慣れた文字のほうは……ヒューズ卿の筆跡だろうか？　だが、なぜショウが、ヒューズ卿の書きこみのある出馬表を持っているのだろう？　先月初めの日付のある出馬表を選りだして、ポケットにしまう。

ほかには、いかにも執事のデスクというたぐいの帳簿類しかない。ワインセラーやバーワゴンの酒の代金の帳簿、地元の商人たちとの取引の帳簿。後者は、もちろん、ヒューズ卿が取引している相手との記録だ。なにもおかしなものはないが、いちいち帳簿を調べる時間はない。だが、いくばくかの金がごまかされているのではないかと疑えば、ショウの、あの狡猾な目つきも納得がいく。あれはヒューズ卿の秘密と関係があるというより、ショウ自身の秘密を意味していたのではないだろうか。

ショウの寝室をのぞいてみると、警官たちはここでも彼の私物を引っぱりだし、ベッドの上に無造作に放って山となしていた。わたしは頭を振った。ここをきちんと片づけるには、さぞ時間がかかるだろう。わたしはなかに入ろうとして、思い直した。いまさらわたしがショウの衣類を探ってみても意味がない――警察が調べたに決まっている。なにかみつかったかどうか、あとでレドヴァースに訊いてみよう。

いらだちがつのる。なにがみつかったにしろ、いま、この瞬間、ヒューズ卿の書斎で、彼らはそのことを議論しているのだ。だのに、わたしはそこに加われない。押しかけていって、同席させろと談判しようかと、なかば本気で考えたが、そうはいかないのはわかっている。グレイスン警部はわたしを議論に加えるのをきらうだろうし、なにはともあれ、警部を味方につけておく必要がある。特に、サイモンの死に関して、ヒューズ卿が第一容疑者とみなされているからには。

もう一度、ざっと眺めてから、ショウの部屋を出て、裏階段に向かった。競馬の出馬表のほかは、興味を惹かれるものはなにもみつからなかったし、ショウがいまにも帰ってくるかもしれないのだ。一階にあがると、ちょっとためらったが、外に出ることにした。グレイのツイードのコートを着て、ベルトを締める。大好きなワインカラーのクローシェをかぶり、くびに象《ぞう》牙《げ》色のウールのスカーフを巻きつけてから外に出た。吹きつける冷たい風のせいで、頰が赤らんでしまうだろうが、少なくとも、今日は暖かい恰好をしている。厚手の長靴下と、コートの下に着こんでいる丈の長いセーターさまさまだ。

小道の砂利を踏みしめて、厩舎と納屋のほうに向かう。ベントリーが納屋におさまっているかどうかで、ショウが帰ってきたかどうかもわかる。ヒューーズ卿に命じられた用事がなんであれ、それを終えてきたのだということもわかる。

19

　納屋のそばまで行くと、丈の高い木の扉が開いていて、なかから複数の男の声が聞こえてきた。そっと近づいて扉の陰で立ち聞きしようかと思ったが、わたしが近づくと、話し声はやんだ。足もとを見ると、小枝が折れていた。踏んづけて折ってしまい、その音で、なかにいる男たちに、ひとが近づいてきていることを知られてしまったのだ。この小枝は、たぶん、犬のラスカルがくわえてきて、ここで落としたのだろう。

　風がさえぎられることをありがたく思いながら、のんびりと納屋のなかに入っていく。いつのまにか帰ってきていたショウが、庭師のバーロウと話していたのだとわかる。早々にショウの部屋を出てきてよかった――部屋を調べているさなかに、帰ってきたショウと鉢合わせしていたら、さぞかし気まずかっただろう。しかも、わたしはひとりだったのだから。ショウのことはきらいではないが、彼がどういう気質の持ち主なのか、知りたいとは思わない。わたしよりも背丈が六インチは高く、体重は百ポンドぐらい重そうだし。

「こんにちは」わたしの呼びかけに、男たちはうなずいて応えたが、途切れた会話を再開する気はなさそうだ。立っていたショウは腕を組み、干し草の梱《こり》に腰かけていたバーロウはぎこちなく体を動かした。右手につかんでくるくる回している金槌に視線を据えたまま、わたしを見ようとはしない。金槌の回しぐあいからいって、器用な手指だ。

重苦しい沈黙がつづいたあげく、ショウがこほんと咳払いした。「なにかご用でも、マダム?」

わたしはほほえんだ。「ちょっとね」

バーロウが立ちあがった。「おれは失礼します」

「あら、どうぞいてちょうだい、バーロウ軍曹。あなたたちに訊きたいことがあるの」

バーロウはのろのろと腰をおろした。

「ミスター・ショウ、今朝は、ヒューズ卿のご用命で町に出かけていたんですって?」

ショウは目を細くせばめてわたしを見た。「あなたにはなんの関係もないと思いますが」

「そうかもしれないけど、ちょっと興味があって。それに、わたしにできることがあるのなら、ぜひともヒューズ卿のお役にたちたいのよ」

男たちはなにもいわない。わたしはポケットから競馬の出馬表を取りだして、ふたりに見せた。「それじゃあ、これはどう? 説明してもらえるかしら?」

ショウの頬に赤い斑点が浮かび、一歩前に進みでてきたが、わたしはそれを予測していたので、空いている片手で彼を制し、急いでいった。「だめよ、ミスター・ショウ。あっさり放免というわけにはいかないわ。それに、このことはミスター・レドヴァースも知っているから、いまあなたがなにを考えているにしろ、そんなことをしても意味がないのよ」これは方便だが、ショウにこの出馬表を引ったくられるだけではなく、部屋にある束を破棄されることは阻止しなければならない。

目の前のやりとりを見守っていたバーロウが口をはさんだ。「マムのいうとおりだよ、ショウ。ちゃんと話したほうがいい」

ショウはわたしとバーロウを交互ににらんでいたが、やがて降参というように両手をあげた。「わかった。知りたいんならいいますが、ヒューズ卿は馬に金を賭けるのがお好きでね。で、わたしが村のパブに行って、チャーリーに卿の代理で賭け金を渡してるんだ。これでご満足ですかね？」

わたしは筆跡から書き手を推測したが、それが正しかったことがうれしい。だが、まだ訊きたいことがある。「だけど、なぜそれを内緒にしてるの？　ヒューズ卿が馬に賭けてもかまわないでしょうに」

ショウは肩をすくめた。「あのかたは賭けのことを誰にも知られたくないんですよ。〝家族〟の問題とやらがあるらしくて。それに、賭けるたって、たいした金額じゃない。ときどき二、三シリング賭けるぐらいで。それ、いつの出馬表ですか？　昨日のじゃないでしょうね？」

わたしはくびを横に振った。「先月のよ」

たちまちショウの緊張がほぐれた。「ああ、それならいいです」

ふたつの異なる筆跡から、ヒューズ卿の秘密の趣味が判明し、ショウがヒューズ卿の隠された一面を知っているのではという疑問の答もわかった。だが、あまりにもお手軽な説明ではないか？　それにその説明と、サイモン・マーシャルがヒューズ卿に関するよくない情報を探りだしたという話とは、どうにも結びつかない――たまに馬に何シリングか賭けるという事実が、脅迫の種になるとは思えないではないか。とはいえ、ヒューズ卿がたまに馬に端金を賭けることを、ほかの者たちに秘密にしておく理由がよくわからない。

まあいい、それはあとで考えよう。いまはまだ、このふたりに訊きたいことがある。

「よくわかったわ」今度はバーロウにも目を向ける。「でも、もうひとつ質問があるの。あなたたち、館《やかた》の敷地のなかをうろついているひとを見たことはない？　ええ、館の住人やお客ではないひとのことだけど」

「警官とか？」ショウは眉根を寄せた。鷲鼻の上に、いつもより深い、しわという木の林ができる。

「いいえ、そうじゃなくて、そのひとは厩舎《きゅうしゃ》の二階にひそんでいるみたいなの」

バーロウの顔が驚きから不安に変わった。

「あなたはわりに長い時間、厩舎で馬たちとすごしているわね、バーロウ軍曹。いつもとはちがうなと思ったことはない？」

「いいえ、マム。知らない顔を見たことはないです」

バーロウの顔をしっかり直視したが、彼はほんとうのことをいっているとわかった。その顔は不安でひきつっている。「厩舎の二階に誰かがひそんでいるって、ほんとですか？　馬たちと同じところに、知らないやつが寝てるなんて、考えるのも嫌です」

「だけど、どうもそうらしいのよ。その痕跡は、わたし自身がこの目で見たし。あなた、二階にあがったりはしないの？」

バーロウはうなずいた。「用がないんで。二階にはなんもないし。少なくとも、おれの仕事に必要なものなんか、なんもありません」そういって、金槌をつかんだ手に力をこめた。「そいつが蠟燭《ろうそく》か煙草の火を消し忘れたら、厩舎は火の海になります。冗談じゃない。そんなことになったら、かわいそうな馬たちを助けだすことなんか、とうていできっこない」

わたしは同感だという気持をこめて、バーロウにきまじめな顔でうなずいてみせ、ショウに視線を移した。「あなたはなにか見てない？」

ショウはくびを横に振った。「なにも。わたしはあまり外に出ませんので」

これはほんとうだろう。ショウはヒューズ卿の用にすぐさま応える必要がないときは、自室でラジオにへばりついているはずだ。あるいは、出馬表に。

ため息をつくと、わたしはふたりによく注意してくれとたのんでから、その場をあとにした。ふたりともそれぞれの持ち場で、なにか対策を考えてくれるだろう。不審者がどんな人物であれ、これまで誰にも気づかれずにいたのは、まちがいないようだ。

20

レドヴァースと話をしたかったが、書斎のドアは閉ざされたままだ。ヒューズ卿とグレイスン警部とともに、彼もまだなかにいるのだろう。またもやいらだちがつのってきたが、ぐっとがまんする。せっかくひとりで動く時間があるのだし、レドヴァースとはあとで話ができる。

一階には、ふつうならヒューズ家の家族が使うはずなのに、いまはまったく使われていない部屋がたくさんある。わたしは図書室にこもって考えこんだ。多数の疑問があるのに、その解答はわずかしか得られていない。いまのところ、大きな情報といえば、脅迫の可能性、正体不明の不審者、ヒューズ卿を陥《おとしい》れようとする陰謀、そして、殺人。だが、この四つをどう組み合わせても、関連を明確にできる証拠はない。とはいえ、わたしが質問してまわっていることにいらだっている何者かがいて、その何者かがわたしを小川に突き落とした。それは明らかだ。

ショウの裏の顔を見られたのはそれなりに価値があるが、彼がいったことはすべて、わたしの推測どおりだった。出馬表は捨ててしまおうかと思ったが、とりあえずレドヴァースに見せることにする。あとで、ヒューズ卿がらみの話をダブルチェックしたほうがいい。というわけで、いま現在、わたしは袋小路にはまっている。

先夜に見た不審者に関していえば、ショウもバーロウも真実を語っていると思う――ふたりとも、館《やかた》の敷地内に誰かがひそんでいるなど、思いもしていなかったようだ。ショウは当惑していたし、バーロウは馬たちの安全を心配していた。どちらの反応も演技だとは思えない。

欲求不満の吐息をつきながら、すわりごこちのいい椅子から立ちあがって図書室を出ると、また厨房《ちゅうぼう》に行くことにした。マーサはこの館の要《かなめ》ともいえるひとで、いつだって、誰がどこにいるかちゃんと把握している。わたしも各人に質問をしてまわる作業をつづけるべきだろう。

厨房にはマーサしかいなかった。彼女は流しの前に立ち、窓枠にしがみつくようにして裏庭を見ていた。この窓の上方の二階にわたしの部屋の窓があり、どちらの窓からにしろ、見える風景は同じだが、見る者の視線の高さは異なる。

「マーサ？」驚かさないように小声で呼びかけたが、うまくいかなかった。マーサがなにに心を奪われているのかはわからないが、わたしの足音は聞こえなかったようだ。呼びかけられて、マーサはとびあがり、くるっと向きなおった。

「ジェーン！　びっくりして心臓が止まりそうになりましたがね！」そういって、マーサは十字を切り、左の肩越しに唾を吐いた。

マーサの迷信ぶかい奇妙な動作には慣れてきたが、ぺっと唾を吐いたしぐさには、思わず片方の眉をつりあげてしまった。彼女の迷信ぶかさはどこで植えつけられたものだろう。彼女の生まれ故郷？　前から、マーサのことばが少し訛《なま》っているのには気づいていたが、英国の方言ではないようだ。東欧ではないだろうか。

「ごめんなさいね、マーサ。驚かす気はなかったのよ。だいじょうぶ？」

マーサはエプロンで両手をぬぐい、わたしの視線を避けた。「ええ、はい、だいじょうぶですとも。こんなに早くおもどりになるとは思ってもいなかったもんで」マーサはせかせかと動きまわり、鍋の位置を変えたり、大きな木製の戸棚から砂糖容れと小麦粉容れを取りだしたりした。

「お嬢さんたちとわたしの叔母はもう帰ってきたのかしら？　どこにも姿が見えないんだけど」

一瞬、マーサはせかせかした動きを止め、手にした小麦粉容れをみつめた。「リリアンお嬢さまに付き添うように、おふたかたが外に出ていくのを見ましたが、それきりです。ゴルフのクラブをお持ちでしたがね」

「それじゃ、いつもどおりね」

マーサが顔をあげた。わたしの目をみつめてほほえむ。「リリアンお嬢さまはほんとうにゴルフがお好きで」

わたしも笑みを返す。「ほんとうに。寒くたって、へっちゃらなのね」

マーサは視線をそらし、作業にもどった。

「だいじょうぶ？」

そう尋ねると、マーサはぎごちない笑い声をあげた。「だいじょうぶですがね。人数が増えて、忙しいだけで」そういいながら戸棚の引き出しを開けたが、その手が止まった。「あの警部さん、まだ帰らないんでしょうかね？」

「ええ、まだ帰らないと思うわ、マーサ。わたしにはよくわからないけど、なにかを捜しているのよ。でも、まだみつかっていないみたい」

マーサはうなずいた。彼女の横顔をみつめていると、きつく引き締まった口もとがほんの少しゆるんだのがわかった。

「ねえ、マーサ、わたしを小川に突き落としたのが誰か、推測してみようかと思ってるんだけど」あるいは、マーサが不審者を見たかどうかを。「最近、不審な人物を見たことはない？厨房の外あたりで」

マーサの口もとがまたきつく引き締まった。くちびるが一本の線になるほどに。「いんえ、お館の周辺で、知らないひとを見かけたことはありませんがね。警官以外には。なぜです？」

マーサはわたしを見ようともせずに、テーブルに料理の材料や道具をそろえる作業をつづけた。彼女がわたしと目を合わせようとしないのは、単に忙しいからなのか、それとも、ほかに理由があるからなのか。

「先だっての夜、わたしはそういう人物を見たの。厨房の勝手口から出てきたように見えたけど、顔は見えなかった」

「神経のせいですがね。なにせ小川に突き落とされたんですからね」

わたしがうなずくと、マーサは無表情で材料を量る作業をつづけた。

「でも、そうじゃないかもしれませんがね。バーロウだったんじゃないですか。あのひとは馬たちの世話をする前に、ちょっとひとくち食べにここに来るんで」

わたしはまたうなずいた。「そうね、バーロウだったかも」彼ではないという確信はあったが、その点でマーサといいあってもしかたがない。それにしても、わたしが小川に突き落とされてずぶ濡れになったとき、マーサは親身になってわたしを案じてくれた。だから、敷地内に不審者がいるかもしれないという話を、まともに聞こうとしない彼女の態度が、どうにも腑《ふ》に落ちない。もしかすると、危険を察知して、砂に頭を突っこんでやりすごしたいだけなのかも。だからといって、彼女を責めることはできない。わたしだって、くよくよと気に病まずにいられるのなら、そのほうがいい。

「でなければ、マリーさんだったのかもしれませんがね」

わたしは驚いた。

マーサはわたしをちらりと見ると、肩をすくめて、すぐに作業にもどった。「あのお嬢さんは変わってます。それに馬がお好きなようで」

「でも、なんだって、暗くなってから外をうろついたりするの?」

「それはマリーさんに訊いてみるしかないんじゃ?」

不審な人物はマリーよりもずっと背が高かったが、マーサがマリーを変わっているとみなしているのは、とても興味ぶかい。マリーをどう見ているのか、ほかのひとたちにも訊いてみなければ——それに、マリーがどう受けとめられているのかを。

マーサはもうわたしとの会話を打ち切ったつもりでいるらしいが、わたしは彼女を早々に解放したくなくて、スツールに腰をおろした。サイモンが乗る車に細工がほどこされたとき、リリアンの従兄のアリステアはここにはいなかったが、彼のことをもっと知りたい。

「マーサ、アリステアのこと、よく知ってる？」

マーサは肩をすくめ、大きなボウルにバターを入れて練りはじめた。

「あのぼっちゃんと、妹さんのポピーさんは、わりに定期的にこちらに来られますがね。おふたりにとって、ヒューズ卿と親しくなさるのはいいことです」

「ヒューズ卿とアリステアは親しいの？」

「そうですね、ヒューズ卿は……なんていえばいいのか」マーサの眉根が寄ったが、すぐに元どおりになった。「だんなさまは、アリステアさんをご自分の翼のもとに庇護なさっておいでです。いいことです。だって、アリステアさんのおとうさんは……ちょっと。でも、ご家族のことをあれこれ噂するべきじゃありませんがね」

「アリステアのおとうさんは病気なの？」先だってミリー叔母と話をしたとき、そのことは話題に出なかった。

マーサは目をあげてわたしを見すえた。「そうだともいえますがね」目を細くせばめているところを見ると、どこまでくわしく話していいのか、迷っているようだ。やがて心が決まったらしく、マーサはまたバターを練る作業にもどった。「アルコール中毒なんです」

そうすると、アリステアの父親はギャンブルだけではなく、飲酒の問題も抱えているのか。だからといって、それほど意外だとは思わないが、ヒューズ卿の弟がいまどこでどうしているのか、それは気になった。わたしはひそかに、ヒューズ卿を陥れる画策をしている容疑者リストをこしらえているが、ヒューズ卿の弟はそのリストにちゃんと入っている。わたしを小川に突き落とした容疑者リストにも、彼を入れたほうがいいだろうか？　しかし、それがアリステアの父親だったとしても、なぜ敷地内をうろつき、厩舎《きゅうしゃ》の二階の湿っぽい部屋にひそんでいなければならない？

不審者がジェームズ・ヒューズであろうが、そうではなかろうが、とにかくその正体を突きとめる必要がある。不審者の正体が判明するまで、サイモン・マーシャルを死に至らしめた犯人を突きとめることはおろか、推測することすらできないのだ。

21

心おきなく仕事ができるように、マーサをひとり残して、わたしは厨房《ちゅうぼう》を離れた。また外に出ようと、厚手のウールのコートにスカーフ、フェルトのクローシェで武装する。リリアンがひとりでいてくれればいいのだが、どうだろうか。マリーがくっついていないリリアンはめったに見たことがないのだ。

だが、今日はわたしに運があった。

丘を登っていくと、遠くのちっぽけな赤い旗に向かって歩いている姿が見えた。リリアンだけだ。追いつこうと、わたしは足を速めた。リリアンが小さなパッティンググリーンで立ちどまったので、追いつけた。遠くで陽気にはためいている赤い旗との距離を、リリアンは目で測っている。わたしが立っている場所から、数ヤード先、赤い旗の下の地面に、ちっぽけな穴が開いているようだ。丘を登ってきたせいで、わたしは息を切らしていた。吐く息が冷たい秋の外気に白く流れる。

「リリアン！」

手袋をはめた手の片方はわきに垂らしたままだ。そっちの手はまだすり傷が治っていなくて、うっかり動かすと、小さな矢が何本も突き刺さるように、ちくちくずきずきと痛むのだ。声をかけてから、彼女をめざして走る。

　わたしの呼びかけを聞き、リリアンは驚いてふりむいた。

「ジェーン！　こんなところでなにをしているの？」

　リリアンには、近づいてくるわたしの荒い呼吸が聞こえていなかったのがわかり、わたしのほうが驚いた。リリアンのあっけにとられた顔を見ると、蒸気機関車が走る音を聞いたことがないのだろうかと思った。

「あなたと話がしたくて。マリーはどこ？」

　リリアンはなにやらぶつぶついいながら、赤い旗の下の穴のほうを向き、白い小さな手でゴルフクラブのグリップをつつみこんだ。「彼女には、来てほしくないっていったの」

　邪険《じゃけん》ないいぐさだ。その必要があったのだろうか。

「リリアン……」

　ため息をついて、リリアンはボールを打たずにわたしのほうを向いた。「彼女を傷つけたくはなかったけど、いまは……」リリアンはまたため息をついた。「家に帰るように勧めたんだけど、あのひと、帰る家はない、どこにも行くところがないって」

　そういうリリアンも、それを聞いたわたしも、眉をひそめてしまう。リリアンはゴルフクラブで何度も軽くとんとんと、頑丈なウィングチップの靴を打った。

「家族はいないの？」

「家族とは……そのう、疎遠なの」

少しだが、マリーに関する情報が手に入った。マリーのことはなにも知らないし、彼女と親しく話をしようとしても、一度も成功したためしがない。今後は会話をする努力をすべきだろう。特に、マーサから彼女の印象を聞かされたあとでは。

「それで、ここにいるのね」

「かなり前から。七月に卒業してからずっと」

「おとうさまは気にしていらっしゃらないの？」

リリアンは頭を横に振った。「わたしには兄弟姉妹がいないから、仲のいい友人がいっしょだと、父はうれしいみたい」

それは不思議ではない。ヒューズ卿は娘のこととなるとじつに寛大で、気遣いを怠らない。じっさいのところ、この館《やかた》の敷地内にいるひとたちは、みんなそうだといえる。

「あなた、マリーが……そのう、ちょっと変わった行動をとることに気づいてる？」

リリアンは目を細くせばめた。「どんなふうに？」

「よくわからないんだけど。マーサはマリーが夜遅く、暗くなってから外に出ていくと思ってるみたい」マーサがいったこととちょっとちがうが、ほかにどういういいかたをすればいいのかわからなかったのだ。リリアンに面と向かって、友人が敷地内でおかしな行動をしているのを知っているか、と訊くわけにはいかない。

「わたしは知らないわ」リリアンはきっぱりといった。「マリーはちょっと変わったところもあるし、理解しにくいひとでもあるけど、友情には篤《あつ》いひとよ」

「サイモンが亡くなっても、彼女はぜんぜん気にしてないみたいだけど」

リリアンは手を振ってその話をしりぞけた。「マリーはわたしを護っているだけ」

それは控え目ないいかたもいいところだと思うが、リリアンはマリーの忠実ともいえる友情を固く信じているようだ。マリーがサイモンの死を願った可能性があるかどうか、リリアンは少しでも考えたことがあるのだろうか。マリーを見逃していたのは、失敗だったかもしれないという気がしてきた。だが、自分を客分としてあつかってくれているヒューズ卿を、マリーが罠に嵌《は》めて殺人犯に仕立てようとしているとは、どうにも考えにくい。

とっちらかった思考をまとめようと、なだらかな丘陵に目をやる。リリアンが従兄のアリステアのことをどう思っているのか、それを訊くには細心の注意が必要だ。そこに話をもっていくにはどうするのがいちばんいいだろう？　わたしがあれこれ悩んでいると、リリアンに先制パンチをくらった。

「アリステアのことを訊きたいんでしょ？」リリアンはそういいながら、ボールを打つ位置にもどった。

「ええ、ほんとうはそう」それがリリアンに会おうと思った第一の理由ではなかったけれど、アリステアがどれぐらい彼女の気を惹くことに成功しているのか、ぜひ聞きたい。特に、一昨夜、彼がみんなの前であんなことをいったことを思えば、リリアンとの結婚をもくろんでいるとみなしたくなる。

リリアンはうなずき、ボールを軽く打った。ボールは赤い旗の下の穴の手前一フィートという地点までころがっていった。わたしは周囲を見まわし、ヒューズ卿はリリアンの練習のために、いったいいくつ、地面に穴を開けたのだろうと、埒《らち》もないことを考えた。

「あのひとは従兄よ。彼といると楽しい」

リリアンは穴の近くで止まったボールのそばまで行き、精神を集中していて、こちらを見ていないが、わたしは先をうながすようにうなずいてみせた。

「でも、彼に……そのう……ロマンチックな感情をもったことはないわ」

それをいうなら、ことばの本質的な意味で、リリアンはロマンチックな感情をもつタイプには見えない。若くてきれいな女性だが、彼女の頭にあるのは、ただひたすらゴルフのことだけ。そもそも感情を吐露《とろ》するようなことをしない性質《たち》なのだ——ここに来て一度だけ、取り乱した姿を見たことがある。ミリー叔母の暴言に怒ったサイモンが居間をとびだしていったときのことだ。だが、リリアンは取り乱した理由をいおうとはしなかった。

「アリステアのほうは、あなたにロマンチックな感情をもってると思う?」わたしは訊いた。

「彼はうちの一員になりたくて、わたしと結婚したいんだと思う。でも、そんなの、わたしの知ったことじゃない」一打で、リリアンはボールを赤い旗の下の穴に沈めた。そして低い声でつぶやいた。「特に、彼があんなことをいったのを聞いたからには」

「そう思うのは無理もないわね」あのときのリリアンの反応は、あの男に好意をもっている女性のものではなかった。それをいうなら、あの場にいた誰もが、彼に好意をもつわけがなかったのだが。「それじゃあ、結婚そのものに興味がないってこと?　それとも、相手がアリステアだから、結婚なんて考えられないってこと？」

「両方」リリアンはきっぱりといった。そしてかがみこんで、穴に沈んだボールを拾いあげ、すたすたと歩きはじめたが、わたしがついてきているかどうか、ふりむいて確かめた。

リリアンはパッティンググリーンの端に横にして置いてあったゴルフバッグを取りあげ、肩にかけた。「わたしは誰かさんの家庭を守るために、キャリアをあきらめるなんて、ぜったいに嫌だから」歌うようにそういった。

「わかるわ」これはわたしの本心だ。リリアンはまちがいなく、典型的な若い女性ではない。彼女は愛してやまないゴルフと引き替えに、昔ながらの結婚生活をしようとは、これっぽっちも考えていないのだ。それを聞いたからといって、わたしは驚いたりはしないが。

「じゃあ、サイモンのことは？」

「ああ、愛すべきサイモン。あのひとがそばにいると、楽しかった。とても陽気で、愉快なひとだった。ときどき、息が詰まりそうになるときがあっても、あのひとが笑わせてくれた」リリアンはのろのろとことばを継いだ。「もちろん、彼も気がくさくさして、車をとばす必要があるときもあった」ため息。「あのときはただもう彼が痛ましくて。あのひと、ずっとつらい思いをかかえていたのね――戦争のときの経験やらなにやらで」

「でもあなたは、彼にも心を惹かれたわけじゃなかった」

リリアンはため息をつき、一瞬、グリーンに目を走らせたが、また前を向いた。「そういっていいと思う。そう……彼のことは気にかけていた。でも、真剣に想っていたわけじゃない」

リリアンは立ちどまり、わたしをまっすぐに見た。「わたしが男よりも女のほうを好きなのかと思っているんなら、そちらにもロマンチックな興味なんかもってないっていっておくわ」

わたしは両の眉をつりあげた。確かにそういう考えが生じてきていたが、上流社会では、その手の話はあえて口にしないものなのだ。だが、リリアンがまったく斟酌《しんしゃく》していないので、わたしはにやりと笑ってしまった。彼女の率直さがとても好ましい。

「ゴルフの技術が上達するといいわね、リリアン」これはわたしの本心だ。ゴルフに関する知識はないので、よけいな口出しはしたくないが、彼女の努力が実ることを心から願っている。

「ありがとう」リリアンは肩をすくめて歩きつづけた。「来年の春にロンドンで開かれるアマチュアのトーナメントで、ぜひとも優勝したいの。そうすれば、セミプロになれるかもしれないから」顔をしかめる。「いまのところ、女はセミプロ以上にはなれないけど」

わたしも顔をしかめてしまった。「いつか、その上をめざして挑戦できる日がくるんじゃないかしら」

リリアンはかすかに笑顔を見せた。「希望はもってる」

気持が通じた仲間同士のように、わたしたちはしばらく黙って歩きつづけた。リリアンはゴルフクラブが何本も入った重い革のバッグを、軽々と肩から掛けている。小さな丘の上で足を止める。遠くに、またひとつ、ちっぽけな赤い旗が見えた。リリアンは地面にボールをセットして、バッグからゴルフクラブを一本、抜きだした。彼女を見ているうちに、ひとつ訊きたいことがあったことを思い出した。

リリアンがクラブを振った。ボールが飛び、あれよというまに見えなくなった。彼女のゴルフの腕前を見るのは初めてだが、確かに素質があるようだ。

高く飛んだボールが落ちる場所をきっちり確認してから、その方向にリリアンが歩きだす。わたしはといえば、あっさりボールの行方を見失ってしまったのだが。

「父のことが心配なの。だって、あの車に、父が細工をしたはずはないから」唐突にリリアンがそういった。

柄にヒューズ卿のイニシアルが彫られたナイフのことを、リリアンはどうして知ったのだろう。ヒューズ卿本人やほかのひとたちがいる前では、グレイスン警部もレドヴァースも、その件を口にしたことはなかったのに。だが、リリアンはやはり、するどい観察眼をもっているのだ。あるいは、わたしが気づいていなかっただけで、彼女には立ち聞きをする癖《へき》があるのかもしれない。

「いまのところは、ちょっと捜査が混沌としているけど、いずれ真相が明らかにされると思う」わたしはくびをかしげ、ゆるやかにうねる丘陵を眺めた。「あなたのおとうさまに関して、サイモンはなにか情報を得たみたいなのよ。どんなことか、心あたりはない？」

リリアンは考えこんだ。「あの投資に関係があるかもしれない」

それを聞いて、わたしははっとしてリリアンに目を向けた。

「戦時中の投資のことよ。そのことで、父はなにか、うしろめたい思いをしているようだった。それから、復員軍人たちを何人も雇うようになったの。マーサが長いこと勤めてくれているんじゃなかったら、料理人も復員兵を雇っていたかも」

リリアンを過小評価していたことが、これでまた明らかになった。「どうしてそんなことを知ってるの？」

「女はいつも見くびられてる。そうでしょ、ジェーン？」

心から同意する――心の底から。

「でもね、女にだって耳はあるんだもの、いろいろな話が聞こえてくるわ――一方的だけど、父が電話で話しているやりとりも、オフィスで面談している内容も、ね。ただし、それ以上のことは知らないんだけど」

「でも、するどい推測だと思うわ、ありがとう、リリアン」この線はレドヴァースに追ってもらおう。ときどき彼は電話で内密のやりとりをしては、わたしに新たな情報をもたらしてくれる。ということは、どこかに秘密のファイルが詰まった部屋があり、彼は電話をかけるだけで、そこから必要な情報を手に入れることができる……のではないだろうか。

リリアンが立ちどまり、わたしの腕に手をおいた。「だけど、父は善良なひとよ」

わたしはこっくりとうなずいた。わたしの直感もそれを認めている。ヒューズ卿が戦時中になにをしたにしろ、ひどい悪事ではないことを願うばかりだ。

ふたりとも黙りこんだ。やがて、ほかの使用人について質問したかったことがあるのを思い出した。

「あのね、執事のショウのこと、なにか知らない？　バーロウ軍曹のことは？」

リリアンはまた歩きはじめた。「ほとんど知らないわ」その声には恐怖がこもっていた。「まさか、そのどちらかがサイモンの……そのう、彼の死と関係があると思ってるんじゃないわよね？」

「彼らはなにか知っているのに、わたしたちにはいおうとしてないんじゃないかと思ってる。サイモンのことかもしれないし、あるいは、あなたのおとうさまのことかも」

リリアンは頭を振った。「バーロウ軍曹はあまり人づきあいをしない。その点では、ミスター・ショウもそうね。彼らがサイモンや父と口論するなんて、想像もできない」

また、ふたりして黙りこむ。リリアンの人物評価には同意できないけれど、ことさらにそれを論議する気もない。リリアンが好意をもっていた人物が殺され、父親がその罪をきせられそうになっているのだ。若い彼女にとっては、過分なほどつらい経験だろう。館の敷地をうろついている不審者について、なにか心あたりはないか、訊こうかと思っていたが、リリアンをこれ以上不安にさせる必要はない。訊かないことに決めた。

「ジェームズ叔父さまってどんなかた？」

リリアンは一瞬、驚いた顔をしたが、考えながらことばを紡いだ。「叔父さまのことはよく知らないの。ここに来られることはめったにないし、アリステアは自分の父親のことは話したがらないし」

わたしたちはさらに歩を進めてから、また立ちどまった。

「アリステアは叔父さまの悪い血を受け継いでいるかもしれないけど、あんなにひどいことをするなんて、考えられない」リリアンはいった。

わたしはうなずいた。さらに突っこんだ質問をしたかったが、叔父自身のことや彼の問題について、リリアンがくわしく知っているとはとうてい思えない。

ジェームズについて聞いていることをいおうかどうか決めかねていると、リリアンがなにか決意したかのように、わたしをまっすぐにみつめた。「ヒューズ卿はわたしのほんとうの父親なの?」

確かにリリアンには、率直にものをいう天与の性質がある。わたしの故郷のボストンでは、率直にものをいうひとなどめったにいないし、きちんとしつけられた英国貴族の娘の口から、こういう質問が出るとは、じつにまさに驚きだ。

「ええ、そうよ」

「はっきり真実をいってほしいんだけど、いい?」

わたしは彼女の腕をぎゅっと握りしめ、やわらかい声でいった。「ええ、いいわよ、リリアン。そう、ヒューズ卿はあなたの実のおとうさまよ」

「で、ミリーが実のおかあさま」

リリアンは考えこみながら、また歩きだした。ボールに近づき、その周囲をじっくりと観察する。

「ええ、そう」わたしもボール周辺の地面を眺めてみたが、枯れかけた芝生と落ち葉しか見えなかった。

リリアンが目をあげた。「それじゃあ、わたしたち、従姉妹同士なのね」

わたしはほほえみ、うなずいた。リリアンはゴルフクラブから手を放して、わたしにぎゅっと抱きついてきた。驚いたわたしは、ちょっとよろけたが、すぐに彼女の背に両手をまわして、彼女を抱きしめた。リリアンの率直な感情表現に、目がうるんできた。

リリアンは体を離し、うしろにさがった。「うれしい」

「わたしもうれしいわ、リリアン」

22

練習をつづけるリリアンを残して、わたしはポケットに両手を突っこんでゆっくりと丘を下り、館《やかた》に向かった。館に近づくと、正面玄関の前に、あざやかなチェリーレッドのコンヴァーティブルが停まっているのが見えた。いったい誰の車だろう――警察の車でないことは確かだ。

裏口にまわる。なかに入り、ホールでコートや帽子など、防寒衣類を取って壁のフックに掛けてから、厨房《ちゅうぼう》に入る。

「どなたか新しいお客さまがいらしたの？」

パン生地をこねていたマーサが顔をあげた。「ポピーさんですがね。アリステアさんの妹さんの。一時間ほど前にいらっしゃいました」

「まあ、マーサ！　お食事の人数がまた増えてしまったわね」

マーサのつごうには関係なく、彼女の手をわずらわせる客の数がどんどん増えているのだ。わたしのほうがあわててしまう。

だがマーサはやわらかい笑みを浮かべた。「ポピーさんは手のかからないひとですがね、ジェーン。ネズミがかじるほどしか食べませんからね。料理を余分に作る必要はないんです」

マーサはパン生地をこねる作業をつづけ、わたしはなんとなく眉をひそめて厨房を出た。

期せずして、ポピー・ヒューズと会うときが来たのだ。

ポピーをみつけるのはむずかしくなかった。くすくす笑う声や、その合間に発せられる、かん高い声のするほうに向かえばよかったからだ。彼女は居間のふたりがけのソファに、マリーと体をくっつけてすわっていた。その近くの椅子にミリー叔母がすわっているが、叔母の顔に恐れをなした表情が刻まれているのを見ると、自分の顔にじわじわと笑みが広がっていくのを抑えられなかった。

ふたりの若い女性は、『フォトプレイ』などの映画雑誌に夢中だった。

「彼ってすてきじゃない？」ポピーが雑誌の写真を指さしながら、甘い声でそういう。マリーは同意して、ポピーににっこり笑いかける。会ってまもないというのに、ふたりはすっかり意気投合しているようだ。

わたしが目に入ったとたん、ポピーがソファからとびあがって、わたしに駆けよってきた。

「あなたがジェーンね！」

細い両腕で抱きつかれる。熱烈なハグを受けて、わたしは目を大きくみひらいた。ミリー叔母の口もとがすぼまり、皮肉っぽい笑みが浮かんでいる。先ほど叔母を見て、思わず浮かんだわたしの笑みは引っこんでしまったが、いまの叔母の顔に浮かぶ笑みは、そのときのわたしのそれとそっくり同じだろう。

「ええっと……そのう、お会いできてうれしいわ、あなた、ポピーね？」

彼女はぱっとうしろにさがり、わたしの顔をまじまじとみつめた。「そうよ。ひとりでうちにいるのに飽きちゃって、みんなに会いにきたの。よろしく！」かん高くて少女っぽい声。ちょっと舌たらずな話しかただ。ポピーはさっさとソファにもどり、マリーの隣に腰をおろした。マーサがいったことは大げさではなかった。ポピーは骨太だが、いたいたしいほど痩せている。そして、すべての造作がこぢんまりしている――例外はその目で、ドラマチックなほど大きくて丸い。兄のアリステアと同じく、端整な容姿だが、彼よりもずっと小柄で、なんだか妖精のように見える。ブロンドの髪はきれいなボブカットで、マルセルウェーヴをつけてある。深緑色の長袖のジャージーニットのワンピースは、ずんどうのウエスト部分に黄色いサッシュを結び、その端を丸みのない臀部《でんぶ》に垂らしている。

いままさに殺人事件の捜査が続行中の家にやってくるとは、いささか奇妙に思えたが、そのことをよく考える暇はなかった。ポピーに話しかけられたからだ。

「あたしたち、お気に入りのアメリカの映画スターのことを話していたのよ！」

わたしは叔母の隣の椅子に腰をおろした。映画スターのことなど、どうでもよかったが、興味があるような表情をとりつくろった。

「何人ぐらいのスターに会った？」ポピーは大きな目でわたしをひたと見すえた。

わたしは困惑して、彼女をじっとみつめた。「誰にも会ったことはないわ」

ポピーは金色の眉をつりあげた。「ほんとに？　どうして？　お友だちになれるはずでしょ！」

わたしはアメリカが広大な国で、わたしが住んでいるところは、映画が製作されている都市からは遠く離れているのだと説明しはじめたが、ポピーはうろんげに鼻にしわを寄せている。わたしの説明がまったく頭に入らないのだとわかり、途中で話をやめてしまう。

「あらあ、そうなんだ！」ポピーは陽気な声をはりあげて、またマリーと熱心に映画雑誌を眺めだした。

わたしは目をみはってミリー叔母の顔を見たが、叔母は肩をすくめただけだった。

ウェッジフィールド館の滞在はますます……興味ぶかいものになりそうだ。

しばらくすると、わたしはレドヴァースを捜しにいこうと、失礼と断ってから居間を出た。女の子ふたりは顔もあげなかったが、叔母は自分を見捨てるのなら、あとでこのお返しをするからねという、恐ろしいまなざしを投げてきた。わたしはすまなそうなふりさえしなかった。叔母がバーワゴンに突進するまで、あとどれぐらい保つだろうか。

おそらく、そう長くは保たないだろう。

レドヴァース捜しにそれほど時間はかからなかった——図書室に行くと、奥のほうから男たちの低い声が聞こえたのだ。そのぼそぼそした話し声を別にすれば、図書室は静かだ。わたしは一瞬だけ、その静けさに浸った。ドアと、ひとつの大きな窓だけを残し、四面の壁は黒っぽい木製の書棚で埋まり、あちこちに小ぶりの椅子が配置してある。窓辺には、これまた黒っぽい木製の、優美にカーブした脚のついた長いテーブルがあり、それにマッチした椅子も数脚ある。テーブルの片端には大型の地図帳が置いてあり、開いているページを薄暗い明かりが照らしている。通りすがりに、地図帳の開かれているページをそっとさわってみる。まだ行ったことのないところばかりだ。ぜひとも一度は行ってみたい。

ぶらぶらと歩いていくと、奥の静かなひと隅で、こちらに背を向けて、レドヴァースとハモンド大佐が椅子にかけていた。どうやらいい歳をした男ふたりは、かくれんぼを決めこんでいるらしい。わたしが近づくと、ふたりはさっと立ちあがった。

「おふたりとも、ずっとここに閉じこもっていらしたの？」

「ポピーが来てますよね？」

大佐に訊かれ、わたしはうなずいた。

「それからずっとです」

わたしは思わず笑ってしまった。ふたりがここに隠れているのは、ポピーから逃れたいからなのだ。

「彼女は……その……感情表現が過剰でね」レドヴァースがそういうと、大佐は熱をこめて強くうなずいた。

「うまいこと、おっしゃるわね」よく見ると、男たちは酒の入ったグラスを手にしている。グラスに目を留めたわたしは、自分にも一杯必要ではないかと思った。

大佐はのけぞるようにして残った酒を飲みほすと、手まねで椅子を示し、彼の心の慰安所といえる場所をわたしに譲ってくれた。

「これから何本か電話をかけなくちゃならないんで」大佐はそういうと、レドヴァースのほうを向いた。「おかげで、楽しい酒でした」

レドヴァースがグラスを掲げてあいさつを返すと、大佐は図書室を出ていった。わたしは大佐がすわっていた椅子に腰をおろした。まだ温かい。レドヴァースもすわった。

「おしゃべりがはずんだ？」

「サイモン・マーシャル空軍大尉の遺体をどうするか、相談していたんだ」

わたしはすぐにまじめになった。「で、どうするの？」

「彼の所属していた部隊が、ロンドン近郊で葬儀をしてくれるそうだ。遺体はそこの軍人墓地に葬られることになる」

わたしはうなずいた。「それには列席できそうもないわね」

レドヴァースは尋ねるように片方の眉をつりあげた。

「だって、参列者のかたがたからサイモンの過去を聞く、いい機会じゃないの」

「そこは警察がうまくやってくれるだろうね。それで、かなりくわしい事情がわかると思う」そういって、レドヴァースはグラスを掲げてみせた。「すまない、きみも飲むかい？」

わたしは微笑しながらくびを横に振った。しばらく沈黙に浸ってから、リリアンと話してわかったことを、レドヴァースに打ち明けた。

「ヒューズ卿のことを探れないかしら……戦時中になにがあったのか。リリアンは、卿がなにかうしろめたいことをしたんじゃないかと思ってるみたい。それで、何人も退役軍人を雇っているんじゃないかって」小さく肩をすくめる。「それがどんなことであれ、サイモンもそれを知ったんじゃないかしらね」

「そうだね。何本か電話をかけてみよう」

「あなたの魔法の秘密ファイル室にね」

レドヴァースはおもしろそうな顔をした。「そういうのがあるとすれば、小さな部屋ではなくて、大きな倉庫みたいなものじゃないかな」

小さくても大きくてもいいから、そういうものがあればいいと思う。想像上の秘密ファイルをめくりたくて、指がうずうずしてしまう。

知りたい情報がなんでも手に入る、魔法の秘密ファイル室のことに思いを馳せてから、わたしは現実にもどり、レドヴァースにリリアンとの会話を再現してみせた。彼女がアリステアとの結婚——彼にかぎらず、相手が誰であろうと——など念頭にもないことを話し、結婚が彼女のゴルフのキャリアを向上させるのであれば話は別だろうといっても、レドヴァースは少しも驚かなかった。

「それで、あなたはグレイスン警部からなにを聞いたの?」なんといっても、彼らはヒューズ卿の書斎に何時間もこもっていたのだ。同席できなかったせいで欲求不満がつのったが、リリアンと話して、かなり解消できた気がする——ひとりで調査し、想定以上の情報を獲得するという成果をあげたのだから。

「さらに調査を進める前に、例の不審者の正体を突きとめる必要がある。単純に考えれば、その不審者がサイモンの死に関与している可能性は大きいからね」レドヴァースは片方の足くびをもう片方の脚の膝にのせ、いやにくつろいだ姿勢をとった。

わたしはすわったまま、何度か片足を床に打ちつけた。「わたしもそのほうがいいと思う。正体不明の人物がここの敷地を、もしかすると館のなかもうろついてると思うと、ちょっと怖いわ。ドアノブの下に椅子をかっておいても、押し入ろうとすれば、簡単に入ってこられるでしょうし」

レドヴァースはうなずいただけで、なにもいわない。

わたしは彼をみつめた。警察はすでになんらかの策を講じているのかもしれない。ありそうなことだ。「どういう策なの、レドヴァース？　わたしに隠しとおせるなんて思わないでよね」

「それはよくわかっているよ」レドヴァースはため息をついた。「警察は張り込みをする予定だ」

わたしは興奮してすわりなおした。「いい案ね。わたしたち、どこで見張る？」

レドヴァースは呻《うめ》いた。「そうくると思った」

「あたりまえでしょ。まさかわたしを除け者にして、自分だけ楽しい思いをするつもりじゃないでしょうね」

レドヴァースはわたしをみつめた。わたしと論争するのが賢明かどうか、測っているのだ。やがて、肩をすくめた。「きみを巻きこまないようにしようと努めても、そうはいかないようだね」

わたしは微笑して身をのりだした。

「明日の夜、厩舎《きゅうしゃ》に張り込む。きみがどうしても参加するというのなら、どこか居心地のいい場所を捜しておくよ」

「タージマハルみたいにりっぱなところじゃなくていいわよ。でも、いいアイディアだと思う」ひとさし指でとんとんとくちびるをたたく。「ちゃんと準備をしたほうがいいわね。暖かくて黒っぽい服にしなきゃ」

不審者を捕らえるために夜間に外ですごすには、どんな衣類が必要か、頭のなかでリストをこしらえる。長い下着と、ウールの……いやいや、ありったけの衣類を着こもう。防寒用に毛布も。日中でも寒いのだ、夜はさぞ寒気《かんき》がきびしいだろう。厩舎のなかにいても、じわじわと寒気が衣類をしみとおってくるにちがいない。

先日、不審者を見たのは何時ごろだったかを考えると、それほど早い時間に動きだすことはないはずだ。夜が明けるまでには、一件落着となっているだろう——じきに真相がわかると思うと、血がさわぐ。

必要品リストに、コーヒーを入れた魔法瓶も追加だ。

「今夜じゃだめなの?」期待をこめて訊く。

レドヴァースはうなずいた。「館の住人たちや村人たちに、警察が引きあげたという知らせを広める時間が必要だ。館の敷地内から警官たちがいなくならないかぎり、不審者は姿を現わさないだろう」

逸る気持がため息になってしまった。なんでもいいから、いまの状況を打破して、捜査が進展するきっかけになってほしい。そんなことを考えていると、ふと、別のことが頭に浮かんだ——午前中に書斎に閉じこもっていた男たちは、張り込みの件だけではなく、ほかのことも話題にしたはずだ。

「あなたたち、ずいぶん長いこと書斎にこもってたわね。ほかになにを話してたの？」

「グレイスン警部がヒューズ卿にあれこれ質問したけれど、すでに調べがついていることしかわからなかった。戦時中のことはなにもわからなかったよ。といっても、こちらとしては、そんな質問は思いつきもしなかったんだが。グレイスンはヒューズ卿のアリバイや、甥のアリステアとの仲を問いただした。先だっての夜、一方的にしろ、アリステアはリリアンと結婚するつもりだということが明白になったからね」

「で、なにかめざましいことがわかった？」

「ヒューズ卿とアリステアは仲がいい。ヒューズ卿はアリステアのことを、根は悪い子ではないといっていた。ただ、まだ若くて、未熟なだけだと」

わたしは鼻先でせせら笑った。そして、ヒューズ卿の弟のことに話題を振った。「ジェームズ・ヒューズのこと、なにかわかった？」

レドヴァースはくびを横に振った。「話には出たが、おまけのようなものだった」

そのことばをジェームズ・ヒューズのファイルに追加する。

レドヴァースは彼に興味をもっているようすだ。「単なる噂にすぎないが、調べてみる価値はある。きみはほかにどんなことを探りだしたんだい？」

わたしはにやりと笑って、レドヴァースに競馬の出馬表を渡し、ショウから聞き出したことを伝えた。

「こんなことで、サイモンがヒューズ卿を脅迫したとは考えられないな」レドヴァースはざっと眺めてから、出馬表をポケットにねじこんだ。

わたしも同感だ。「それに、ショウもバーロウも、不審者が敷地内をうろついていることは知らないみたい。その点に関してはふたりとも嘘はついていないと思う」そういって、ふっと息をつく。「とにかくいま、わたしたちにできるのは、不審者の正体を突きとめることね。正体が判明するまで、サイモンの死の真相には近づけないんじゃないかしら」

沈黙がおりたが、心地よい沈黙だった。暖炉で燃えている薪がはぜる音に聞き入り、低く舞う炎をみつめる。しばらくそうしてから、レドヴァースのほうに顔を向けた。

「ヒューズ卿はサイモンの死に関与していると思う？」

レドヴァースはわたしの目をみつめた。「いや。彼は嵌《は》められたんだと思う」

もちろん、ヒューズ卿が清廉潔白の身だとはいいきれない。過去になにか悪事をはたらいて、それを暴露されたくないということもありうる。うしろめたい思いにさいなまれるような、なんらかの悪事に加担していたとか——そして、それがなんであったにしろ、その贖罪《しょくざい》のために、退役軍人たちを雇用しているのか。

でも、罪の意識が必ずしも殺人に結びつくとはかぎらないのでは？

23

もうじき夕食の時間だ。レドヴァースは村に行って、地元のパブで夕食をとろうといいだした。わたしとしては、館《やかた》でみんなとテーブルを囲むべきだと思う。

「なにも見逃したくないのよ」

「見逃すって、なにを？　誰かがスープをぶっかけられるところとか？」

「そうじゃないけど……」

レドヴァースはため息をついた。「ふたりきりで静かに食事ができるのは、いいものだと思わないかい？」

そういわれて、わたしも考えた。これまでにも、レドヴァースと距離をおいてつきあうという自戒を忘れて彼とすごした時間が、どれほど楽しかったことか。それに、彼はわたしになにかいいたいことがあるのに、いおうとすると、そのたびに邪魔が入って、いえなかったようだ。みんながいないところでなら、彼もその話ができるのではないか。

「あっちを気にしなくてすむのなら……」レドヴァースは手まねで居間のほうを示した。夕食の前に、みんなが居間に集まっているころだ。わたしはくびをひねってドアを見た。誰かに聞かれていないか確かめたかったからだが、誰かがドアの外側にいるにしても、わたしたちのいる場所からは遠く離れている。

やがて、レドヴァースのことばが胸にしみこんできた。単にポピー・ヒューズやほかのひとたちを避けたいからというのではなく、このわたしとふたりきりになりたいからだというのであれば、とてもすてきな理由なのだが……。思わず目を細くせばめて考えこんでしまう。レドヴァースは、わたしの思考がどこに向かおうとしているのか察知したらしく、両手をあげた。

「わかった。そうしよう」

わたしたちは居間に行き、みんなといっしょに夕食の席についた。

「あら、サイモンは？」ポピーがかん高い声でいった。「いつもいっしょなのに」

気づまりな沈黙が広がり、みんなは各自の皿に視線を向けたり、恐れをなした目つきでポピーをみつめたりした。リリアンの顔からは血の気が引いている。その反対に、アリステアの顔はピンク色に染まっている。片方の血がもう一方に流れこんだかのようだ。

ヒューズ卿が咳払いした。「ポピー、サイモンは数日前に亡くなったんだよ。車の事故で」

ポピーの反応が尋常だったことに安堵する。彼女に会って、まだ数時間しかたっていないというものの、彼女がどういう態度を見せるか、懸念を抱くには充分だったからだ。

「まあ、ごめんなさい。知らなかったから」ポピーはいきいきした顔いっぱいに哀悼の表情を浮かべて、リリアンにいった。「リリー、とてもお気の毒に思うわ。あなた、彼のことを好きだったものね」

リリアンはうなずいて、従姉のお悔やみのことばに謝意を示した。

ミリー叔母が強引に会話を別の流れに引きこみ、テーブルを囲んでいる全員があからさまにほっとしたようすを見せた。誰だって、いまだに暗い影を落としている悲劇を、あえて口にしたくはないものだ。

会話が途切れたとき、わたしはホストであるヒューズ卿に話しかけた。「バーロウ軍曹はどこですか、ヒューズ卿？　あのひととはまだ一度も夕食のテーブルを囲んだことがないんですが」

ヒューズ卿は皿から目をあげ、ちょっと驚いた顔を見せた。「軍曹は自分の仲間といるほうを好んでいるんだよ、ジェーン。この席に加わりたければ、いつだって歓迎されるとわかってくれればいいのだが。執事のショウも同じだ、彼はマーサと厨房《ちゅうぼう》で食事をするほうを好んでいる」

みんなの顔を見渡したところ、アリステアの眉間に深いしわが刻まれているのがわかった。彼はわざと力をこめてブロッコリーをフォークで突き刺した。おもしろい。アリステアは使用人が家族とともにテーブルを囲んで食事をするというのは、どうにも気にくわないようだ。もしそうなら、彼は伯父の寛大な精神を見習うべきだ。ヒューズ卿がいかなる理由で退役軍人たちを雇っているにしろ、彼らを雇い人としてではなく、家族として処遇しているのだから。

「彼らにとっては、そういうことがたいせつなんだろうと思いますよ。各自がくぐりぬけてきた過去を思えば」ハモンド大佐が肩をすくめて口をはさんだが、わたしの疑問をまっこうから否定したわけではない。「戦時中の体験で人格が変わっても不思議はありません。除隊したあと、軍隊生活をなつかしく思い、自分の判断だけで動かなければならないことに耐えられなくなる者もいます。一般人と関わることがまんできない者もいるんです」

テーブルの端にすわっているミリー叔母が、怖い目でわたしをにらんでいる。わたしが持ち出した話題は夕食の席にふさわしくないと、あからさまに非難しているのだ。では、どんな話題なら叔母の気に入るのか、ちょっと困ってしまう。〝殺人〟を話題にするほうがいい？　そんな話題に叔母が胸をときめかせるとは思えないし、誰もがサイモンの件を思い浮かべることもわかっている。暗黙のうちに、それを口にしないようにしているとはいえ。

「リリアン、今日の練習はどうだった？」叔母はわたしをにらみながら、リリアンにそう訊いた。わたしは渋い顔をしないように、なんとか堪《こら》えた。

黙って見守っていたレドヴァースが、愉快そうな表情になった。わたしに小声でいう。「こういう次第で、きみは村のパブに行きたくなかったわけだ」

わたしが顔をしかめると、レドヴァースはくすくす笑った。

デザートが出ると、けっきょく、話題は事件の捜査のことになった。レドヴァースが巧みにその方向に話の流れを導いていったのだ。

「警察はちゃんと真相を明らかにすると思います？　館のなかの捜索までしたのに、成果があがったとは思えないんですけどねえ」ミリー叔母が怒りをこめて背をそらした。「五里霧中みたいじゃありませんか」

「今夜、警察は撤収します」レドヴァースは叔母にいった。

「それは初耳だな」ヒューズ卿は驚いたようだ。

「今日の午後にそう決まったようですよ。帰りぎわに警部がそういってました。そのとき、わたしはたまたま警部といっしょにいたもので」

ヒューズ卿は一瞬、レドヴァースをみつめてからうなずいた。このひとたちは午前中に何時間も書斎で話をしていたというのに、この情報が共有されていないとは。あえてヒューズ卿を圏外に置いておこうという意図だったのだろうか。わたしはさりげなくテーブルを囲む面々を見まわしたが、ヒューズ卿を別にすれば、警察の動向に関心をもつ者はいなかった。だからといって、このニュースが即座に敷地内に広まらないわけではあるまい。そう見ていい。

リリアンがため息をついた。「かわいそうなサイモンに危害を加えたかったのは誰なのか、警察が早く突きとめてくれるといいのに」

しんと静寂がおりた。

その静寂をポピーが破った。「きっと幽霊のしわざよ!」

全員がフクロウのように目をぱちくりさせた。

「幽霊ってなんのことだ?」アリステアが訊く。

「サイモンを殺した犯人よ、ばかね!」ポピーは顔をしかめた。「なんといっても、ここは古いお屋敷ですもん。幽霊がいるに決まってる! リリアン、あなた、見たことない?」

「え、あーっと、ないわ」

「あらあ！　だって、ここに誰かがいるとすれば、幽霊に決まってるじゃないの！」ポピーはひとりで合点して、またチョコレート・トライフルを食べはじめた。

幽霊がブレーキケーブルに切り込みを入れることができるかどうかなどといいだして、ポピーと議論しようとする者はひとりもいなかった。そもそも幽霊が存在するのかどうか、議論しようとする者もいなかった。わたしたちが黙りこんでいるなか、ポピーのフォークが皿にあたる音だけが響いた。

幽霊に関して、ポピー・ヒューズから合理的な説明を引き出すのは、とうてい無理だろう。

「そうじゃないという証明はできないね」アリステアがやさしいところを見せた。そして、妹をかばうように軽く肩をすくめた。わたしたちもデザートを口に運んだ。

24

次の朝、わたしは元気いっぱいで早々と目を覚ました。モスで飛ぶ気満々だった。急いで朝食をすませ、ハモンド大佐といっしょに納屋に向かう。飛行訓練を二日休んだせいで、これまでに学んだことを忘れていないといいのだが。

「きのうの夜はずいぶん早くにいなくなりましたね、クリス」

クリストファー・ハモンド空軍大佐はうっすらと顔を赤らめた。それを見て、わたしは驚いた。会話の糸口にしようと思っただけだったのだが。大佐は夕食のあと、間《ま》をおかずに席を立つ理由があったのだろう。

「まあ、そうですね……ちょっと疲れていたので」

これからモスを飛ばそうというときに、気づまりな雰囲気になるのは避けたかったので、深追いはしなかった。だからといって、その件を頭から追い払ってしまったわけではない。大佐の反応がどこかぎごちなかったからだ。なんということもない質問に対し、なぜそんな反応が返ってきたのだろう。なにか隠したいことがある？　そう思うと、少しばかり気持が落ちこんでしまった。

「気分は上々？」大佐は話題を変えた。

「もちろん。元気いっぱいですよ」

大佐は微笑しながらもわたしの顔をみつめている。なにかよくない徴候が表われているのではないか、それを探ろうとしているような感じだ。しかし、わたしはそれを無視した。

「ヒューズ卿も飛行訓練をおつづけになるんですか？」

大佐は残念そうにくびを横に振った。「諸般の事情により、ヒューズ卿はしばらく練習を中止すると決断なさった。少なくとも、事件の片がつくまでは」

納屋に着くと、大佐が大きな引き扉を開けた。きしんだ音が響く。なかに入り、黄色いモスに近づく。薄暗い明かりのもとで、埃が舞っているのが見える。そして、すぐさま、わたしたちは床の大きなしみに気づいた。機体のエンジン部分の下の床が濡れている。

「まあ、なんてこと」気に入らない状況だ。昨夜はひとばんじゅう、雨は降らなかった。この液体は水ではないし、機体から洩れたとしか考えられない。

大佐もわたしもしゃがみこんだ。大佐が床の小さな液体溜まりに指をつけて、それを鼻孔にもっていった。大佐がなんというか、わたしには察しがついた——なにしろ、そこいらじゅうに、甘ったるいガソリンの臭いがただよっているからだ。

「なんてことだ！　燃料をやられた」

わたしはうなずいたが、胃の底まで気分が沈みこんでいくのがわかる。大佐は機体の点検孔のカバーパネルを開き、なかをのぞきこんだ。

「燃料供給管が切断されている」

大佐はなかに手を突っこんで調べはじめた。なにを調べているのか、わたしには見えないが、大佐の判断は確かだろう。

「ひどいっ！」わたしは怒りのあまり、なにかを——あるいは誰かを——蹴っとばしたくなったが、そうはいかず、靴の踵《かかと》で石の床を蹴るだけにした。今度はモスの燃料供給管の切断。

「いったい誰がこんなことを？」

「わからない。だが、世界の終わりというわけではない。明日にでもロンドンに行って、修理に必要な部品を調達してきますよ」大佐はほほえんだが、かなり無理をしているのがわかる。

「またすぐに空を飛べます」

わたしは弱々しい笑みを返した。

「とりあえず、おが屑《くず》かなにか、燃料を吸い取るものを捜そう」

納屋のなかをくまなく捜すと、燃料の浸みたフランネルのボロ布がひと山みつかった。とりあえず、このボロ布に床の燃料を吸い取らせておき、大佐がどこかでおが屑をみつけてきたら、それを撒けばいい。

わたしはひとりで館《やかた》にもどった。ハモンド大佐は納屋に残り、一時的な修理をおこない、新しいものに取り換えるために必要な部品をリストアップしている。大佐は納屋に寝泊まりする気になっているかもしれない。管理を任されている小型複葉機を守るために。モスが危険だとみなされれば、大佐がウェッジフィールド館から引きあげることになってもしようがないのだが、彼はそうは考えず、引きつづき、ヒューズ卿とわたしに操縦を教えてくれるつもりなのだ。それも、喜んで。それやこれやを考えると、利己的だとは思うが、モスがもっとひどい損傷を受けなかったのは、心底、ありがたい。

とはいえ、燃料供給管が切断されたことが、サイモンの死と関係があるのかないのか、判断がつかない。無関係だという可能性はある。まったくの偶然だろうか。でも、わたしは偶然を信じない。とにかく、こういう偶然は気にくわない。

朝食室に行き、早起きの人々と同席する。といっても、テーブルについているのは、リリアン、ミリー叔母、レドヴァースの三人だけだ。レドヴァースも早起きして行動しているようだ。

レドヴァースの隣の椅子にすわると、叔母が話しかけてきた。

「ずいぶん早いじゃないか。それに、いつもとちがって、髪がぺったんこになっていないね。なにかあったのかい？」

「誰かが複葉機の燃料供給管を切断したの」むっつりした口調と同じく、わたしの表情も不機嫌になっているかもしれない。

レドヴァースがさっとわたしのほうを向いた。わたしは肩をすくめた。

叔母は満足そうだ。「それは大事《おおごと》だけど、手遅れにならないうちに発見できたみたいだね」

わたしがうなずくと、叔母は満面に笑みを浮かべた。「万事、これで良しってことですね、ミスター・レドヴァース」

レドヴァースもわたしも唖然として叔母をみつめた。

「どういうことでしょう?」レドヴァースの目がみひらかれている。

「ジェーンがばかげた練習なんかしないように、あなたが事態をおさめたんでしょ。あなたの手腕には感服しますよ。おみごとです」

叔母はレドヴァースに笑みを向けてから、トーストにバターを塗りはじめた。

こんな場合だというのに、また、先ほどの失意もさめていないというのに、レドヴァースの顔を見たわたしはくすくす笑いを抑えきれず、息が詰まりそうになった。レドヴァースの顔は、信じられないという表情と驚愕とが入り混じって、なかなかの見ものだったのだ。

「わたしはこの件に関与していませんよ、ミセス・スタンリー」レドヴァースはきっぱりと否定した。

「つまらないことをいうものじゃありません。とりつくろう必要なんかありませんよ。それから、ミセス・スタンリーじゃなくて、ミリーです」

またもや笑いがこみあげてきて、わたしはコーヒーカップの陰でそれを嚙み殺した。レドヴァースがきつい目でにらんできたので、目くばせを返してやった。

レドヴァースがモスに陰険な細工をしたなんて、わたしはこれっぽっちも考えていない。早起きして、わたしの安全のために飛行機を点検した可能性はある――そして、そのときに燃料供給管を切断できる可能性もある。だが、わたしを危険な目にあわせるようなことなど、彼がするわけがない。それは確かだ。

しかし、疑問は残る。いったい誰があんなことをしたのか?

25

その日はゆっくりと時間が過ぎていった。早朝の飛行訓練がなかったため、なんだかめりはりのない一日になってしまったのだ。ハモンド大佐はあれからロンドンに行ってしまったし、マリーとポピーはいっときも離れずにくっついているので、マリーと話をすることもできない。執事のショウと庭師のバーロウはどこかに行ってしまい、姿が見えない。話をしたくても相手がいない。調査するにもなにをすればいいのかわからない。ヒューズ卿はレドヴァースを釣りに誘った。レドヴァースが釣りに興味があるとは、いままでまったく知らなかった。親切なことに、ふたりはわたしも誘ってくれたが、じっとすわって、垂らした糸の先に魚が喰いつくのを待つなんて、わたしの焦慮《しょうりょ》をやわらげる助けにはならない。今夜は張り込みだと思うと、不安と期待で胸がどきどきしてしまうのだ。

今夜の張り込みにそなえて衣類をそろえると、横になって昼寝をすることにした——徹夜しなければならないのだから、いまのうちに少しでも眠っておいたほうがいい。今夜の冒険のことを考えると、興奮しすぎて眠れないかと思ったが、いつのまにか眠りに落ちていた。数時間後、目が覚めた。時間を確認し、急いで洗面をしてから、階下に降りる。

居間に行くと、もう全員が顔をそろえていた。驚いたことに、バーロウがいた。ついに団欒《だんらん》の仲間入りをする気になったらしい。隣のほうで、バーロウはレドヴァースとなにやら話しこんでいる。いや、話しているのは主にレドヴァースのほうで、バーロウはそれに合わせているだけのようだ。

ミリー叔母はバーワゴンにいちばん近い椅子に腰をおちつけている。叔母とヒューズ卿もなにやら話しこんでいるようだ。ヒューズ卿に関わる逸話なら、それがどんな内容であろうと、叔母は顔を輝かせて聞き入るのだ。片手をのばして卿の腕におき、結婚していない男女にしては適切とはいえないほど長くタッチしたままでいる。ヒューズ卿のほうもそれを気にしていないようだ。親密なふたりは放っておくことにして、酒のグラスを手に、さりげなくアリステアと三人の女性がいるほうに近づいていった。四人がどんな話をしているのか聞き取れるほど近づけないうちに、ドア口にマーサが現われ、夕食の支度ができたと告げた。

夕食後の団欒は、通常の形態と色をとりもどし、にぎやかなものになった。お嬢さんたちとアリステアは音楽をかけ、叔母とヒューズ卿はカードテーブルにつく。ふたりの足もとにはラスカルが寝そべっている。サイモンの死後、みんなをおおっていた陰鬱《いんうつ》な気配がゆっくりと薄れていく。

レドヴァースとわたしは早々に失礼と断って、居間を出た。バーロウは夕食がすむとすぐに姿を消した。早く外に出て孤独な静けさに浸りたいのだろうと思ったが、それにしても、みんなといっしょに夕食をとる気になってくれたのはなによりだ。特にハモンド大佐がロンドンに行っている今夜は。夕食の席に、いつもの顔ぶれのほかに新しい顔が加わったのはうれしいことだった。たとえ、会話に加わることがほとんどなかったにしろ。バーロウが同席したことについて、アリステアがなにか文句をいうのではないかと、夕食のあいだじゅう心構えをしていたが、アリステアはバーロウの気を悪くさせるようなことはなにもいわなかった。ヒューズ卿になにかいわれたのだろうか——アリステアが礼儀をわきまえた態度をとろうと努めているのは、傍目《はため》にも明らかだった。

レドヴァースとわたしは、それぞれ、いったん自室にもどり、準備をととのえてからまた会うことにした。

大型のワードローブでオクスフォード・バッグスと呼ばれている、だぶだぶの黒いウールのズボンをみつけた。ほかのズボンやスラックスはこれよりも薄手なので、これだと、ウールの細身のスラックスの上にはくのにちょうどいい。だぶだぶなので、ベルトを締めて襞《ひだ》を寄せる。上着を着ても、腰のあたりがもこもこしないといいのだが。ベッドにすわり、片足だけベッドの上に引きあげて本を読みながら、夜が更けてみんながベッドに入るのを待つ。

一時間後、わたしは重ね着した衣類をぬぎ、裾の長いセーター一枚とスラックスだけの恰好になった。みんなはまだ階下の居間にいるから、わたしは自室にいるしかないし、窓を開けてあるのに暑くてたまらなくなったのだ。ヒーターを切っておいてくれと、マーサにたのんでおいたのだが、どうやら忘れてしまったらしく、ヒーターはせっせと暖気を発している。ほてった頬を冷やそうと、二、三分、窓から顔を突きだしてから、待機場所のベッドにもどる。横になって、いらいらと何度も寝返りをうったり、天井をにらんだりして時間をつぶす。

やがて、ようやく廊下から足音が聞こえてきた。誰かが誰かに〝おやすみなさい〟といっている声も聞こえた。わたしはぬいだ衣類をまた着こみ、階下でレドヴァースに会う準備をした。最後の足音が廊下に反響している。ドアが閉まる音。わたしは明かりを消して、ドアからそっと顔をのぞかせた。廊下に出てドアをきっちりとロックしてから、静かに階段に向かう。

裏廊下で、レドヴァースが待っていた。「すごいいでたちだな」片方の眉をつりあげて、レドヴァースが小声でいった。

わたしは脚部の幅がむやみに広い、ぶかぶかのズボンを見おろした。「これね。夜間用の防寒になるかと思って」

レドヴァースの目で、ぶかぶか、だぶだぶのズボンを見てみると、確かに、不恰好なしろものだと認めざるをえない。だが、ほかに暖かい衣類をもっていないし、スカートよりズボンのほうが、悪漢たちを追跡するのに向いていると思う。ただし、このズボンの幅広の裾が足にまとわりつかなければ、の話だが。なにしろ、片方の脚部に脚が二本入り、さらに余裕があるぐらい、生地をたっぷり使ってあるのだ。

レドヴァースはやれやれとばかりにちょっと頭を振ったが、口もとにうっすらと微笑の影らしきものが浮かんだ。

インクを流したような夜の闇のなかに出ていく前に、レドヴァースもわたしもコート、スカーフ、手袋で武装する。わたしは何枚も重ね着しているため、コートの袖に腕を通すのに苦労した。

厩舎《きゅうしゃ》と納屋に向かう小道には、誰の姿もなかった。レドヴァースに小声で訊く。「いま何時かしら？　時計を見てこなかったの」

「十一時を過ぎたところだ」

「警官たちはどこにいるの？　気配さえしないんだけど」

レドヴァースは微笑した。「つまり、職務をまっとうしているってことだよ」

ぜひともそうであってほしい。張り込み要員はレドヴァースとわたしのふたりきりで、バックアップなしだなんて、ぜひとも勘弁してもらいたい。

厩舎のなかに入る。扉をきちんと閉めてから階段を昇り、二階の左側のいちばん手前にある部屋にすべりこむ。レドヴァースは抱えてきた毛布を廊下に面した壁の前に敷いた。誰かが階段を昇ってきても、半開きのドアが衝立《ついたて》の役割をして、わたしたちの姿を隠してくれる。もちろん、部屋に入ってこられれば、みつかってしまうが、階段を昇ってくる人物をこっちが先にみつけるという点が肝《きも》なのだ。

わたしは広げた毛布の上にすわり、壁にもたれた。持参したバスケットをそばの床に置き、コーヒーを入れた魔法瓶の蓋を開ける。

「飲みすぎないように」魔法瓶を見たレドヴァースが忠告した。

「どうして？　眠気覚ましに必要でしょ」

「ここには……そのう……手洗いの設備がない」

わたしはため息をつき、コーヒーをほんの少しすすっただけで、魔法瓶の蓋を閉めた。そうか。そこまでは気が回らなかった。

部屋のなかは暗く、汚れた窓から月の光が薄くさしこんでいるだけだ。レドヴァースも毛布の上にすわった――わたしのすぐそばに。近いけれど、近すぎはしない。三十分たった。不安がつのってくる。

姿勢を変える。また変える。背中が眠ってしまったような感じ。

「ヒューズ卿のこと、よく知ってるの？」小声で訊く。「最初に館《やかた》に来たとき、ヒューズ卿にあいさつしてたけど、初めて会ったようには見えなかった」

レドヴァースがかすかに身じろぎして、わたしのほうを向き、やはり小声でいった。「わたしの父と知り合いなんだ」

それ以上いう気はないらしい。「ご家族について話してくれたこと、あんまりないわね」

長いこと沈黙がつづいたので、話す気がないのだと思いはじめたころ、彼がぽつりといった。

「ああ、そうだね」

「どうして？」

階下で馬たちが脚を踏みかえている音がしている。やがて馬たちも眠りに落ちたらしく、蹄《ひづめ》が床をこする音も聞こえなくなった。だがわたしは、謎だらけのレドヴァースが彼自身のことでなにか新しい情報をもたらしてくれるのではないかと、目を大きくみひらいて待った。

しばらくすると、静かに窓をみつめていたレドヴァースが口を開いた。「兄のせいでね」

わたしはなにもいわなかった。黙っていると、彼はことばを継いだ。

「兄のパーシヴァルは戦時中、将校だった。部下たちに殺されたんだ」

わたしは息をのんだ。月の薄明かりのなかで、レドヴァースの顎が硬くこわばり、頭を振っているのが見てとれた。

「兄は殺されてもしかたがなかった。どちらにしろ、反逆罪で処刑されることになったはずだ」

わたしはなにもいわずに、手をのばして彼の手を取った。

「両親はうちのめされた。おそらく、それが原因で、父がナイト爵を授かる目はなくなった。それまでは、爵位を受ける可能性が大きかったんだけどね。父は謹厳《きんげん》な人物だが、宮廷では評判がよかったんだ。とても」

「でも、あなたがまだ政府のお仕事をしているのはどうして？　信頼されているから？」

「兄の事件が起こるずっと前から、わたしは家族とは距離を置いていたんだ。それに、戦時中の任務が任務だったために、家族の……トラブルは……関係なしと認められた」

百もの疑問が頭に浮かんだだけではなく、レドヴァースが話してくれたことのなかに、多くのストーリーが秘されていることもわかったが、今夜、レドヴァースが進んで打ち明けてくれるのはここまでだ、と察しがついた。なので、好奇心を満足させるのはやめにして、彼の手を強く握りしめるだけにした。彼の体から緊張が抜けるのが感じとれる。レドヴァースは壁にもたれかかった。

わたしは彼の手を放し、魔法瓶に手をのばした。

レドヴァースの視線を感じて手にした魔法瓶をもとにもどし、まったくちがう話題をもちだした。もちろん、ささやき声で。

「アリステアとポピーのことなんだけど。ふたりともヒューズ卿やリリアンに取り入ろうとしているみたい。親族だからかしら？」

レドヴァースの眉がつりあがっていることだろう――暗いのではっきりしないけど、想像はできる。彼の目がわたしをみつめているにしろ、ほの暗い月の光ではよく見えない。

「アリステアが従妹に取り入ろうとするのは、それはそれでいいんだけど、本気になってほしくない」レドヴァースにもっとリラックスしてほしくて、わたしは暴言まがいの意見を述べた。家族のことは、彼にとっては口にしにくい話だったのに、よくぞ打ち明けてくれたと思う。

レドヴァースはなにかを聞きつけたかのように、ちょっとくびをかしげているが、わたしはおかまいなしに小声でしゃべりつづけた。「それに、マリーとポピーはとても仲が良くて、傍《はた》から見てると……」

いきなりレドヴァースに肩をつかまれ、ぐいと引き寄せられた。暗闇のなかでさえ、彼のくちびるがわたしのそれを求めているのがわかる。彼の口がかすかに開いている。彼に抱き寄せられたわたしの体内で、血液が電流のようにぴりぴりと駆けめぐっている。

エジプトで別れをいうまぎわに、わたしのほうから彼に本格的なキスをしたが、なんということか、今回はそれに輪をかけて熱いキスだった。思わず、片手をあげて彼の髪に指を走らせ、もう一方の手で彼の広い肩をつかむ。

そのとき、階下の扉が開く音がした。

26

わたしたちはぱっと離れ、呼吸をととのえて耳をすました。軽やかに階段を昇ってくる足音を聞きながら、あえて身動きせずにいた。

張り込んでいる全員にとっては逢魔《おうま》が刻《とき》だ。不審者にとっても。

レドヴァースはわたしから手を放し、できるだけ音をたてないようにそっと立ちあがり、半開きのドアのほうに身をのりだしたが、わたしの肩に手をおいて、じっとしているように指示した。その指示はありがたかった。というのも、思いもしなかった展開がいきなり中断され、通常の自分にもどるのに、少し時間が必要だったからだ。わたしが呼吸をととのえているあいだに、レドヴァースが不審者にとびかかって押さえこんでくれるだろう。

足音が二階の廊下を進んでいく。すぐに金属が金属に当たっているような音が聞こえた——暗がりのなかで、手探りで鍵穴に鍵をさしこもうとしている音だ。

レドヴァースは音もたてずにドアに向かった。こんなに静かに動けるなんて。あらためて感心する。レドヴァースが廊下に出ると、わたしも音をたてないように注意して立ちあがり、壁に震える手をあてて体を支えた。

鍵が回るカチッという音がした。間髪を容れず、レドヴァースが声をかけた。「おい」

乱れた足音につづいて、猛々しい叫び声があがった。どさりと重い音が聞こえ、わたしは廊下にとびだした。そして、静寂が広がった。

「明かりをつけてくれないか、ジェーン」

わたしはもつれる足で、とびだしてきたばかりの部屋にもどり、レドヴァースが持参してきた懐中電灯をみつけた。スイッチを入れて廊下にもどる。廊下の奥のふたつの影を照らしだす。レドヴァースは顔をそむけていたが、彼に押さえこまれている男の顔は光の輪のなかに浮かびあがった。男は目を閉じて、まぶしい光から逃れようと、必死でくびをのばしている。山が平たいツイードの帽子の下に、面長の少し汚れた顔。長いこと充分に眠っていないような、くたびれた顔。懐中電灯の光条を下にずらすと、衣服が見えたが、これもまたくたびれている。男の足もとに、どこかで見たようなピクニック・バスケットがあった。どこで見たのかを思い出す。両方の眉がつりあがった。そしてレドヴァースに視線をもどした。

「縛ったほうがいい？」

レドヴァースは、背中にまわした男の両腕をがっちりとつかんでいる。「警官を呼んできてくれないか」レドヴァースのことばに、男の顔がひきつった。

わたしは階段を駆け降りて扉を開け、顔を突きだして何度か叫んだ。待つほどもなく、四方八方から、応答の声があがり、警官たちが厩舎《きゅうしゃ》めざして全力で走ってきた。誰かが気転を利かせて角灯《ランタン》を用意してくれていればいいのだが。厩舎には電気照明がないのだ。

若い警官が数人、厩舎にやってきたころには、レドヴァースは男を手荒く階下に連れてきていた。そして、警官たちにその男を引き渡した。そこにグレイスン警部が悠揚《ゆうよう》たる足どりでやってきた。ランタンを持っている。

「ミセス・ヴンダリー」そういって、警部はレドヴァースに目を向けた。「彼女ははずすといっていたように思いますが」

ズボンについた藁屑《わらくず》や泥をはたき落としていたレドヴァースは、目もあげなかった。返事を聞くまでもない。

「お会いできてうれしいですわ、警部さん。明かりを持ってきてくださったなんて、それもうれしいわ」

警部はもごもごと口ごもった。「いやあ、そのう……わたしはただ、ご婦人を巻きこむのは危険すぎると思っただけでして。それに、決して居心地のいい場所ではありませんし……」

警部はあいまいに語尾を濁《にご》しながら、ランタンを高く持ちあげた。警部の灰色の目は、しばし、わたしの不恰好な服装から離れなかった。やがて頭を振ってから、警部はその目を、いまはがっしりした警官ふたりに捕まえられている不審者に向けた。警官たちの黒い制服は夜の闇に溶けこんでいる。不審者のむっつりした顔のなかで、ふたつの目が怒りに燃えている。警部は男をみつめてから、レドヴァースにいった。

「署に連行しましょう。いいですね？　ここよりも、署のほうがまだ居心地がいい」そしてわたしにいった。「あなたは館《やかた》にお帰りになったほうが、もっと居心地がいいと思いますがねえ、ミセス・ヴンダリー。もう夜も更けていますし、さぞお疲れでしょうから」

わたしは微笑を返して、警部のあとについていき、さっさと警部の車の後部座席に乗りこんだ。レドヴァースはなにもいわずに車に乗ったが、警部が乗りこんできて車が発進すると、口もとに小さく笑みを浮かべたのが見えた。いまここに警部が存在していることを、ふいにありがたく思った。警部の言にはいらいらさせられるとはいえ。先ほどの、レドヴァースのほうから仕掛けてきた、熱のこもったキスは衝撃的だった。そのショックがおさまってくると、またレドヴァースとふたりきりになる前に、今後はどうすべきか――そして自分の感情をどうあつかうか――を考える時間が必要だったのだ。

車は暗闇にうねっている丘陵地帯を走っていく。昼間は、そちこちに草を食《は》んでいる羊たちがいるが、いまは、一面に広がった苔の毛布が月の光に濡れているように見える。そんな風景のなかを、数台の警察車が連なってゆっくりと走っている。ヒューズ卿の館近くの村はとうに通過し、どんどん遠ざかっている。少なくとももう二十分は走ったというのに、次の集落まで、家一軒、人っ子ひとり、見かけなかった。ウェッジフィールド館は人里離れた地に孤立している。

思考がとっちらかった状態でいるうちに、町にたどりついた。狭い通り沿いに石造りの家が建ちならんでいる。わたしは思考を整理するのをあきらめて、その風景に見入った。この夜更けに、唯一、人気《じんき》を感じさせてくれるのは、警察署の建物だけだ。パブでさえ、すでに閉まっている。車が停まると、前の車に乗せられていた我らの謎の男が、ふたりの警官に連行されて署に入っていくのが見えた。男はうなだれ、抵抗もしていない。

灰色の石造りの小さな警察署は、町と同じぐらい長くそこに存在しているように見える。正面玄関を入ると、そこは狭い受付エリアで、その向こうに傷だらけの長い木のカウンターがあり、署内と外部との仕切りになっている。カウンターには腰の高さの小さな自在ドアがある。わたしたちはその自在ドアを通って奥に進んだ。カウンターの内側にはデスクが並び、その上に旧式のタイプライターや書類が雑然と置いてある。

先に署に入った警官たちは、連行した不審者を短い廊下の先にある部屋に入れたあと、ドアの前に立って警護している。これから尋問を始めるグレイスン警部の到着を待っているのだ。わたしが尋問に立ち会える確率はどれぐらいだろうか。

「あの男をちょっといらだたせてやりませんか」警部はいった。「お茶でもいかがです？」

「コーヒーはあります？」夕方からあふれていたアドレナリンは、署までのドライブのあいだに消えてしまい、いまはひどい疲労を覚えていた。カフェインに助けてもらいたいところなのに、あの騒動にとりまぎれ、厩舎の二階に魔法瓶を忘れてきてしまったのだ。

「あなたのために用意しましょう」

警部はいちばん近くにいた警官にコーヒーを用意しろと大声で命じた。警官はあわてふためき、いくつかのキャビネットを開け閉めしたあげく、ようやくインスタントコーヒーの缶をみつけた。わたしはそっと肩をすくめた。それで良しとしなければ。そもそも警部は、わたしが張り込みに加わったこと自体が気にくわないのだし。

数分後、わたしは温かいマグを手にしていた。レドヴァースはお茶もコーヒーも断り、わたしょりもぴりぴりしているようすだ。

外でもみあう音がした。誰かが叫んでいる。正面ドアのほうに顔を向けたとたん、マーサがとびこんできた。

「弟が捕まったんですね！　あの子はなにもしてません。お願いです、信じてください！」

27

わたしたちはまじまじとマーサをみつめ、ショックを受けて黙りこんでいた。

「おまえの弟？」グレイスン警部は受付カウンターに体を押しつけているマーサに近づいていった。マーサはコートのボタンもかけず、髪はくしゃくしゃに乱れている。コートの前が開いているので、その下は寝間着だとわかった。大あわてで館《やかた》を出てきたのだ。

「そうです。あたしの弟、セルゲイです。お願いです。弟に会わせてください」

警部とレドヴァースは目を見交わした。

「われわれが捕まえたのがおまえの弟だというのは、まちがいないんだな？」

警部はそう訊いたが、わたしにはその答がもうわかっていた。不審者もマーサも同じ色合いの赤い髪だし、背が高く、痩せている体型もそっくりだ。不審者の容姿を思い出してみると、この類似はまちがえようもない。

それに、あのピクニック・バスケット。先日、わたしがそのバスケットのことを口にしたとき、マーサがおかしな反応をした説明がつく――そのバスケットこそ、厩舎《きゅうしゃ》の二階でセルゲイが捕まったときに、彼が持っていたものなのだ。マーサはそのバスケットに食べ物を詰めて、弟に渡していたにちがいない。わたしたちが厩舎の二階の空き部屋でみつけた食べ物の滓《かす》も、その名残だろう。

謎の不審者がマーサの弟ならば、なぜマーサが館の内外にいる警官たちのことを気にしていたか、その説明もつく。わたしは警官たちの食事の用意などで余分の仕事が増えるため、マーマーサがきりきりしているのだとばかり思っていた——内心で、真相を見抜けなかった自分を叱りつける。

「はい、そうです。あなたがたが弟を引っぱっていくところを見たんです」

マーサの顔は恐怖と不安でひきつっているが、背はぴしりとのびている。窮地《きゅうち》に追いつめられてもなお、マーサがどれほど強い精神力で恐怖を抑えこんでいるか、よくわかる。

警部は自在ドアを開けてやった。マーサはなかに入り、まっすぐにわたしに近づいてきた。

わたしは彼女の手をぎゅっと握りしめた。彼女は小さく感謝の笑みを返してきた。

「ミセス・ヴンダリーにいてほしいようだな。そうだな?」警部は質問というより断言する口調でそういった。ありがたい。これで、取調室に入れてもらうためにあれこれいわずにすむし、男たちが取調室で価値のある諸々のことを耳にしているあいだ、ひとりぽつねんと受付エリアで待っていなくてもいい。

警部の言に、マーサはきっぱりとうなずいた。

「よろしい。では始めようか?」

レドヴァースとグレイスン警部が先に立つ。わたしはそのあとにつづき、マーサはわたしのすぐうしろについた。取調室に入ると、マーサは弟に駆けより、彼を抱きしめた。そして、決してやさしいとはいえない手つきで、弟の後頭部をぴしゃりとぶった。弟はおずおずと姉の顔を見あげた。

「ばか！　こんなことになるなんて！　森に隠れていて、もっとあとになるまで、厩舎にはもどるなとあれほどいっただろ！」

「だけんど、寒かったんだよぅ」

マーサの姉《あね》さまぶりに、レドヴァースも警部も微笑をこぼさないよう、必死で押し隠しているのが見てとれる。警部はドアを開けて、椅子を数脚持ってくるように命じた。すぐさま椅子が運びこまれた。

弟の隣に置かれた椅子に、マーサが腰をおろす。セルゲイは前の小さなデスクに、手錠をかけられた両手をのせている。そのデスクの反対側にレドヴァースと警部。マーサとセルゲイ、レドヴァースと警部、ふたつに分かれた席のちょうど中間に、わたしは自分の椅子を置くと、腰をおろして足を組み、コーヒーをすすった。うーっ、ひどい味。

「おまえの姉さんから、少し話を聞いたが、フルネームはなんという？」グレイスン警部はデスクに身をのりだした。

「セルゲイ・フェデク」そういって、うなだれる。

このぶんでは、尋問はスムースにいくだろう。なんといっても姉がそばにいるのだ。この姉にセルゲイは頭があがらないようだ。

「どこの国の名前だ？」

「ロシア」セルゲイはうなだれていた顔をあげた。目に火が燃えている。わたしはマーサの訛《なま》りから東欧の出身だと推測していたが、それはまちがっていなかった。

「で、このイギリスでなにをしている？」

ここでマーサが割って入り、弟に代わって答えた。「十年以上前に、あたしたちのおじいさんが、ロシアの村を追い出されたんです」

レドヴァースが片方の眉をつりあげるのを見て、マーサは話をつづけた。「おじいさんは狼憑きだという噂がたって」

今度はわたしが眉をつりあげた。狼憑き！　わたしとしてはその話をもっとくわしく聞きたかったが、マーサはそこは省略して先に進んだ。

「村を出たおじいさんはロンドンにたどりつきました。それから、まだ十代だったあたしたちもとうさんに連れられて、家族みんなでこっちに来ました。とうさんはあたしたちにもっといい暮らしをさせたかったんです」マーサはセルゲイを見てうなずいた。「でも、この子は頑固で。ひとりでロシアに帰りました――戦うために」

「戦うって、誰と？」警部は訊きかえした。

「白ロシアと」

白ロシアというのは、反ボルシェヴィキの白系ロシア人たちのことだ。セルゲイが姉よりも訛りが強い理由がわかった。マーサのほうが英国で暮らしている期間が長いのだ。

マーサはさらに弟の身の上を語った。「白ロシアに勝ったんで、弟は仕事を捜しにこっちにもどってきました。そして、ばかなこの子は、今度は労働者たちのストライキに加わってしまったんです」マーサはやりきれないという顔をした。またセルゲイをぴしゃりとぶつのではないかと思ったが、マーサの両手は膝の上におかれたままだ。ただし――その手はぴくぴくと動いていた。

「炭鉱のストライキか?」グレイスン警部は訊いた。なんの話なのか、わたしにはよくわからない。そういえば、炭鉱の鉱夫たちが賃上げを要求してストライキに入ったが、大企業である石炭会社は要求に応じず、代わりに外国人たちを雇用して採鉱をつづけたという経緯を、新聞で読んだ記憶がある。

「労働者は、暮らすために充分な賃金をもらって当然だ。それだけの仕事をしている」ようやくセルゲイが口を開いた。

「そうだな」警部はやわらかい口ぶりでいった。

そこから、セルゲイはみずから話しはじめた。「だけんど、ストライキで騒動が起こったんだ。おれはその騒動に加わっていたんで、警察に逮捕されそうになった。そんで、こっちに来たんだ」

「どうして弟さんをおいてほしいって、ヒューズ卿にお願いしなかったの?」どうしてもがまんできなくなって、わたしは口をはさんだ。グレイスン警部にもレドヴァースにもにらまれたが、それには気づかないふりをした。「ヒューズ卿はいいかたよ。それに、マーサ、あなたを気に入っていらっしゃるわ」

マーサはどこかが痛むような表情を浮かべた。「そのとおりですがね。けど、あのかたはお金持です。お金持を相手にトラブルを起こすようなコミュニストに、いい顔をなさるはずはないと思ったんです。そんな人間がご自分の敷地内にいることすらお嫌だろうから、誰にもいわずに、セルゲイをこっそり匿うのがいちばんいいと思って……」

それには異論がある。ヒューズ卿がセルゲイを警察に引き渡すとは思えなかったが、マーサと議論をしてもしかたがない。とはいえ、マーサもセルゲイもほんとうのことをいっているのは信じられる。ふたりの話に齟齬《そご》はないし、セルゲイは、わたしたちが捜していたパズルのピース、謎の不審者というピースにぴたりとあてはまる。

だが、それでもなお、セルゲイがサイモンの死や、複葉機の燃料供給管の切断に関与したのではないかという疑いは残る。この取り調べが終わるまで判断を保留するしかないが、わたしの勘はこういっている――セルゲイには動機がない、と。確たる動機がない。そこにもどってしまう。

警部はため息をついた。「あちこちに電話して、いまの話の裏づけを取る」腕の時計をのぞく。「だが、こんな夜中に電話はできない。事情を知る者をつかまえるには、朝まで待つしかない」

レドヴァースは椅子の背もたれに寄りかかり、腕を組んだ。尋問のあいだ、彼はひとことも口をはさまなかった。いったいなにを考えているのだろう。知りたいものだ。

ようやくレドヴァースが口を開いた。「納屋に置いてある車のブレーキケーブルに切り込みを入れた件に、きみはなんの関係もないと思う。また、複葉機の燃料供給管切断の件も」

セルゲイはきっぱりとうなずいた。「そんとおりで。なにがあったのか、姉ちゃんに聞いたけんど、おれはなんにもしてねえです。誰かがいたのも知らねえ。第一、どうしておれがそんなまねをしなきゃなんねえんです？　おれはあの空き部屋におとなしくこもっていたんです。食べ物は姉ちゃんが運んでくれたし」

レドヴァースはうなずいた。「誰かを見たかい？　部屋を出たときに？」

なかなかするどい質問だ。

セルゲイはちょっとくびをかしげた。「おれが部屋を出るのは、暗くなって、みんなが眠っているころです。一度だけ、片腕の男につかまりそうになったけど、顔は見られずにすんだ」そういってから、ちょっと考えこむ。「ある晩、マーサに会いたくなって、厩舎を出たんです。お館のひとたちはみんな眠っていると思ったけんど、車を置いてある建物のなかで、誰かが動きまわっている音が聞こえてきて」

レドヴァースは組んでいた腕をほどいた。「その人物を見たかい？」

「いんや。顔は見えなかった。建物から出てきたやつの黒い影しか見えなかった。そいつに気づかれないように、おれは建物のうしろに隠れてたし」

わたしたちは全員、がっかりした。とはいえ、セルゲイが車や複葉機を損傷した者を目撃した、というのは期待しすぎだろう。

「庭師のバーロウだった可能性は？」

「バーロウ?」セルゲイはけげんそうに訊きかえした。

「片腕の男だ」レドヴァースは説明した。

「いんや、おれが見た人影には両腕があった。背が高くて痩せていた。それしかいえねえけど」

それだけでは決め手にならない。ヒューズ卿の敷地内で暮らしている男たちは、中背のハモンド大佐以外はみんな、背が高くて痩せているのだ。

「それはいつのことだった?」レドヴァースは質問をつづけた。

セルゲイはまた考えこんだ。「何日だったか、正確な日にちはわからねえ。たまたま出くわしただけで。けど、誰かが車で死ぬよか前だったことは確かです」

わたしはため息をついた。謎の不審者は捕らえたが、殺人犯はまだ野放しなのだ。


警察署の窓から曙光《しょこう》がさしこみはじめるころ、ようやくフェデク姉弟の取り調べが終わった。わたしは目がぼうっとかすんできて、よく見えなくなっていた。グレイスン警部はセルゲイを留置場に入れておくと決めた――南部の炭鉱のストライキ騒動で、セルゲイがなんらかの罪に問われているかどうかが明白になるまでは。だが、ほかの点に関しては、ヒューズ卿が彼を不法侵入で告発するかどうかにかかっている。たぶん、ヒューズ卿は告発しないだろう、と思う。

警察署を出ると、マーサは肩を落とし、片手で顔をなでた――不安な表情が消えていない顔を。弟が釈放されるまで、その表情が消えることはないだろう。昨夜、マーサが警察署までヒューズ卿のベントリーに乗ってきたのは、レドヴァースとわたしにとって幸運だった。おかげで、警察の車で館まで送ってくれとたのまずにすむ。マーサもわたしも疲労困憊しているので、レドヴァースが運転してくれることになった。

館にもどる途中、わたしは革のシートにもたれかかり、疲れた目を閉じて、意識が浮遊するに任せていた。さんざん骨を折ったというのに、サイモンが殺された事件の真相には、少しも近づいていないのだ。

28

タイヤが砂利を踏む音で目が覚めた。館《やかた》までのドライブの途中、どこかの時点で眠りこんでしまったらしい。レドヴァースがベントリーを停めると、マーサとわたしはなけなしのエネルギーをふりしぼって車から降りた。マーサは心労で消耗しきっている――アドレナリンが枯渇《こかつ》し、不安が頂点にまで達してしまったのだろう。わたしは疲労で目を開けておくことができない。早くベッドにもぐりこみたい。

「お先に失礼しますがね。もうしばらくしたら朝食の準備をしなくては」マーサは立ちどまって館をみつめた。

「朝食は遅くなってもかまわないと思うわ、マーサ。こんな夜だったんだもの」

マーサは弱々しく微笑した。マーサについて館のなかにはいろうと歩きだしたとき、背後からレドヴァースに呼びとめられた。

「ちょっと待ってくれ、ジェーン」

わたしは立ちどまったが、すぐにはふりむかなかった。マーサが裏口のほうにまわり、裏口のドアが開閉する音を聞いてから、のろのろとレドヴァースのほうを向いた。レドヴァースはベントリーの側面に寄りかかって、腕を組んでいた。

「ちょっと話をしないか」

わたしはしょぼしょぼする目を閉じた。「その必要はないんじゃないかしら。あらためて検討するまでもないと思う。セルゲイ・フェデクは殺人犯ではない――振り出しにもどるってことね」

レドヴァースの顎が引き締まる。「殺人事件のことを話したいわけじゃないんだ。あのキスのことを話したいんだよ」ふっと息を吐く。「驚かせたのなら、すまない。だが、あのとき、きみのおしゃべりを封じるには、ほかに方法がなかった。ほかに方法がなかったんだ」

「え、そうなの？　ほかに方法がなかった？　あなたが抱えている悩みを打ち明けたあとも、わたしが気楽におしゃべりをしているのが気に入らなかったってこと？」

「悩みを打ち明けたわけじゃない」

「なるほど。ちょっと愚痴《ぐち》っただけなのね」わたしも腕を組んだ。「で、わたしにキスした理由はそれだけってことなのね？　おしゃべりをさせないため？」ふいに、この質問に対する返答が、わたしにとってはとても重要なことのように思えた。

「もちろん、それだけじゃないが……」

あとのことばは耳に入らなかった。心臓の鼓動が全開になった。

「それなら、もうお話しすることはないわね」陽気な声でそういって、腕組みもとく。

レドヴァースは目を細くせばめて、戦闘態勢から友好的な態度に急変したわたしを見た。やがて緊張した表情がほどけた。「きみはわたしに心を閉ざすときがある。それがたまらないんだ。そうされないためにはどうすればいいか、知りたいんだよ」静かな口調だ。

わたしはくってかかろうと口を開きかけたが、彼がいったことをよく考えてみた。レドヴァースとの仲が進展しそうになると、わたしはそこで気持を抑えこんでしまうのだろうか？　その点に関しては、簡単に反論できない。よく考えてみなければ——それには睡眠が必要だ。少しでも眠れば、頭も働くようになるだろう。

「それはあなたのいうとおりだと思う」

衝撃を受けたらしく、レドヴァースの目が広がった。

わたしはまた目を閉じたがすぐに目を開けた。暗くてよく見えないが、わたしをみつめているレドヴァースの目と目が合ったような気がする。「ちょっと考えてみるわ。でも、いまはとにかく眠りたい」

レドヴァースは運転席にすわって、前を向いたままうなずいた。車は納屋に向かい、この問題は棚上げになったが、永久に避けておくことはできない。


重ね着した衣服をぬぐのも早々に、ベッドに倒れこむ。目が覚めたときは、なんということか、もう正午に近かった。疲労は回復していなかったが、気合いを入れて起きる。手早く風呂に入り、昨日とはちがう服を着て階下に降りる。時間を考えれば、まっすぐに厨房《ちゅうぼう》に行ったほうが、食べ物とコーヒーにありつける確率が高そうだ。厨房では、マーサが火にかけた鍋のなかをかきまぜていた。わたしは大きなテーブルを前に、くずれるように椅子にすわりこんだ。

「すぐにコーヒーを用意できますがね、ジェーン」マーサは鍋の下の火を加減すると、せかせかと歩きまわって、コーヒーを淹れるために必要な道具を取りだすのと、トースト用のパンをグリルにのせるのとを同時にやってのけた。

「手伝うわよ、マーサ。あなた、眠ってないんでしょ」

「ええ」マーサはきっぱりいった。「忙しくしていないと、立ったまま眠ってしまいそうで。けど、クイーニーがいないんで、そんなことにはならずにすみますがね——しなきゃならないことが、いつもの倍もあるんで」

わたしは片方の眉をつりあげた。「クイーニー？」

「通いのメイドですよ。電話で辞めるといってきたんです。本人は来なくて。男でもできたんだがね」

マーサは目をくるっと回してみせた。わたしは笑った。マーサは手を止めた。満面の笑みが、疲れた顔を輝かせている。「だんなさまがセルゲイのために弁護士さんを雇ってくださいました。腕のいい弁護士さんを。だから、もうやきもきせずにすみます」身をのりだして、魔除けのまじないに木のテーブルを三回、こんこんとたたく。

「まあ、マーサ、よかったわね！」わたしのヒューズ卿に対する評価はまちがっていなかった。

「だんなさまに決してご不自由をおかけしないようにしなければ。今夜は早く寝て、睡眠不足をとりもどします。セルゲイが早く釈放されるといいんですがね」

「そのあとはどうするの？」

「あの子、ここにいさせてもらえるんですよ。でも、こそこそするのはやめですがね。だんなさまは、セルゲイが使っていた厩舎《きゅうしゃ》の二階の部屋にいていい、とおっしゃってくださいましたので、そうさせてもらいます。それに、仕事もみつけてくださるそうで。仕事がみつかるまで、サイモンがやっていた仕事を少しだけ任せてもらって、部屋代と食費の代わりにすることができるんです」

わたしはにっこり笑った。少なくとも、この館に関係している者のうち、ひとりはハッピーエンドを迎えることができるのだ。たとえマーサの弟だとはいえ、まるっきり知らない者を館に滞在させるとは、ヒューズ卿の度量もたいしたものだ。殺人事件があり、卑劣で危険な破壊工作が起こっているというのに。わたし自身は、セルゲイを見ているし、話も聞いたから、どちらの事件にも彼は関わっていないと確信しているけれど、ヒューズ卿にはそう確信する手だてはなかったはず。ならば、少しでも教えてあげなくては。ただし、それもコーヒーを飲んでから。カフェインを摂取しないことには、考えもまとまらない。

マーサがカップをさしだしながらわたしをみつめた。「いい子なんだがね、弟は。けんど、自分の頭で考えない」

わたしはうなずいた。「そうみたいね」

一瞬、わたしの顔をみつめてから、マーサはこくりとうなずき、仕事にもどった。

コーヒーを飲み、トーストを食べてから、館のなかをうろついた。ひっそりと静まりかえっている。みんな、どこに行ったのだろう。

一階の長い廊下をぶらぶらと歩きながら、壁に掛かっている油彩の風景画を鑑賞していると、図書室のドアの向こう側でかたっと音がした。

「シーッ……静かにしなきゃ。みつかっちゃ困る」

そのあと、抑えているわりには、かなり高い笑い声が聞こえた。わたしは壁にくっつくようにして進んだ。靴音がしないように、また、板敷きの廊下のどこかがぎしっと音をたてないように、気をつけて歩く。

だが用心する必要はなかった。図書室のドアは少し開いていて、そのすきまから、ポピーとマリーの姿が見えたからだ。といっても、ふたりはどっしりしたブロケードのカーテンの陰に隠れるようにして、熱烈な抱擁をかわしていた。たとえわたしが鍋やフライパンをがんがんたたきながら歩いてきたとしても、ふたりに聞こえたとは思えない。

わたしはそっと引き返して、たまたまドアが開いていたヒューズ卿の書斎にすべりこんだ。あのふたりのプライヴァシーを尊重しよう。誰も来ないうちに、ふたりが図書室から出ていくといいのだが。

ずいぶん前から、マリーの、リリアンに対する気持は友情以上のものではないかという気がしていた。その疑念はいま、確信に変わった。図らずもああいう光景を見てしまい、ちょっと動揺してしまったが、わたしには関係のないことだと、きっぱり思い定めた。わたしの旧来の結婚、いわゆる一般的な結婚は、無残なものだった——そんなわたしに、ひとさまの選択をとやかくいえるだろうか？　そう考えると、マリーが相手をみつけたことを喜びたくなった。リリアンはマリーの恋愛感情の方向にはまったく関心がない。マリーにとって、リリアンに対する不毛な想いを抱えているよりは、同じ資質の相手にめぐりあえたことはとても喜ばしいことに思える。今後は、もっと慎重にふるまってくれることを願うばかりだ。

ヒューズ卿の書斎のなかを眺める。黒っぽい木製の書棚がいくつもあるが、図書室に並んでいる書棚の数には及ばない。片隅に、大きなマホガニーの丸テーブルがある。わたしがいま立っているところからでも、丸テーブルの上に何枚もの地図が広げられているのが見える。この部屋の中心的存在といえるのは、重厚なマホガニーのデスクだ。デスクの下にはすりきれた革の椅子が押しこまれている。わたしはデスクの近くにではなく、窓ぎわに近いところの椅子にすわり、窓から空を見あげた。青天だ。美しい秋の空。モスの状態さえよければ、飛行にはもってこいのすばらしい天候。ため息が出る。飛行訓練を中断せざるをえない状況なのが残念でならない。ハモンド大佐が早くもどってきて、訓練が再開されるのを祈るばかりだ。

「空を飛びたいのかね？」ヒューズ卿のやわらかい声に、わたしはとびあがった。

「おっしゃるとおりです。飛行にはもってこいの、完璧な日和《ひより》ですもの」

ヒューズ卿のあとについてきたラスカルが、なでてくれとわたしの手に頭をこすりつけてくる。なでてやると、ラスカルはうれしそうに舌を垂らした。

「そうだね。今日はみんな、外に出ているようだ。この季節にはめったにないほどの上天気だからね、満喫したいのだろう」

わたしはくびをかしげてヒューズ卿に訊いた。「どうしてそうなさらないんです？」

ヒューズ卿はデスクの椅子にすわらずに、わたしの前にある椅子を手で示した。彼の領域への侵入者はわたしのほうだというのに、同席してもいいかと無言で許可を求めているのだ。わたしがうなずくと、卿はその椅子に腰をおろした。考えてみれば、ヒューズ卿とふたりきりで話をしたことは一度もない。ラスカルはわたしから離れて、ご主人さまの足もとにすわった。

「マーサの弟のことで、手配をしていたんだよ」

わたしはほほえんだ。「そうしてくださるなんて、おやさしいですね」

ヒューズ卿は小さく笑い声をあげた。「腕のいい料理人を失うわけにはいかんだろう？　ことに、通いのメイドがやめてしまったいまは」

これがどういうことか、心に明記しておくべきだ——卿の善行を一面だけで判断しないこと。

「じっさいのところ、マーサはよくできた人間だ。そんな彼女の弟を助けてやるのは当然のことだよ」

「彼がコミュニストでも？」

ヒューズ卿は肩をすくめた。「若いころは誰だって、おかしな信条をもつものだ」

それは途方もなく寛大な解釈だと思ったが、あえて追求はしなかった。

「ここで起こっている出来事について、なにかお考えになっていることはありませんか？　あなたが犯罪者であるかのように見せようと、誰かが企んでいるような気がするんです」

「エドワードと呼んでくれ。家族同然なんだからね」

これには思わず眉をつりあげたが、ヒューズ卿はわたしの表情には気づかないふりをして話をつづけた。

「わたしはそうは思っていない。わたしにも敵はいるが、誰だってそうだろう？　それに、そのうちの誰かが、わたしを陥《おとしい》れるために、わざわざここまでやってきて、手のこんだもくろみを実行するとは、考えにくい」

その点を考えてみる。「でも、とても個人的な思惑に思えます。あなたの敵で、その範疇《はんちゅう》に入る人物に心あたりは？」

ヒューズ卿はくびを横に振った。「厳密にビジネス上の敵しかいない」

「村の住人は？」恥ずかしながら、いまのいままで一度もそんな疑問は思い浮かばなかった。

ヒューズ卿はちょっと考えた。「思いつかないね。地元の店や店主たちには、商売の便宜を図っている。地元の商売を支援するのは、領主としての義務だからね。わたしはそれを真摯《しんし》に受けとめているよ」

それは驚くにはあたらない。

「アリステアとポピーはいかがですか？」ついにこの質問を口にした。卿の親族を中傷するようで嫌だったのだが、誰もが容疑者なのだ。少なくとも、わたしの胸の内では。

ヒューズ卿は肩をすくめた。「アリステアとは親しくつきあっているよ。あの子は実の父親と……ちょっと……うまくいってなくてね。できるかぎり、わたしが父親代わりを務めようとしているんだ」

わたしはうなずいた。

「それに、ポピーだが」卿は苦笑した。「あの子にそんなことができるとは思えないよ」

これには同感だ。ポピーは衝動的になにかすることはあっても、緻密に計画をたてて実行する性質《たち》ではない。ポピーを過小評価している――それをいうなら、たいていの女性が過小評価されているのだが――可能性がなくもないが、彼女の場合はあてはまらないと思う。ふと、疑問に思った――ヒューズ卿はポピーとマリーの関係を知っているのだろうか。ひょっとすると図書室でのふたりを目撃したとか。だが、旧来の結婚観をもっている卿があのふたりのさまを見たのなら、これほどにおだやかな態度でわたしに接するはずはない。

わたしはうなずいた。「そうですね」ポピー・ヒューズのことはここまでにしよう。「弟さんはいかがでしょう?」

ヒューズ卿に尋ねるようなまなざしを投げかけられ、質問の意味を説明する。「前に、ミリー叔母から弟さんのことを聞いたことがあったので、直接、あなたにお訊きしたくて。弟さんとはうまくいっているんですか?」

「ジェームズと?」ヒューズ卿はため息をつき、椅子の背にもたれて天井を仰ぎ、また顔をまっすぐにして、わたしをみつめた。「ジェームズは、わたしが嫡男であり、それゆえに称号の継承者であることに、子どものころから憤慨していた」顔がゆがむ。「あいにく、貴族の家ではよくある話だ」

わたしにはよく理解できない話だが、とりあえずうなずいて、先をうながした。

「だが、弟が成人に達するころには、その件はもう了解ずみだと思っていた。どちらにしろ、父はすべてを失ってしまい、わたしたちは否応なく、それぞれの道を進まなければならなくなったからだ。わたしに遺されたのは、男爵という称号と、それに伴う義務と責任だけだった。その両方を受け継いだことを、幸福だと思うべきだろうな」

なんといえばいいのか、思いつかない。だが、幸いなことに、卿はわたしの返答を待たずに話をつづけた。

「弟とは疎遠になった。最後に耳にしたのは、弟が莫大な負債を抱えているという話だった」

顔をしかめる。「いまは、どこにいるのかさえ知らない」

「ご自宅にいらっしゃるのでは?」

「もはや自宅はないと思う」

ジェームズ・ヒューズについては、もっと深く調べる価値がありそうだ。わたしはひとりっ子なので経験からものをいうことはできないが、子ども時代に不公平感をもつ——現実にしろ想像にしろ——と、その怒りは、本人の成長とともに増大していくのではないだろうか。もっとも、それがなぜ、ヒューズ卿の整備士を殺したり、複葉機の燃料供給管を切断したりする行為につながるのか、その疑問の答はわからない。ため息が出る。安易な解答はないということか。

ラムダのブレーキケーブルの細工が、サイモンを狙ったものではないとすれば。犯人はヒューズ卿を殺すつもりだったのにそうはならず、代わりにサイモンが死んだとすれば?始めから、標的はヒューズ卿だったのだろうか?

29

当人であるヒューズ卿にその疑問をぶつけるわけにはいかないが、レドヴァースとは検討できるだろう。わたしたちはすべてをあやしんでいる。もし犯人が館《やかた》の住人ではないとすれば、あの車、ラムダを使っていたのは、もっぱらサイモンだということを知らないはずだ。自家用車を使うのはヒューズ卿自身だと考えるのがふつうだ。だが、ヒューズ卿を自動車事故に見せかけて殺すという計画が頓挫《とんざ》したために、殺人の犯人に仕立てる計画に変えたのだろう。

ため息が出た。距離が問題なのだ。敷地内の住人の誰にも姿を見られることなく犯行の証拠を置くには、少なくとも犯人は、敷地の近くにいる必要があるからだ。

犯人がヒューズ卿の飛行訓練を知っているのならば、燃料供給管を切断した説明もつく。モスが墜落して炎上し、ヒューズ卿が死亡する、その最期を見られると思ったのだろう。もちろん、燃料が洩れていることが発覚すれば、モスが離陸することはありえないことぐらい、わかるはずだ。となると、計画がずさんすぎるのでは？

ヒューズ卿に話しかけられて、考えこんでいたわたしははっと現実に引きもどされた。

「わたしはリリアンのことが心配でね」

「彼女はこの件をしっかり考えていると思いますよ」

「そう、あの娘《こ》は強い。だが、わたしは……そう、次は娘の身になにか起こるんじゃないかと、不安でたまらないんだ。そんなことになったら、耐えられるかどうか自信がない」

取り越し苦労ともいえる弱気な発言だが、ヒューズ卿の娘への深い愛情をとやかくいうことはできない。わたしは黙ってうなずいた。「なにも起こらないように充分に注意しましょう」

ヒューズ卿は出席しなければならない仕事上の会合があるので、これで失礼するといって出ていったが、わたしはそのまま書斎に残った。せっかく上天気に恵まれているのだから、外に出て陽光を満喫したほうがいいのだろうが、考えなければならないことが多すぎる。なので窓ぎわの椅子に腰をすえて外を眺めながら、思考の海をさまよった。

わかっている事実は断片ばかりで、そのどれもがばらばらで、組み合わせてきちんとつなげることができない。このパズルのいちばん大きなピースがみつかっていないから、全体が見えてこないのか。敷地内をうろついていた不審者――マーサの弟――が殺人や危険な破壊工作とは無関係だったように、事実の断片と断片につながりがあるとはかぎらないのかもしれない。たまたま、時間をおかずに、いろいろなことが起こっただけなのかもしれない。

またため息が出た。このいっさいをレドヴァースに話したい。そして、ヒューズ卿の敵や、ジェームズ・ヒューズについて、わかっていることを教えてもらいたい。ヒューズ卿は敵はみな厳密にビジネス上の者ばかりだといっていたが、大戦によって、個人的に敵対する状況に追いこまれた人々は、決して少ない数ではないはずだ。ヒューズ卿も、ビジネス上の敵が個人的な怨恨《えんこん》を抱くような、そんな出来事に巻きこまれたのではないだろうか。あるいは、兄弟間の不和が、取りかえしのつかない極限にまで達してしまったとか。

とはいえ、こういう疑問をレドヴァースと話し合っても、それはふたりだけの秘密にしておかなければならないだろう。ふたりだけの秘密にするということは……そう……彼とのあいだに横たわるわだかまりをとかなければならない、ということでもある。男性に対してなんの感情もたないふりをするほど、わたしは愚かではないが、男性が怖いのは確かなのだ。

いや、単に怖いというより、心底、恐ろしいのだ。

胸の奥深いところで、レドヴァースは亡夫とはまったく似ていないのはよくわかっている――それは神に感謝したい。だが、長いあいだ、男性と距離を置くことで心身ともに平穏なひとり暮らしになじんできたために、それを手放してしまうことなど、恐ろしくてできない。前の結婚生活は安心安全ではなかった――夫はこぶしを振りまわしてわたしを殴り、苦痛を与えることが大好きだったからだ。わたしにとって、いまの安心安全という安定感は、呼吸をするのと同じぐらい、なくてはならないものなのだ。大戦中、夫のグラントが前線で戦死したおかげで、わたしは自由を獲得できた。その自由をまた手放す覚悟はできているだろうか?

それに、過去の経験やいまの心情を説明して、レドヴァースに納得してもらえるだろうか。これまでも、レドヴァースは強くて広い心の持ち主にふさわしく、こまやかな気遣いと深い理解を示してくれている。だのになぜ、この先も同じだと信じきれないのだろう。

じっさいの話、レドヴァースはここに来てからずっと、わたしの支えになってくれている。わたしが飛行訓練を受けていることに関しても、非難がましいことはひとこともいわず、わたしの身の安全を確保しようと努めてくれているだけだ。そのうえ、要所要所でわたしが捜査に関われるように、グレイスン警部に対して援護してくれている。レドヴァースはわたしを支配しようとはしない。これまでの人生で出会った多くの人々とは、根底からちがう。とても新鮮だ。気軽に意見のやりとりができるのも、彼の的確な支援があるからこそだと思うと、彼にはあたたかい気持を抱いてしまう。

わたしはくちびるを噛みしめた。

多くの秘密を抱えているひとを、やみくもに信頼してもいいものだろうか。彼の仕事柄、秘密厳守は必要だろうが、それにしても、だ。多くの秘密を抱えている人物と連れ添えば、長い年月のあいだには苦痛でしかなくなるのは、目に見えている。だのに、そんな暮らしにとびこむ？ 気まぐれで？ それとも、ほかに理由がある？

そう、よく考えなければならないことばかりだ。

けっきょく、書斎で考えこんでいるところを、レドヴァースに捜しあてられた。疲れきったようすでわたしの向かいの椅子に腰をおろしたレドヴァースに、わたしは笑顔を見せた。

「わたしより早く起きたんじゃない？」

「眠れなかったんだ」

めずらしく消耗しているようすだ。いつもはきちんとなでつけられている髪が、いまは乱れて波うっている。

「主題のくりかえしになってきているわ」そういって、彼の顔を見守ったが、その表情は変わらない。寝ないでなにを考えていたのだろう。家族のこと？　仕事のこと？

「ずっと考えていたの」レドヴァースは片方の眉をつりあげたが、わたしはそれにかまわず、先をつづけた。「たぶん、最初っから、標的はヒューズ卿だったのよ」

「わたしも同じことを考えていた。どうやら、わたしたちはまちがった角度から全体を見ていたようだ」

思わずにっこりしてしまう。彼とはまだ同じ領域にいる。「ヒューズ卿の弟を調べるべきよ」

「またもや、わたしの考えを読まれてしまったな」レドヴァースは咳払いした。「じつをいえば、ロンドンに行って調査をするつもりなんだ。少し時間がかかると思う」

わたしは失望が顔に出てしまうのを感じた。

レドヴァースは片手をあげた。「先にいっておくけれど、いまの結論を踏まえたうえで、きみはここに残って調査をつづけるべきだ。ここには、まだまだ探りだすべきことがたくさんある。それはまちがいない」

ふだんなら、いっしょに行くといいはるところだが、それよりも、彼は逃げたいのではないかと不安になった。わたしから逃げる……このひととの関係が進展する可能性すらなくなることが、不安なのだろうか。ふいに、わたしは自分の立ち位置がわからなくなった。

「わかった」わたしは無理に明るい口調でそういった。そして、これはいい案だと思いこむことにした。彼がいないあいだにマリーと話をしよう。この館にわたしよりも長く滞在している彼女ならいろいろ知っているだろう。それを聞き出せるかもしれない。それに、ポピーとも。

このふたりとは、レドヴァースがいないほうが話がしやすい。図書室で目撃した光景をレドヴァースに話すつもりでいたが、考えなおした。いまはわたしひとりの胸におさめておこう。

レドヴァースの肩が少しさがった。わたしが反論しないので緊張がとけたのだろう。そういえば、わたしが突っかからずに彼の提案をすんなり受け容れたのは、これが初めてかもしれない。

「あなたのいうとおりね。ここで調べなければならないことは山ほどあるわ」わたしは片頬だけで笑った。「あなたに邪魔されないほうが、ぐんとやりやすいし」

レドヴァースはあきれた顔をした。「わたしがいないあいだ、ばかなまねをしないでくれよ」

そして、わたしの顔をじっとみつめてから、さらにいった。「留守にしたのがわからないほど、早々に帰ってくるから」

「ええ、どうぞ。安全運転でね」わたしは目を細くせばめて彼をみつめた。「帰ってきたら、わかったことをすべて教えてくれるって、信じてるわ。細大洩らさず」

レドヴァースは小さな笑みを浮かべた。「二、三日したら、また会おう」もっとなにかいいたそうだったが、レドヴァースは軽くうなずいて席を立った。

数分後、窓から彼の車が走り去るのが見えた。

レドヴァースの旅行鞄は、常に荷造りされているのだ。

30

わたしはコートをつかみ、今日はまだ会っていない人々を捜そうと外に出た。レドヴァースが近くにいないので、少しばかり呼吸がらくになった、これでいいのだ、と自分にいいきかせる。おかげですっきりした頭で物事を考えられるだろう。彼がいないあいだに、これまで以上に多くのことを聞き出す。わたしがなすべきことは、それだ。

レドヴァースからロンドンに行く理由を聞いたとき、わたしはそれだけかと疑問を抱いたが、その疑問は小さな箱におさめて、胸の奥にしまいこんである。そして、その箱の上に、重い石をのせてある。

心の整理はすんだ。前を向こう。

最初の丘のてっぺんで、ミリー叔母と出会った。

「今朝はずいぶん寝坊したんだね」叔母はいった。

「長い夜だったのよ、叔母さん。不審者を捕まえたの」

「マーサの弟だったんだってね」叔母は立ちどまって腰に両手をあて、ふっと息をついた。

「ほかの調べは進んでいるのかい？」

「のろのろとだけど、着実に」わたしは叔母の前で足を止めた。「お嬢さんたちはどこ？」片手でまびさしをこしらえて、彼女たちの姿を捜す。

「リリアンは練習中。熱心だよねえ、ほんとうに」叔母は満面に笑みをたたえた。「マリーとポピーは、はしゃいでふざけてる。リリアンが集中する邪魔にならないか、心配だよ」

いかにも若い女たちらしい行動だと思ったが、うっかりそんなことをいって、叔母と口論になるのは避けたい。叔母自身が若かったころもあったはずなのに、それを想像するのはむずかしい。そのうち、叔母がどんな女の子だったのか、父に子ども時代のことを訊いてみようと、頭の隅にメモしておく。

「マーサの弟のために弁護士《ロイヤー》を雇ってくれるなんて、ヒューズ卿はほんとうにご親切ね」

「この国じゃ、事務弁護士《ソリシター》っていうんだって」叔母の表情がやわらぐ。「ほんとうに、エドワードはあたたかい心の持ち主だよ。いったいなにがどうなっているのかねえ。マーサの弟が、ここで起こっているナンセンスな事件とは関係がないのはわかったけど」

殺人はナンセンスで片づけられる事件ではないが、わたしはあえてなにもいわなかった。ヒューズ卿がセルゲイに寛大な態度をとっていることに、叔母が異議をはさまないのは驚きだ。特に、ヒューズ卿の使用人の問題では、舌鋒するどく異議を唱えていたというのに。ひょっとすると、ヒューズ卿はミリー叔母の硬い殻《から》を、じわじわと破りつつあるのだろうか。

「それじゃあ、お嬢さんたちをみつけることにするわ」

「新鮮な空気はあんたの体にもいいしね。あんた、ちょっとやつれてるみたいだから」叔母は歩きだした。「そうそう、あっちのほうも、うまくやるんだよ、いいね」肩越しにそういいはなって、叔母は丘を下っていった。わたしはため息をつき、先に進んだ。

あっちのほう……やれやれ、ミリー叔母の殻は硬いままで、ひびひとつ入っていない。

それほど時間をかけずに森を抜けて、広々とした台地に出られた、館《やかた》の敷地の大部分を占めている台地だ。そこまで行くと、お嬢さんたちの姿が見えた。リリアンはスイングの練習中で、ボールを次々に打って遠くに飛ばしている。その一方で、マリーとポピーは流行のチャールストンの練習をしている。少し距離をとったまま、わたしは三人を見ていた。リリアンは、踊っているふたりをうるさがっているようすはない。それどころか、ときどきふたりを見て微笑している。リリアンという女性のことは少しわかってきたけれど、彼女がマリーとポピーの関係を知っていて、ふたりがたがいに似合いの相手をみつけたことを喜んでいるのかどうか、それはわからない。

わたしを見たとたん、マリーはダンスをやめたが、ポピーはマリーの腕をつかんで、ダンスをつづけさせようとした。マリーは笑いながら頭を振った。ポピーもダンスをやめた。くちびるを尖らせて、ふくれっつらをしている。

「こんにちは、みなさん。気持のいい天気ね」

リリアンはそのとおりだという返事に代えてほほえんだが、すぐにまた、ボールを飛ばす練習にもどった。マリーは油断のない目つきでわたしを見たが、ポピーはくっきりと輪郭を強調した目を大きくみはり、熱をこめてうなずいた。

「あなたもあたしたちといっしょに、チャールストンの練習をしたいの？　ねえねえ、新しいダンスステップを知ってる？」

わたしが顔をしかめると、マリーが頭を振った。

「ミセス・ヴンダリーはクラブで踊ったりしないわよ、ポップス」

そのとおり。わたしはめったにダンスをしない。わたしにはリズム感が欠けていて、ステップをうまく踏めないのだ。

「ほんと？」ポピーは信じられないとばかりに、両方の眉をつりあげた。わたしのほうが歳上だと認識していないらしい。わたしという人間のことをなんとも思っていない、というほうが当たっているかもしれない。

「そろそろ帰ろうかなと思っていたんですよ」そういいながら、マリーはなにかを訴えるような目でポピーを見た。だが、ポピーはまったく気づかなかったようだ。

「よかった。それじゃあ、いっしょに帰りましょう」そういって、いっしょに帰るかとリリアンに目で尋ねたが、リリアンはくびを横に振った。

「もうちょっとがんばるわ。まだ陽ざしがあるから、それをむだにしたくないの」

マリーはわたしといっしょに帰るのは嫌みたいだ。彼女とも話をする必要があるけれど、いまはポピーと話して、なんらかの情報を引き出したい。できればポピーがひとりでいるときが望ましいのだが、それはとうてい無理なようだ——ポピーの行くところ、マリーあり。それもぴったりとくっつくようにして。なので、この機会を逃さず、有効に使うことにする。

と思っていたら、先に口を開いたのはポピーのほうだった。「あなた、ガスパー、持ってる？ ダンスのあとは、ガスパーを吸いたくて死にそうになっちゃう！」

ガスパー？ ポピーがなにをいっているのか理解するのに、少し時間がかかった。煙草のことだ。「あら、いいえ、持ってないわ。わたし、煙草を吸わないから」

ポピーがまたくちびるを尖らせてふくれっつらをしそうになったが、すかさずマリーがポケットから銀色のシガレットケースを取りだして、煙草を二本、引きぬいた。三人とも立ちどまる。マリーが二本の煙草に火をつけて、一本をポピーに渡す。

「ねえ、ポピー」歩きだす前に、わたしはポピーと並ぶように位置を変えた。ポピーの向こう側にはマリー。ふたりの煙草の煙を避けて、風上に位置を取ったのだ。

「はい？」ポピーは跳びはねるように歩いている。ウサギみたいだ。

「あなたとお兄さんはどこに住んでいるの？ おとうさまといっしょ？」

「あら、まさか！」くすくす笑う。鈴の音のようだ。「あたしたち、ずいぶん前からパパとは暮らしてないのよ。パパがおうちを売っちゃったから」

「どうして売ったのか、理由《わけ》を知ってる？」ポピーの横顔をのぞきこむと、多少の関心をもって彼女をみつめているマリーの顔も見えた。マリーは家なき子の心境を知っているのだ。

「パパはもっといい家を買ってやるっていってたわ！」ポピーは父親の行為にはなんの屈託もないようだ。それに、父親の明らかな嘘にも。ジェームズ・ヒューズは財産など持っていないのだから、新しい家を買うことなど不可能なのだ。

「そうなの。だったら、あなた、どこに住んでいるの？」

「いまは叔母さまのところ。ママの妹でね、叔母さまと暮らすのは気に入ってるわ。何匹も犬がいるのよ。そのうちの一匹はバークレーって名前なんだけど、その子はあたしがベッドに入ると、そこで寝るの。かわいいと思わない？」

わたしはほほえみ、かわいいと思うといい、どういう種類の犬なのかと訊いた。

「よくわかんない。茶色い犬。で、毛がもこもこしてる」ポピーは紫煙を吐いた。「でね、ときどき、こうやって、エドワード伯父さまのところに来るのよ。ここも好き。ラスカルはあたしの部屋で寝てくれないけど」

それはそうだろう。ラスカルはひとなつっこいが、その忠心を捧げている相手は、ヒューズ卿だけなのだ。とすると、レドヴァースがそれとなく示唆していたように、ヒューズ卿とミリー叔母が寝室をともにしているのなら……いついかなるときも必ずヒューズ卿のそばにいるラスカルを、叔母はどういうふうにあつかっているのだろう。それに、抜けた犬の毛を。考えただけでおかしくなって、あやうく、くすくす笑ってしまいそうになった。

「それじゃあ、おとうさまはどこにいらっしゃるの？　あなたといっしょに叔母さまのおうち？」

「あら、まさか。ときどき来るけどね。でも、パパは田舎がきらいなの。犬も。だから、たいていはロンドンのクラブに泊まってるわ」

なんというクラブなんだろう。名称がわかれば、レドヴァースはそこを調べられるだろうか。

そこを調べるとなれば、レドヴァースと綿密に打ち合わせをする必要がある。そう考えて、わたしは肩をすくめた。レドヴァースがもどってきたら、情報のすりあわせをしなければ。

いや、レドヴァースが個人的な事情でロンドンに行ったとすれば——そう考えただけで動揺してしまい、その考えを胸の内のゴミ箱に放りこんだ。

しばらくのあいだ、三人は黙っていた。落ち葉を踏む足音だけが聞こえるなか、森の端のほうまで来た。いきなりポピーが口を開いた。

「だけど、アリステアはここですごすのが好きみたい。リリアンと結婚したいんじゃないかな」

アリステアがリリアンの気を惹こうと汲々としていることや、結婚したらゴルフをやめるべきだと公言したことを考えあわせると、ポピーの発言は衝撃というわけではない。だが、〝結婚〟ということばが、ほかならぬポピーの口からとびだしたことには、少なからず驚いた。

だが、考えれば考えるほど、アリステアが従妹と結婚したがっているということが、気になってたまらなくなってきた。しかし、その結婚は認められないのでは？　リリアンは養子だが、アリステアはヒューズ卿が彼女の実父だという事実を知らないのではないだろうか。従妹とはいえ、養子なら血縁関係がないと決めつけて、彼女との結婚を画策しているのだろうか？　アリステアはリリアンに恋しているのだろうか？　確かに彼はリリアンに気があるようすだ。もしそれが本気なら、若干、アリステアに同情する。アリステアと同じぐらいの強い想いを、リリアンが彼に抱いているとは思えないからだ。それればかりか、先夜、アリステアが結婚したらうんぬんと公言したあとではなおさら、彼女の気持がアリステアに傾く可能性は、ぐっと薄れたと見ていい。

マリーもわたしもポピーの言にはなにも反応しなかったが、わたしは心のどこかでポピーの言に異議を唱えたいと思っていた。

「どうしてなにもいわないの？」ポピーの端整な顔が不満そうにゆがむ。「リリアンはアリステアにはもったいない？」

「いえ、そうじゃないの。ちょっとほかのことを考えていたもので」わたしは急いでポピーをなだめた。「ふたりが結婚したいと望んでいるのなら、すてきなことだと思うわ」

マリーもまた、同じようなことをつぶやいたので、ポピーは機嫌を直して笑顔になった。

だが、ポピーがあっさりとそういう結論に達したという事実は、じつに興味ぶかい。彼女が自分の頭で考えてそう判断したのか、それとも、誰かに吹きこまれたのか。

ポピー・ヒューズから聞き出せる有益な情報は、もうなさそうだ。マリーに邪魔をされなかったおかげで、ポピーから必要な情報を聞き出すことができたのは、ありがたいかぎりだ。

館に着くと、ふたりは連れだってどこかに消えた。

残念。マリーとも話をしたかったのに。

31

部屋にもどろうと、階段のいちばん下の段に足をかけたとたん、執事のショウに呼びとめられた。「警部がお会いになりたいそうです」

「あら、ありがとう。警部さんはどちらに？」

「居間にいらっしゃいます」

わたしはショウにうなずいてから居間に向かった。警部がわたしになんの用だろうといぶかしく思う。彼の担当する事件にわたしがくびを突っこんでいることに対し、警部がどういう感情をもっているか、わたしに対する言動から明らかなのだが。

「ミセス・ヴンダリー！　お元気そうですね」

思わず、いくぶんか目を細くせばめてグレイスン警部の顔を眺めてしまったが、笑みは絶やさずに、暖炉の前に立っている警部に近づいていった。

「どうぞおすわりください」警部は詰め物をした椅子を手で示した。わたしがその椅子に腰をおろすと、警部は向かい側の椅子にすわった。

「なにかご用ですか、警部さん」

警部は微笑した。「ヒューと呼んでください」

驚いてしまい、もろにそれが顔に出たはずだが、わたしは了解したしるしに、くびを少しかしげてみせた。わたしが彼をそう呼ぶにしても、だからといって、この男にジェーンとファーストネームで呼ばれるのはぞっとしない。

ぎこちない間《ま》のあと、警部はこほんと咳ばらいした。「ミスター・レドヴァースがロンドンに行かれて留守をなさっているので、ちょっと寄って、あなたが元気かどうか確認しようと思いたちましてね。こちらでは、いろいろとトラブルつづきですが、わたしたち警察は事態をきっちり把握していますので安心してほしいといいたくて。あなたが心配するようなことは、なにもありませんよ」

これはつまり、よけいなことをするなという警告だろうか。だが、それこそよけいなお世話だと、この男を切り捨ててしまうかわりに、いくつか質問してみようと思った。もちろん、もはや明白なことにはちゃんと答えてくれるだろう。

「ここの住人たちについて、なにか気になることが出てきましたか?」

グレイスン警部は頭を少し右側に傾けた。いおうかどうしようか思案しているらしい。

「あら、教えてくださいな、ヒュー」警部の望みどおり、ファーストネームで呼びかける。「教えていただければ、わたしが自分で調べまわったりせずにすみます」

警部は少し苦い顔でわたしをみつめていたが、やがて心を決めたようだ。「いいでしょう、ジェーン」

ファーストネームで呼ばれ、内心ではむっとしたが、異議を唱えたりはしなかった。

「警察はここの雇い人たちのことを調べました。庭師のバーロウ軍曹は調査ずみです。過去にも疑わしいことはなにもみつかりませんでしたよ。戦争が始まるまでは、実直に、切りつめた暮らしをしていました。戦争が終わると、ここに来て、現在に至る、と」

わたしはうなずいたが、内心では、バーロウに関する情報があまりにも少ないことに驚いていた。

「執事のショウはまだ調査中ですが、競馬に熱を入れていることを別にすれば、なんら引っかかる点はありません」

わたしが感心したようにうなずいてみせると、警部はほほえんで話をつづけた。

「アリステアと妹のポピーは叔母の家で暮らしています。どっちみち、車のブレーキケーブルが細工されたとき、このふたりはここにはいませんでしたし」警部はすわりなおした。「そうですね、アリステアには、トラブルメイカーという評判がついてまわってます」

「トラブルってどんな？」

「あの年齢の若い男にはつきもののことばかりで、深刻なトラブルではありません。ナイトクラブで酔っぱらって口論になったとか、そういうたぐいのことです」

わたしはまたうなずいた。確かに、若い男にはつきもののトラブルであって、さほど深刻なものとは思えない。別の質問をしようとしたが、警部に先手をとられた。

「ハモンド空軍大佐のことは、よくごぞんじで？」

わたしは両方の眉がつりあがるのを感じた。「ええ、まあ、よく知っているといってもいいと思います。大佐には飛行訓練を受けているもので。でも、どうしてそんなことを？」

「本人がいっているとおりの人間だという確信がもてないからです」

「どういう意味です？」わたしはすわりなおして背筋をのばした。

「大佐はロンドンのロイヤル・エアロ・クラブに所属しています。それはそのとおり」

肩の力が抜けてしまう。少なくとも、大佐が民間の航空クラブに属していることはまちがいないようだ。利己的だが、わたしが気になったのは、まさにその点だった。

「ですが、彼がＲＡＦ、つまりイギリス空軍に所属していたという記録は、いっさい、みつからないんですよ」

なにをいわれたのか理解できず、まじまじと警部の顔をみつめてしまう。「記録が、いっさい、ない？」

警部はうなずいた。「まるで存在していなかったかのように。あるいは、軍役についていなかったかのように」

「だって、そんな……まさか」ハモンド大佐は軍部の将校たちとコネがあり、退役軍人たちに職をみつける手助けをしているではないか。わたしはそう聞いている。

「もちろん、目下、詳細に調査中です。名前を変えている可能性もありますが、それなら、なぜ変えたのか、そこが問題でして」

うなずく。

「そこで、しばらくのあいだ、彼には近づかないでいただきたい」警部はいかめしい表情でそういった。

これには、呻《うめ》き声をあげそうになった。つまり、飛行訓練をするなということではないか。くちびるを噛みしめ、なにか手だてはないかと考えてみる。モスの修理がすみ次第、空に飛びたちたいのだ。

だが、それはいわずに、警部に力のない笑みを向ける。それでわたしが同意したとみなしたのだろう、警部は満足そうにうなずいた。もちろん、それはちがう。

警部はまた咳払いをした。以前から警部はわたしの気を惹こうとしているが、それはいわばポーズであって、じっさいに行動に出るとは思っていなかったのだが、今回は夕食に誘われた。一瞬、返答に詰まったが、すぐに気を取りなおす。返事は決まっている——警察の捜査の進展をもっと知る機会があるのなら、それを逃す手はないが、警部に誤解されるのは嫌。

「うれしいお誘いですわね、ヒュー」

警部の顔が少し翳《かげ》った。次になんといわれるか、もう察しているのだ。

「でも、誤解されるのは困るんです。あなたはすてきなかたですけど、わたしはじきにアメリカに帰る身ですから……そういう状態で、おつきあいを始める気はないんですよ」これは本音だが、警部が気を悪くしてわたしを避けるようにならなければいいのだが。

グレイスン警部は考えこんでから、こっくりとうなずいた。「よくわかりました。正直なかたですね。敬意を表しますよ」つづいて重いため息。「ずっとこの国に滞在なさるといいな、と思っていたんですが」

わたしはくびを横に振った。警部の言を詳細に検討する必要もない――彼は女性に関しては保守的な考えをもっていて、それに見合う従順な妻がほしいのだ。一方、わたしは再婚しないという気持を変えることはあっても、〝変わった女〟という生きかたを変えるつもりはない。

きっぱりとうなずいてから、グレイスン警部は立ちあがり、わたしの手を取った。「では、これで。仕事にもどります」

わたしは彼の灰色の目をみつめた。わたしに対するあたたかい気持はまだ失せていないとわかる。それはうれしいことだが、だからといって、ふいに恋心が燃えあがる、なんてことはない。火花ひとつも散りはしないのだから。夕食の誘いを断ったのは正しかった。

微笑して、彼の手をやさしく握りしめてから、すっと手を放す。「来てくださってありがとう……ヒュー。感謝しますわ」

警部も微笑した。そしてドアに向かおうと背を向けてから、ふりむいた。真剣な表情だ。「気をつけてくださいね、ジェーン。あなたが危ない目にあうなんて、考えたくもない」心の奥をのぞきこむようなまなざしで、わたしをみつめている。

わたしがうなずくと、グレイスン警部は居間を出ていった。

32

その夜はなにごともなく過ぎ、翌日の午前中ものろのろと時間がたっていった。わたしは散歩に出て、グレイスン警部から聞いた話を何度も検討した。ハモンド大佐が危険人物だとは、とうてい信じられないし、いまのいままで、大佐に暴力的なところがあるなどとは、まったく考えたことはなかった。ともあれ、レドヴァースがロンドンからもどってくるまで、この件は棚上げにするしかない。

彼がもどってきたら、訊きたいことが山ほどある。

少し気持が落ちこんでしまったので、部屋にもどることにした。館《やかた》の角を曲がり、裏口からなかに入って階段を昇っていくと、おかしな光景が目にとびこんできた。二階の廊下の奥で、アリステアが涙をこぼしながら大笑いしているのだ。片手に長い針金の一端を握っている。

自室の部屋のドアの前ですすり泣いているポピーを、マリーが慰めている。ふたりから数フィート離れたところに、紗《しゃ》のように薄い布がふんわりと山をなしている。

靴下はだしのハモンド大佐が彼の部屋の前に立っている。ブーツを履いていないだけで、ほかはきちんとした服装だ。ロンドンからもどったばかりなのだろうが、なぜブーツを履かずに部屋を出てきたのか、その理由がわからない。わたしは大佐にちらっと笑みを投げてから、マリーとポピーに視線を向けた。

「いったいどうしたの？」

誰も返事をしない。だが、マリーはつかつかとアリステアに近づくと、腕を振って、彼の腹にみごとなパンチをくらわした。ばか笑いをつづけていたアリステアは、いきなり殴られて息が詰まり、胃のあたりをつかんで床に膝をついた。マリーはこぶしを開きながらポピーのそばにもどった。

「殴ったのね！」ポピーは低くしゃくりあげながら、目を大きくみはっている。

マリーは黙ってうなずき、ポピーといっしょに彼女の部屋に入り、ドアをぴしゃりと閉めた。ハモンド大佐とわたしはぽかんと口を開けて、顔を見合わせた。わたしの背後にある階段を、ヒューズ卿が昇ってきた。

「なにごとかね？」

アリステアはぜいぜいあえいでいる。マリーのパンチは相当な威力があったようだ。殴られたほうがちょっとやそっとでは回復しないほど強烈な威力が。

「すみません、伯父さん。ちょっと……そのう……女の子たちをからかってやろうとした……んですけど、まさかこんな騒ぎになるとは……」アリステアはつかんでいた針金をたぐりよせた。廊下の床に山をなしていた薄布が生気を帯びて動きだし、空中にふわりと浮いた。薄布につないである針金が天井に取りつけられた小さなフックに通してあり、針金がアリステアの手もとにたぐりよせられるにつれ、薄布が吊りあげられていく。

「ポピーがこの館には幽霊がいる……なんていってたから、それなら幽霊を見せてやったらおもしろいだろうなと思って」

いまはもう、アリステアもまじめな顔になっている。心底、後悔しているという顔つきだ。

「ついさっき仕掛けたんですよ。で、ふたりが廊下に出てきたんで、ちょっと脅かしただけなんです」

「なぜ、床に膝をついているんだ？」

アリステアは気まずい表情で立ちあがった。わたしが彼の代わりに答えてやる。

「ポピーがひどく怯えてしまったので、マリーは許せなかったようです」

ヒューズ卿のくちびるがちょっとほころんだ。「昼ひなかに幽霊で脅かしたのか？」そういって頭を振る。「あの子たちにきちんとあやまりなさい、アリステア」

「はい、エドワード伯父さん。ばかなことをしたと、後悔しています。ちょっとした冗談のつもりだったんですけど、まちがってました」

ヒューズ卿はうなずき、自分の部屋のほうに向かった。

アリステアは顔をしかめながら偽の幽霊を回収すると、ポピーの部屋のドアをノックした。応答はなく、アリステアは肩をすくめた。「あとであやまるよ」そういって、自分の部屋に向かった。

大佐は頭を振った。「部屋をとびだしたときは、あんなものを見るとは思いもしなかった」

「いつお帰りになったんですか？　少なくとも、二、三日はお留守だとばかり思ってました。

必要な部品は手に入りました？」わたしのいちばんの関心事はモスのことだと、あからさまに顔に出ていないといいのだが。

大佐はさっと顔を赤らめた。その目はわたしの肩のうしろを見ている。わたしはすばやくふりむいたが、目を惹くようなものはなにもなかった。

「うまくいきました」大佐は視線をこちらにもどした。「修理するのにそれほど時間はかかりませんよ。納屋に行こうとしていたところにあの騒ぎで」

わたしは大佐の足もとに目をやってから、目をあげて彼の顔を見た。その顔には、とりつくろうような笑みが貼りついていた。大佐はそそくさと部屋に引っこみ、ドアを閉めた。

どういうことなのか、さっぱりわからない。だが、大佐がはぐらかそうとしていたのは明らかだ——なぜなら、一度もわたしと目を合わそうとしなかった。なぜごまかす必要があるのだろう？

大佐のことで、グレイスン警部にあんな話を聞いたばかりなので、否応なく疑惑がふくらんでしまう。ため息が出る。警部が正しいのだろうか。飛行訓練はさらに延期したほうがいいのだろうか。

ハモンド空軍大佐は、本人がいっているとおりの経歴の持ち主ではないのだろうか。

33

一時間後、階下のあちこちの部屋をのぞいてまわったあげく、ようやく、二階の自室にこもっているマリーをみつけた。

わたしのノックに応えて「どうぞ」という低い声が聞こえた。ドアを開けると、マリーは窓辺の布張りの椅子にすわり、膝に雑誌を広げていた。だが、開いているページを読むでもなく、窓の外をみつめている。

「手はどう?」

マリーはこちらに顔を向けることさえしなかったが、わたしには彼女が手の指をのばしてから膝におくのが見えた。

「たいしたことはないわ。もっとひどく痛めたこともあったし」

無表情な顔からは、〝もっとひどく痛めたこと〟について尋ねても、返事が返ってくるとは思えなかったので、無難な話題から話を始めることにする。部屋のなかを見まわした。彼女の部屋は、かつては奥方付きの小間使いが使っていたらしく、隣のリリアンの部屋とはドア一枚でつながっている。狭い部屋だが、明るい花模様の壁紙と、黄色と緑色の大きな織物のラグとで、きれいで、はなやかな雰囲気だ。

「きれいなお部屋だけど、もっと広い客室に替えてもらえるんじゃないかしら」

マリーはやっとわたしの顔を見た。「最初にそういわれたけど、あたしはリリアンの近くにいたかったから。それに、狭いお部屋のほうが気持が安らぐわ。家庭的な感じがして」

「すわってもいい？」

マリーがうなずいたので、きちんとととのえてあるシングルベッドに腰かけた。

「おうちはどこなの？」

「いまは、ここ」マリーは膝の雑誌に目を落とし、のろのろとページを閉じて、光沢のある表紙をなでた。

静かに見守っていたわたしは、ずばり、突っこむことにした。「どうして？」

マリーは目をあげたが、わたしにではなく窓の外に視線を向けた。「あたし……もう、パパの家に帰れないから」くちびるに微笑らしきものが浮かぶ。「でも、リリアンとヒューズ卿はあたしを歓迎してくれた」

直截な答をもらうには、訊きかたを変えたほうがよさそうだ。「ポピーとは前からの知り合いなの？」

マリーはわずかに目を細くせばめて、わたしを一瞥《いちべつ》した。「ついこのあいだ知り合ったばかりよ。彼女とあの兄さんはよくここに来てるみたいだけど」

「ポピーはいま、彼女の部屋にいるのかしら？」

マリーはうなずいただけで、なにもいわない。

「とても動転してたわね」

「アリステアはろくでなしよ」

あの偽幽霊騒動のあと、アリステアが後悔しているようすを見せたとはいえ、マリーの言を否定する気にはなれない。

「あなたたちは真剣なの？」

マリーの顎がこわばった。「それ、どういう意味かわからないわ」

ここはきちんというべきだろう。「マリー、あなたとポピーを図書室で見たのよ」

マリーはぱっと顔を赤らめたが、挑むようにわたしをにらんだ。

「わたしはよかったと思っているのよ、マリー。あなたが……気の合う相手をみつけられて」

マリーの肩から力が抜けた。「ありがとう」ささやくようにいう。

「あなたがおうちに帰れないのは、それが理由なの？」

マリーはうなずいた。スカートの膝のあたりをもじもじといじくっている。「パパは……いえ、パパとママは宣教師なの」また視線を窓に向ける。彼女の口からことばがとびだしてくる。

「あたしが女友だちといるところを両親にみつかって。両親はあたしを家から追い出して、このイギリスの全寮制の学校に放りこむことに決めた」

「いま、どこにいらっしゃるの？」

「インド」

「学費やなんかはどうなさったのかしら」

マリーは頭を振った。「あたしは奨学生なの。宣教師の娘だということで」やはり、わたしを見ない。「連絡はよこすな、二度と会わないと両親にいわれた」

わたしは黙っていた。マリーはほんとうに家なき子なのだ。たとえアメリカに帰りたくても、もうそこに両親はいない。

「リリアンは知っているの?」

マリーはちょっとくびをかしげた。「あたしの両親のことは知ってる。それに……あたしの資質も」眉間にしわが寄る。「彼女はあたしとはちがう。長いこと、彼女に片恋をしてるけど、彼女とはどうにもならないとわかってる」

わたしを安心させたいというかのように、マリーはことばを継いだ。「でも、リリアンがあたしとポピーのことを知っているかどうか、あたしにはわからない。リリアンや彼女のおとうさまには知られたくない。ふたりの意に染まなかったら、出ていけといわれるでしょうね」

マリーに出会ってから初めて、飾り気のない素顔が見えた。マリーはこれまで、時と場合に応じて、何枚もの仮面をかぶらざるをえなかった。その仮面の下の素顔を見た者はいたのだろうか。

胸が痛む。マリーは〝うち〟といえる場所から追い出されることに、心底、怯えている。彼女のために、ポピーが思慮ぶかく行動してくれることを願いたい。ポピーがこの館《やかた》のなかでうっかりと愚かな言動をすれば、マリーはまた罰を受ける恐れがあるのだ。だが、リリアンはマリーの資質を知っているのに、それを気にしていないというのは、ほぼ確かだ。ヒューズ卿の気持はわからないが、卿の寛大な精神を思えば、マリーをすぐさま館から放りだすようなことはしないと思いたい。特に、リリアンがマリーを援護してあげれば。

「リリアンもヒューズ卿もあなたを追い出すようなことはしないと思う。それに、あなたたちの秘密はわたしも胸におさめておく」そういってから、ふと思い直し、眉をひそめて先をつづける。「少なくとも、ポピーが秘密を守るかぎりは」

目と目を見交わす。マリーも同じ危惧を抱いているのはまちがいない。なんといっても、ポピーは軽率だし、賢いとはいえない——正直なところ、信用という点では、彼女への評価は低いのだ。

「あなたはポピーを真剣に想っているの？」しつこいようだが、わたしはまた訊いた。マリーがポピーのために暴力的攻撃を辞さなかったのだから、きっとそうだろうと思えたのだ。もちろん、過去にも、マリーが自分自身を守るために、嫌でもなんらかの手段を講じてきた可能性はある。あのみごとなこぶしの一撃は、訓練を積んだものに見えた。わたしはくびをかしげ、目の前の若い女性に新しい光をあててみつめなおした。

マリーはわたしをちらっと見て肩をすくめた。そのしぐさと、童顔がこわばっていることから、この話題はここで打ち切りなのだと察しがついた。残念だがしかたがない——別の角度から切り込んでみよう。

「マリー、サイモンがなぜ殺されたか、その理由がわかる？」

マリーは考えこんだ。「そのことなら、あたしもずっと考えてた。リリアンに関係があるんじゃないかと思うんだけど、ちがう？」

ありそうもないように思えるが、マリーの推測に一理あるのは確かだ。ありそうもないとみなしていた、わたしたちのほうが誤っていたのでは？

「その点は、あたしだけではなく、ヒューズ卿にとっても問題だと思う。あたしは自分がなにもしていないのを知ってるけど」

マリーの真剣な顔をじっと見守っていたが、その表情の下に隠されているかもしれない本音を、読みとることはできなかった。

「でも、ヒューズ卿があんなことをしたとは思えない。だって、冷静でまっすぐなかただもの」マリーの褐色の目に熱意がこもった。おざなりの好意を超えた感情の表われだろう。

ヒューズ卿の人物評価となると、わたしを含めて、関係者の誰もがマリーと同じ意見を口にするだろう。なので、わたしたち全員がヒューズ卿のほんとうの姿を見ていないのだろうかと、あえて疑ってみる。そう、サイモンはなにかをみつけたのだ。

わたしは過去にいろいろなひとたちの本性を見誤まり、痛い目にあってきた。その体験から、あらゆる人を疑うようになっている。本意ではなくても。ヒューズ卿の評価については、頭のなかにメモしておいて、あとでゆっくり検討してみなければ。

「それなら、ヒューズ卿のことでなにか聞いたことはない？　戦時中のこととか」

マリーはくびを横に振ったが、頑なな表情に変化はない。わたしは胸の内でため息をついた。マリーはヒューズ卿に純粋な忠誠心を抱いており、たとえなにか知っていても、誰にもそれをいう気はないようだ。むりやり聞き出すことなど、不可能に思える。いまのところ、マリーはほんのちょっと、わたしに心を開いてくれているようだが、彼女は秘密を守ることには長けているのだ。

わたしは立ちあがった。マリーが自由にもの思いにふけられるように、ひとりにしてあげるつもりだ。

マリーがきびしい視線を投げてよこした。

「あなたはこの事件を調べているのよね、そうでしょ？　リリアンとヒューズ卿が危ない目にあわないように、守ってくれる？」

ヒューズ卿とリリアンが身体的な危害をこうむるかもしれないというのは、わたし自身、胸に秘めている懸念だ。検証する必要のない推測と思い決めて、胸の奥底にしまいこんでおいた。それを思い出して、愕然とした。

「全力を尽くすわ」わたしはマリーにそういった。

どうやら、誰もがわたしに、答をみつけてヒューズ卿と娘を守ることを希望しているようだ。わたしへの期待が見当ちがいではないといいのだが。

そう、殺人犯を見逃してはならない。

34

レドヴァースがもどってきたら話したいことを、頭のなかでリストにしてみた。認めるのはしゃくだが、まだ一日しかたっていないのに、彼がいないのが寂しい。彼と意見のやりとりをするのは、心地いいのだ。それに……そう、彼と時間を共有できるのが楽しい。

ついため息が出たが、気持を切り替えて、新たに取得した情報に思考を集中しよう。レドヴァースのことを考えるのはあとまわしだ。

グレイスン警部によると、ハモンド大佐は見かけどおりの人物ではないらしい。この情報にはひどく落ちこんでしまった。以前、自分には本能的にひとの本質を見抜く目があると自負していたのだが、エジプトでの失敗につづき、今回はこれだ。自信がなくなってきた。自分で思っているほど、そんな能力はないのでは。とはいえ、わたしの直感は、ハモンド大佐はちゃんとした人間だと告げている――親切で、おだやかな人物だと。だが、それは表の顔で、裏にはもっと悪辣《あくらつ》な顔が隠れているのだろうか。ここで起こっている事件に大佐が関与している可能性など、一度も考えたことはなかった。彼がモスの燃料供給管を切断しているところなど、想像すらできない――あの事件を発見したときの大佐の愕然としたようすは、嘘や作りごとではなかった。しかし、先ほどの奇妙な行動が頭をかすめた。大佐はなにかを隠しているという疑念を、どうしてもぬぐいきれない。

飛行訓練を再開するのは、わたしにとって安全かどうか、よく考えてみた。機体に危険な細工をすれば、大佐自身もまた身の安全を脅かされることになる。自分だけ安全を確保できるように細工をするなど、とうてい無理な話ではないだろうか。とすれば、飛行訓練をつづけても害はないのでは。それに、わたしが訓練を受けなければ、そのこと自体が、大佐を疑っているという証《あかし》になってしまいかねない。

心の奥底ではわかっている――空を飛びたいというわたし自身の欲望を、正当化しようとしているだけなのだ、と。

またため息をつき、思考の対象をアリステアに切り替えた。彼は未熟で幼稚な若者だが、それは別に、新たに得た情報とはいえない。どれぐらい前から〝幽霊〟騒ぎをでっちあげる準備をしていたのか、そして、誰にも気づかれなかったのか、それを訊いてみるべきだった。天井のフックは昨夜まではなかったと思われる。先だっての夜に、頭の軽いポピーが得意げに〝幽霊〟のことをいいだしたので、アリステアは妹に対し、あんな悪ふざけを仕掛けようと思いついたのだろう。かわいそうに、ポピーは錯乱しそうなほど怯えきっていた。癒えない心の傷になっていなければいいが。

そうかと思うと、ヒューズ卿に諭されて、アリステアはちゃんとしたふるまいをした。心底、悪ふざけを悔いているようすだった。もちろん、妹を脅したことを悔いていたのか、マリーにパンチをくらった現場を見られたことを悔しく思っていたのか、それはわからない。

マリーとは少し突っこんだ話ができたとはいえ、それでもあの子は不可解だ。確かに、彼女の過去をちょっとだけ聞かせてもらったが、だからといって、その話は、彼女に対する疑惑を消し去るよすがにはならなかった。人を殴るというあの行為と同じく、彼女に対する疑惑を深めただけだった。マリーがもっと激しい暴力性を発揮する可能性はあるのだ。こぶしで殴るという行為は、人を殺すという究極の暴力とはいえないが、それでも、気にかかる。

あれこれ考えるのに疲れ、夕食の前にお風呂にはいることにした。ゆっくりと湯に浸かってから浴室を出て、階下に降りていく仕度をすませる。肩先をおおうだけの短い袖《キャップスリーヴ》のニットドレスを着て、上にクリーム色のカーディガンをはおる。館《やかた》のなかは少しばかり寒い。わたしが温かい湯に浸かってぼんやりしていたあいだに、外の気温は何度か下がったにちがいない。

まだ少し時間が早いが、階下に降りていくことにする。夕食前のカクテルタイムにみんなが集まるまで、一時間かそこいらはある。わたしはもう少しひとりで考える時間がほしかった。Tストラップの靴の低い踵《かかと》の音が廊下に響く。居間に近づくと、なかから話し声が聞こえてきたので、思わずしのび足になってしまった。ドアの前で立ちどまる。まだひとと話す気分にはなっていない。なので、居間には入らず、静かな図書室に行くことにした。

図書室にはヒューズ卿の幅広い分野の蔵書が並んでいる。それを眺めているだけでも楽しい。チャールズ・ディケンズからドロシー・L・セイヤーズまで小説類がそろっているかと思うと、『家畜の飼育・管理』という本もある。

背後では物音ひとつしなかったが、松の香りとさわやかな石鹼のにおいに気づいた。

「一日しか留守にしなかったのに。いきなり館になにかが取り憑いたようだね」レドヴァースの低い声が胸にしみとおる。彼が帰ってきたことにほっと安堵の吐息をつく自分がいる。わたしは棚の本を眺めるのをやめたが、ふりかえったりはしなかった。

「一日以上だったでしょ」じっさいは一日と数時間というところなのだが、そこは正確にしたい。

「時間を計っていたのかい？」

微笑を含んだ声に、わたしはとうとうふりかえった。

レドヴァースは館にいたときに着ていた、田舎に似合うツイードの服ではなく、黒っぽいスーツ姿だが、それがまたぴたりと決まっていた。すっきりしたハンサムな姿だといえる。

しかしわたしは、彼の質問を無視した。「アリステアの悪ふざけのこと、聞いたのね」

「数分前に、ヒューズ卿から」

居間から聞こえていたのは、そのふたりの声だったのだ。

「ヒューズ卿はマリーが彼にパンチをくらわせたことも話した？」

レドヴァースはうなずき、手まねですわるように勧めた。

「なかなかいいパンチだったのよ」マリーの生いたちのことは少し聞いたが、それは女同士の話として胸に秘めておくつもりだ。たとえ相手がレドヴァースであっても、彼の反応が読めない以上、打ち明けるのはためらわれる。レドヴァースがマリーの資質をヒューズ卿に話すべきだと決めれば、マリーはまた住みかから追い出されてしまうかもしれない。そんなことにはなってほしくない。レドヴァースは進歩的な考えの持ち主だが、どの程度まで寛容なのか、わたしにはわからない。

「わたしたちが思っているより、あの子は暴力的なタイプなのかもしれないね」

わたしはうなずいた。「自分を守らなきゃならなかった過去があるのかもしれない。自制心を働かせることはできそうに見えるけどね。彼女にあんな面があるなんて思いもしなかったけど、現実にこの目で見てしまったから」

わたしたちはしばらく黙りこんでいた。やがて、わたしはレドヴァースが館を留守にした理由を思い出し、そちらに頭を切り替えた。

「ジェームズ・ヒューズのこと、なにかわかった？」

レドヴァースはうなずいた。「ああ。ここでの出来事に、彼が関与している可能性はなさそうだ。長時間、酒を断ち、ここまでやってきて、よからぬ企みを遂行できるとは、とうてい考えられないんだ」

「それほどひどいの？」

「それほどひどい。彼が滞在しているクラブでは、毎晩、彼を抱えて部屋まで運んでいるという。それに、彼はめったにクラブから出ない」

「ヒューズ卿は弟の現状をごぞんじだと思う？」

実の弟が深刻な問題を抱えていると知っていながら、ヒューズ卿が助けの手をさしのべようとしないなんて、わたしには考えられない。

「それはわからない。だが、いずれ訊いてみるつもりだ」

「ほかになにかわかったことは？」

「ある。そしてそれは、残念ながら、ヒューズ卿に明るい光をあてることにはならない」

「どういうこと？」

「戦争で不当な利益を得たことがわかったんだ」

35

わたしは息をのんだ。「戦争で不当な利益を得た？　ヒューズ卿が？　確かなの？」

レドヴァースはうなずいた。「わたしの情報源は信用できる。彼は戦時中、敵国側の企業に投資して莫大な利益を得た」

質実で合理的な人間と、不幸と死から大金を得た人間とが、同一人物だとはどうにも納得がいかない。あの戦争では、大勢の男たちが負傷して復員するか、あるいは帰ってこなかった――わたしの夫の場合、その死は、わたしにとって天からもたらされた幸運だったとはいえ。だが、大小の差こそあれ、みんなが負の影響を受けたと思う。しかしレドヴァースは、ヒューズ卿にわざと悪意のある光をあて、誇張した人間像を浮かびあがらせたりするひとではない。わたしの知っているヒューズ卿と、レドヴァースから得た情報とは、どうしても重ならない。どこをどう見ても、ヒューズ卿は温厚で、ものわかった人間だ。その彼が敵国側の企業に投資していた？

「きみはどう思う？」

「そんな話、ヒューズ卿らしくないと思う。その情報をどうするつもりなの？」

「本人にぶつけるよ。なんらかの合理的な説明が聞けるかもしれない」

「その投資って、合法的な手段だったの？」

レドヴァースは苦い笑みを浮かべた。「ああ。だが、かろうじて、というところだ」

「なぜ、もっと前に話さなかったのかしら。投資のことを」

「決して彼のためになる情報ではないから、グレイスン警部には隠しておきたかったんだろう。卿としては、正直に打ち明けるわけにはいかなかった。なんといっても、脅迫にはもってこいの種になる情報だからね」

それならば、戦時中のヒューズ卿の動向を知っている者を捜すべきではないだろうか。彼を殺したいほど憎んでいる者が大勢いるかもしれない——この館《やかた》に雇用されている復員兵たちも含めて。とすれば、始めからヒューズ卿が標的だったのではないかという疑いが、いっそう強くなる。犯人の企てどおりにいかなかっただけだと考えられる。

だが、そのために、ヒューズ卿はいよいよ投資の件を口にしづらくなったのではあるまいか。グレイスン警部が訪ねてきたときのことを思い出す。あのとき警部は、わたしにハモンド大佐のことを警告した。それで、レドヴァースに大佐について訊こうとしたとき、邪魔が入った。

「やあ、ここにいたんですね」

レドヴァースとわたしが同時にふりかえると、ドア口にハモンド大佐が立っていた。

「叔母さまがあなたに来てほしいといっていますよ、ジェーン」

わたしは立ちあがった。質問はおあずけだ。

大佐は前に歩を進め、レドヴァースと握手を交わした。「どうも。お帰りになられてうれしいですよ」

メカニカルな専門技術や、複葉機をどう修理するかという作業計画に関して話を始めたふたりを残して、わたしを必要としているミリー叔母に会おうと図書室を出た。

居間に行き、なかを見まわす。火が焚《た》かれていない暖炉のそばの椅子にリリアンがすわっているが、なんだかそわそわしているようだ。そのリリアンの向かいの椅子にマリーがすわり、漫然と映画雑誌の『フォトプレイ』を眺めている。その肩越しに、ポピーが煙草を吸いながら雑誌をのぞきこんでいる。アリステアはこの三人から離れたソファにすわり、天井に煙草の煙の輪をぷかぷかと吹きだしている。四人ともいちおうおだやかに見える。ミリー叔母とヒューズ卿は窓ぎわに席を占め、静かな声で会話を交わしている。わたしはそちらに向かった。

「わたしを捜してらしたんですって？」

叔母は射抜くようにわたしを見た。「あんたがどこにいるのか知りたかっただけだよ。それに、ミスター・レドヴァースが帰っておいでだ。少なくとも、あんたが追い払ったわけじゃないんだね」

わたしの背後からレドヴァースの陽気な声が聞こえた。「ええ、彼女に追い払われたわけじゃありませんよ」

わたしはぎゅっと目を閉じてから、また開き、叔母もレドヴァースもなにもいわなかったというふりをすることにした。

「格別な用がないのなら、お酒をいただくことにするわ」

叔母がぞんざいに手を振ったので、わたしもレドヴァースもバーワゴンに向かい、各自の好みの飲み物をこしらえた。飲みたい誘惑に駆られたものの、わたしは自分のグラスには酒をほんの少量しか入れなかった――まだまだ解決されていない謎がいくつもあるので、神経をクリアにしておく必要がある。

遅まきながら、レドヴァースとのあいだに、気づまりな感情がわだかまっていることを思い出した。すっかり忘れていたが、わたしたちは別々の道を歩いているのだ。だのに、わたしはレドヴァースに取り残されるのを恐れている。それも、わたし自身のせいだ。ミリー叔母のいったことは、当たらずといえども遠からず。だが、レドヴァースがロンドンに行ったのは調査のためであって、ほかに理由があったわけではあるまい。

ヒューズ卿が立ちあがって、バーワゴンのそばにやってきた。

「誰か飲み物がほしい者は?」ヒューズ卿はみんなに呼びかけた。

「ぼくに一杯、お願いできますか、伯父さん?」アリステアが声をはりあげた。

ヒューズ卿は甥に笑顔を向けた。「もちろん、いいとも。いつものだね?」

アリステアはうなずいた。

領主屋敷《マナーハウス》の主《あるじ》が、召使いよろしく、みずから客に飲み物を供するというのは、なかなかないことなのではと思ったが、ヒューズ卿は、わたしが想像している〝貴族〟とはちがい、もっと気さくな人柄なのだろう。卿はアリステアにグラスを渡し、ミリー叔母のそばの席にもどった。叔母が酒のお代わりをしなかったことに、わたしは少なからず驚いた。

　バーワゴンのそばにいたレドヴァースとわたしのところに、ハモンド大佐がやってきた。大佐はグラスにスコッチウィスキーをついだが、水やソーダで割ったりはしなかった。グレイスン警部がいったこととはいえ、大佐の経歴に関する情報は、やはり、とうてい信じられない。大佐は目をあげてわたしが彼を見ているのに気づくと、にっこり笑った。屈託のない、親しみのこもった笑みだった。

　わたしも微笑を返した。「ロンドンはいかがでしたか、クリス？」

「けっこうでした！　複葉機を飛ばすのに必要な部品は、なんとか調達できました。あなたがふたたび空に飛びたつまで、それほど待たずにすみますよ」

　わたしはうなずいたが、意識の端っこを不安と懸念が侵食している。レドヴァースが断りをいってその場を離れ、ヒューズ卿とミリー叔母のほうに行った。残されたわたしは大佐と話をつづけた。

「あちらでのご用はすべて終わったんですか？」ロンドンに行ったのは、部品の調達だけではないと、大佐がうっかり口をすべらせないか、鎌をかけてみたのだ。

「すべて終了しました」大佐は満面に笑みを浮かべた。「ちょっと失礼して、あなたの叔母さまと話をしてきてもかまいませんか」

　大佐の視線の先に目をやると、レドヴァースとヒューズ卿が話しこんでいるかたわらで、ミリー叔母が退屈そうな顔をしていた。男たちの会話はつまらないらしい。

わたしはどうぞとばかりに大佐にうなずいたが、内心では大佐の申し出に驚いていた。大佐と叔母は決して親しい間柄とはいえないし、叔母は、わたしが飛行訓練をすることについて、ことあるごとに大佐に辛辣《しんらつ》なことばをあびせているぐらいだ。その叔母と進んで話をしたいとは、大佐にはなにか目的があるのだろうか。あるいは、わたしにあれこれ訊かれるのを避けたいのか。

探りを入れられたくないのかもしれない。

マーサに夕食の支度がととのいましたと告げられ、わたしたちはぞろぞろと食堂に移動した。しんがりはリリアンとマリー、そしてアリステアだ。レドヴァースはわたしの椅子を引いてくれた。わたしは小声で礼をいって、叔母がきらりと目を光らせたのを無視した。

マーサがわたしを気遣った。「ご気分はいかがですかね、ジェーン?」

わたしはほほえんだ。「とてもいいわ。ありがとう、マーサ」

マーサは疑わしげな顔で、魔除けのまじないに、木のダイニングテーブルを三度、こつこつとたたいてから、せかせかと去っていった。数日前のことだというのに、わたしが何者かに小川に突きとばされて以降、なにかというと、彼女はわたしを気遣ってくれる。その気持がうれしい。

そういえば、あの小川の件も、ほかのいろいろな件と同様に、まだ謎は解けていない。

ヒューズ卿がすっと身をのりだした。「気分が悪かったのかね?」

「いえ、そのう……風邪のひきはじめだと思ったんですけど、いまはなんともありません。ご親切にありがとうございます」

夕食の席で、自分の失態を披露したくはない。それに、あの件が起こったあと、ヒューズ卿はレドヴァースから話を聞いているはずだ。だが、そうではなかったのかと、にわかに疑心が起こり、わたしはヒューズ卿に向けてくびをかしげた。

「それはなによりだ。どうも……」

ヒューズ卿の話が中断したのは、顔面蒼白で汗びっしょりになったアリステアが、身をふたつに折って苦しみだしたからだ。いまにもスープのボウルに顔を突っこみそうだ。

「喉が詰まったの?」リリアンがアリステアの背中をたたいたが、アリステアは激しく頭を横に振った。

「ち、ちがう……胃が……」アリステアは嘔吐を堪《こら》え、両手で胃を押さえて食堂からとびだしていった。わたしたちは仰天し、たがいに顔を見合わせた。

ミリー叔母が静かにスプーンをおろした。「お医者さまを呼んだほうがいいですね」そういって立ちあがり、電話室に向かった。ヒューズ卿はアリステアのあとを追った。リリアンもヒューズ卿についていこうとして席を立ったが、レドヴァースに止められた。

「みなさん、ここを動かないで。きみもだよ、リリアン。ここはヒューズ卿にお任せすべきだ」

わたしはレドヴァースの顔を見たが、その顔は無表情で、なにも読みとれない。

「食べ物のせいかしら?」マリーの声が静寂を破った。わたしたちは全員、ボウルのなかで湯気をたてている野菜スープを見おろした。いいにおいがしていて、口のなかに唾が湧いてくる。

「いや、彼はまだスープに手をつけていなかった」レドヴァースはアリステアのスープボウルを示した。確かに、まだ手がつけられていない。

わたしはスプーンを取りあげ、スープを口に運んだ。けっきょく、ほかの者もそうした。

そのあとは、陰気な雰囲気のなかで食事が進んだ。わたしたちはそそくさと食事を終えて居間にもどり、アリステアのぐあいがどうなのか、知らせがくるのを待った。アリステアのぐあいが悪くなったために、マーサが腕をふるった、せっかくのおいしい料理に不吉な影がさしたことに胸が痛む。マーサにはなんの落ち度もないのに。

ほかのひとたちは暖炉のまわりに集まったが、レドヴァースとわたしはバーワゴンのそばにいた。

「どう思う?」わたしは訊いた。「急にインフルエンザの症状が出たとか?」

「いや」レドヴァースは考えこんでいる。「ああなる前、彼は元気そのものだった。まだ食事に手をつけていなかったのだから、料理のせいではありえない。わたしたちはなんともないのだし」

レドヴァースもわたしもバーワゴンをみつめた。

「彼はなにを飲んでいた?」

レドヴァースは茶色の液体が入ったデキャンタを取りあげ、目の高さに持ちあげてから、そっとデキャンタを揺らした。

「ひとつはこれだな」そういってデキャンタをおろし、ワゴンのボトルを見まわしてから二本のボトルを選んで、デキャンタの横に並べた。「警察のために、この三種類はわきによけておこう。いいね?」

わたしはしかめっつらをした。「そのどれかに毒が入っている――本気でそう思ってるの?」

「案じるより、安全を確認するほうがいい」

36

医者が来て、アリステアを診察してから、ヒューズ卿に、アリステアの症状は砒素《ひそ》中毒と思われると、抑えた声でいった。そして、致死量ではなかったが、毒が体から抜けてしまうまで、一両日は不快な症状が残るだろう、しかし、毒の大半はすでに吐かせたので完全に回復する、と請け合ったという。ヒューズ卿はレドヴァースとわたしに、その情報を伝えてから、ほかの人々にもアリステアは一両日中に回復するといった。

「少量でもあんなにぐあいが悪くなるなんて、興味ぶかいわね」わたしはああいう激しい――そして早い――反応が起こるのは、もっと多量に摂取した場合ではないかと思った。

「ただし、彼はなにも食べていなかった」

「あ、なるほど」

「飲み物に入れられていたのなら、どうやって入れたのだろう?」

レドヴァースとわたしは顔を見合わせ、さりげなくバーワゴンを調べた。いつもと同じ品揃えで、不審なものはなにもない。それから、次は食堂に移動する前にアリステアがすわっていた、ふたりがけのソファを調べる。やはり不審物はなにもなかった。わたしは床に膝をつき、ソファの下を調べた。

「ジェーン！」窓ぎわの椅子にすわっているミリー叔母から声がかかった。「いったいなにをしているんだい？」

わたしは叔母を無視して、レドヴァースにいった。「ここに折りたたんだ紙が落ちてるわ」

レドヴァースは急いでわたしのそばに来ると、床に膝をついてソファの下をのぞきこんだ。

「このままにしておこう。グレイスン警部が押収するだろう」

レドヴァースの手を借りて立ちあがったわたしは、リリアンとマリーがあっけにとられた顔で、こっちをみつめているのに気づいた。わたしは肩をすくめ、ふたりとミリー叔母、それにハモンド大佐をせきたてて図書室に向かい、警察の到着を待つことにした。

記録的な速さでグレイスン警部がやってきた。背後にぴたりと若い刑事がついている。レドヴァースとわたしは、アリステアのグラスを確保し、彼のカクテルに使われたとおぼしい種々のボトルを抜きだしておいた。グラスは、マーサが洗ってしまわないうちに、レドヴァースが厨房《ちゆうぼう》から無事に持ち出すことができたのだ。グラスのなかは空っぽだったが、レドヴァースは砒素の痕跡が残っているのではないかと期待している。

わたしはソファの下の紙きれを指さして、グレイスン警部に教えた。

「ありがとう、ジェーン」警部の目尻に笑いじわが寄った。昨日、夕食の誘いを断ったのに、警部の声にはあたたかい響きがこもっている。断られたことを気にしていないようすに、ほっとする――そして、いつもなら事件にくびを突っこむなと釘をさされるところなのに、今日はなにもいわれないのもありがたかった。

図書室に入ると、緊張した空気が張りつめていた。今夜は軽口のやりとりも、音楽も、ゲームもなしだ。全員がもの思いに沈みこんでいる。図書室にもバーワゴンが置いてあるが、誰も手をつけていない。ミリー叔母でさえも。たぶん今夜じゅうに、館内の酒のボトルはすべて新しいものと交換されるだろう。

マリーに目を留める。アリステアが中毒症状を起こしたとき、マリーは驚いていただろうか？　いまだに彼女がアリステアに復讐心を燃やしているとは思えないが、わたしはさりげなく彼女の顔を観察した。

マリーはリリアンをみつめている。マリーの顔には懸念しかない。それも当然だろう――アリステアは完璧に回復すると朗報が告げられたときも、リリアンの顔に血の気はもどらなかった。部屋の反対側から見ていても、はっきりわかったぐらいだ。わたしはすわっているリリアンに近づき、その前にしゃがみこんだ。すばやくマリーと視線を交わす。

「彼はだいじょうぶよ、リリアン。量が少なかったから。すぐに元気になるわ」

リリアンは頭を振った。「それはわかってる。安心したわ。でも……」彼女の目は、不安でいっぱいだ。「……わたしが好意をもってるひとが次々に殺されるってこと？　殺されるかもしれないってこと？」

その答はもちあわせていない。わたしはリリアンの手を軽くたたいてから立ちあがった。

リリアンはするどい目でマリーを見た。「あなたもわたしから離れていたほうがいいわよ」

「そんな、リリアン……」マリーは片手をさしのべたが、リリアンはその手を避けた。うるんだ目を窓に向け、胸の前で腕をきつく組んだ。

「リリアン、そんないいかたってないでしょ。あたしもあなたを愛してる。けど、そんな心配はしてないわよ」そういいながら、ポピーは立ちあがってふたりがけのソファにすわっているリリアンとマリーのあいだにわりこみ、ふたりの肩を抱いた。

窮屈《きゅうくつ》そうだが、わりこんできた彼女を無視することはできない。しばらくすると、リリアンは組んだ腕をほどき、ポピーのほうに少し体を寄せた。ポピーの隣にいるマリーは静かにすわっていたが、リリアンと同じようにポピーに体を寄せた。

やがて、ミリー叔母がこほんと咳ばらいした。「今夜はこれでおひらきにしようかね」

ドアロから、グレイスン警部の声が聞こえた。「それはいい提案ですね」澄んだ灰色の目で一同を見まわす。「今夜はひと晩じゅう、ジョーンズ刑事が警備にあたりますし、わたしも明朝にはまたこちらにうかがいます」そして、かたわらに立っているレドヴァースにこういった。「援軍を引きつれてきますよ」

翌朝の空は明るく晴れわたっていた。飛行訓練にはもってこいの日和《ひより》だ。窓から空を眺めながら、わたしは不満の吐息をついた。ハモンド大佐がモスを修理して、もう操縦できるように整備してくれたのかどうかわからなかったが、とりあえず納屋に行って、確かめることにした。念のために、革の飛行帽とゴーグルも持っていこう。

廊下でばったりヒューズ卿と出会った。

「アリステアのぐあいはいかがですか？」

「ありがとう、ずいぶんよくなったよ。完全に回復すると、医師が請け合ってくれた」

「よかった」ちょっと間をおく。「あのう、お医者さまは毒だと確信なさっていたようですね。また警察が館《やかた》のなかを捜索するんでしょうか？」

ヒューズ卿はこわばった笑みを浮かべた。「そのとおり。もう始めているよ」

警官の姿はひとりも見ていないが、だからといって、彼らがそこいらにいないとはいえない。ヒューズ卿は心ここにあらずといったようすで、わたしの腕を軽くたたいてから去った。人間たちのドラマに巻きこまれていますといわんばかりに、忠実なラスカルは主人のあとを追った。医者が請け合ったにもかかわらず、ヒューズ卿はアリステアのことを心配している——卿の腫《は》れた目が眠れぬ夜をすごしたことを語っていた。

わたしは外に出た。納屋に行く途中で、レドヴァースが追いついてきた。

「こっちに来ればきみがみつかると思った」レドヴァースは足どりをゆるめ、わたしの歩みに合わせた。

「有罪だと認めます。モスの修理がどれぐらい進んでいるか、ぜひ見たいと思って」

レドヴァースはわたしが手に持っている飛行帽とゴーグルを見て、片方の眉をつりあげた。

「修理の進展ぐあい、をね？」

わたしは苦笑した。「ご慧眼《けいがん》。そう、ハモンド大佐が奇跡を起こして、モスが飛びたてる準備をととのえてくれたんじゃないかと期待してるの」

そうだ、グレイスン警部に聞いた大佐の経歴のことや、警部の証拠不充分な疑惑のことを、レドヴァースに話そうと思っていたのに忘れていた。せっかく思い出したが、もう納屋に着いてしまった。

納屋の扉は大きく開いていて、埃っぽい内部に陽光がさしこんでいる。ハモンド大佐がせっせと作業をしているのが見えた。大佐は油のしみのある飛行服姿だ。肩のあたりの布地がほかよりも黒っぽいのは、肩章を剝ぎとった跡だろう。胸にも、かつてはなにかが縫いつけられていたのを、あとで縫い目をほどいて取りさった跡がある。

「どうですか？」わたしは開いている扉を入ってすぐのところで足を止めた。大佐はレンチを手に、はしごを昇っている。

「上々ですよ。今日はすばらしい日和なのに、飛べないのは残念ですが、明日にはこいつを飛ばせてやれそうです」大佐は上体を曲げて操縦席のなかをのぞきこんだ。

「わたしたちになにかお手伝いできることはありません？」

〝わたしたち〟ということばに反応して、レドヴァースは両方の眉をつりあげてわたしを見た。わたしは肩をすくめて声を出さずにいった。「なあに？」

「いや、だいじょうぶ。ひとりでなんとかできます」レドヴァースではなく、大佐が答えた。操縦席の内部のどこかをいじっているらしく、声がくぐもっている。

手伝ってくれといわれるのを本気で期待していたわけではないが、決しておざなりの申し出ではなかった。手がまっ黒に汚れても、いっこうにかまわないと思っていたのだ。

グレイスン警部から聞いた情報を、なんとか裏づけしたかった。ハモンド大佐に戦時中のことを尋ねたい。戦闘についておおざっぱな質問をしたり、ほんとうに戦闘体験があるのかとまっこうから訊くよりも、戦時中のことをあれこれ聞き出すほうが、いちばん穏当なやりかたではないだろうか。

「どうして飛行機に興味をもつようになったんです？」

大佐のくぐもった声が聞こえた。「父親の影響です」

「おとうさまは事務弁護士《ソリシター》でしたよね」

「そうです。でも、父は航空機に関心がありましてね。じつをいえば、輸送手段全般に興味をもっているんですよ」大佐の頭がひょいと現われた。片手に、切断された燃料供給管の端をつかんでいる。サイモンが乗っていた車のブレーキケーブルのように、切り込みが入っているという状態ではない。きれいにすっぱり切断されている。大佐の手が黒く汚れているのは管に残っていた燃料のせいだ。

「安全なんですか？」大佐がぱっと燃えあがるのではないかと、不安になった。

大佐はにやりと笑った。「あなたがマッチを擦らないかぎり、安全ですよ」

「ところで、おとうさまのことなんですけど」わたしはモスの近くにある干し草の梱《こり》に腰をおろした。塵《ちり》や埃が舞いあがる。隣をたたいて、レドヴァースにすわるようにうながしたが、彼は断固としてくびを横に振った。わたしがなぜかと目で尋ねると、彼はくしゃみをするまねをした。

そのあいだに、大佐は作業にもどっていた。くぐもった声が聞こえる。「父は航空機の進歩に非常に興味をもっていましてね。それをわたしに吹きこんだんですよ。わたしがイギリス空軍に入ると、胸を躍らせてました」

「きっと誇らしく思ってらしたのね」

「そうです。戦時中に亡くなりましたが」

「まあ、ごめんなさい」ずっと以前に、わたしも母を亡くした。親を失うのはつらいことだ——特に、仲が良ければ良いほど。大佐は父親と仲がよかったようだし。軍役についたときのことをオープンに話してくれたではないか。「戦時中はどこの駐屯地にいらしたんです？　おとうさまのご葬儀には出席できたんですか？」

「ええ。運よく、近くにいたもので」

大佐は黙りこみ、操縦席内部の作業をつづけた。洩れた燃料をボロ布で拭きとって、それを下に放り投げた。父親のことはもうなにもいいたくないようだ。

なにか助けになるようなことをいってくれないかとレドヴァースを見たが、なにやら謎めいたまなざしが返ってきただけだった。なにをいいたいのか見当もつかない。大佐の父親が亡くなったことに、わたしが充分な弔意を示さなかったからだろうか？　よし、話題を変えよう。

「海外には何度もいらしたの？」

大佐の頭がまたひょこっと現われた。奇妙な目つきで、わたしを見た。「割り当て分はね」

これでは話が進まない。

レドヴァースが頭を外に向けて振り、外に出ようとうながした。わたしは肩をすくめた。

「またあとで来ますね、クリス」

大佐は空いているほうの手を振った。

納屋から出て、しばらく歩いてから、レドヴァースが訊いた。「あれ、どういうことだったんだい？」

わたしはため息をついた。「グレイスン警部から、ハモンド大佐は自称しているとおりの人間じゃないって聞いたの。軍役についたことはないって」ここでようやく、レドヴァースに警部から聞いた情報をすべて話すことができた。

レドヴァースは眉をひそめた。「電話で確認してみるつもりだが、ハモンド空軍大佐がどこに所属していたか、わたしには見当がつく。大佐の経歴はまちがいのないものだ」

「だったらなぜ、警部はあんなことを？」

「警部には当該ファイルを調べる権限がないんだろう」

「大佐は秘密諜報員だったってこと？」

レドヴァースはちょっと間《ま》をおいてから答えた。「正確にいえばそうではないだろうが、極秘任務を受けていたと思われる」

「だとすると、警部がファイルを調べることができなかったという説明がつくわけ？」

「そうだね。それに、軍部というところは、常に、情報を共有するのを良しとしないものだ」

レドヴァースを見ると、気まずい表情をしている。わたしは立ちどまって、正面から彼を見た。「わたしに話してくれていないことがあるんじゃないの？」

レドヴァースは両手を背後にまわして握りあわせ、片方の足もとを見てから、もう一方の足もとに視線を移した。見ているこちらが不安をかきたてられる動作だった。

「どうしたの？」

レドヴァースはわたしの右のほうのなにかをみつめている。

「わたしには婚約者がいた……彼女のお兄さんはハモンド空軍大佐と同じ部隊にいた。だから、大佐が軍役についていたのはまちがいないとわかっているんだ」

レドヴァースが説明を始めたとたん、早くもわたしは聞きとがめていた。「あなたの……なんですって？」

「婚約は解消した」レドヴァースはわたしの顔を見た。「きみが考えているようなことではないよ、ジェーン」

「あのう……そのう……」質問したいのに、ことばがまとまらない。わたしたちの話は、いきなり異なる意味合いをもってしまった。レドヴァースは誰かと恋愛関係にあったという話を、わたしに打ち明けるつもりなんだろうか。

わたしは急に気分が悪くなった。

レドヴァースに背を向け、館に向かって歩きだす。数秒たってから、レドヴァースが歩きだす足音が聞こえてきた。だが、いつもより歩みが遅い。わたしは早足になった。アメリカの軍艦ジェーン・ヴンダリー号は全速力で進み、館の裏口からなかに入ってドアを閉めるまで停船することはなかった。

孤独だ。

「ジェーン……」

「よかったわ！」わたしはできるだけ明るい口調でいった。「ハモンド大佐のことがわかってうれしいわ。これで飛行訓練をつづけられるから！」

立ちどまって散歩靴やコートをぬぐこともせず、まっすぐに自室に向かう。一度もふりむかなかったので、レドヴァースが追いついてきて、もう館のなかに入ったのかどうかはわからない——じっさいのところ、わたしは速度を落とすことなく全速力で自室まで行き、無事になかに入ると、ドアを閉めてロックしたのだ。

子どもっぽいふるまいをしているのは自分でもわかっているし、レドヴァースの話を最後までちゃんと聞くべきだというのもわかっている。エジプトで、彼はわたしのみじめな結婚生活の話を聞いてくれたではないか——簡略化した話だったけれども。それにしても、彼の解消したという婚約のことや、彼がまだ婚約者に未練をもっているのかどうかなど、そんなプライヴェートなことを訊ける友人など、わたしにはいない。

厩舎《きゅうしゃ》で不審者捜しの張り込みをしたとき、彼はわたしにキスした。

あれはわたしの口をふさぐのが目的だった？　それだけの理由？　そう思うと、ますます気分がささくれてくる。わたしにはレドヴァースにどうこうしてほしいと要求する権利はない。だのに、彼になにかを求めている。そうなのか？　わからない。だが、彼が婚約していた話など聞きたくないとばかりに、とっさに物理的な反応をしてしまったのは確かだ。

たとえ婚約が解消されたとはいえ、もとの婚約者に寄せる彼の気持を知るのが怖いのだ。かてて加えて、彼のわたしに対する気持がどうなのか――あるいはそんなものはないのか――を知るのは、もっと恐ろしい。

わたしはベッドの上でボールのように体を丸め、枕をぎゅっと抱きしめていた。

一時間ほど、わたしはくよくよと思い悩んでいたが、部屋に引きこもるなど、愚かなまねをするのはやめようと決めた。午後の時間を有効に使うべきだ。まだ、階下で誰かと顔を合わせる勇気はもてなくても、アリステアのぐあいを確かめて話をするぐらいならできそうだ。ドアをそっと開けて、あたりを見まわす。幸いに廊下には誰もいない。思い切って部屋を出る。アリステアの部屋の近くまで行くと、その部屋から、黒い服を着た背の高い陰気な男性が医療鞄を提げて出てきて、ドアをうしろ手に閉めた。

「彼、起きてます？　会ってもいいでしょうか？」

医者はちょっと考えてから、軽くうなずいた。「少しなら。ぐあいはよくなっていますが、まだ安静にしていないと」

足早に去っていく医者の背中に、静かにありがとうといってからドアを開けた。部屋いっぱいを占めているかのような、マホガニーの四本支柱の大きなベッドにはクッションがたくさん積みあげてある。アリステアはそのクッションの山にもたれていた。引き出しつきの小さなたんすの上には、蓋の開いたスーツケースが置いてある。ここに来てもう何日もたつのに、いまだに荷物を片づけていないとは。長く滞在するつもりはなかったのだろうか。

「ご気分はいかが、アリステア?」

ベッドのそばまで行く。アリステアの顔は青ざめ、肌に艶がない。細く開いた目は血走っている。

「だいぶよくなりました。毒はほとんど体から抜けたみたいです。よく眠れないんですけど、医者は安静にしろと」

そういって、アリステアはまた目を閉じた。

出ていってくれとほのめかしているのだろうかと思ったものの、そう簡単にこの機会を逃すつもりはなかった。「どんな毒だったか、教えてもらった?」

アリステアは前よりも大きく目を開けた。「砒素! 信じられない。ひどくぐあいが悪くなりましたがね、それが狙いだったのかも。致死量じゃなかったのが、幸いでしたよ!」

「そんなことをしそうなひとに、心あたりはある?」静かな部屋に合わせて、わたしも静かに訊いた。

「警官たちがむだ話をしているのが耳に入ったんですが、エドワード伯父さんを疑ってるみたいだった。でも、それも信じられない。まさか……」

この件で、警察がヒューズ卿を疑っていると知り、わたしは衝撃を受けた。わたしとしては、マリーをいちばんに疑っていたからだ。ことに、彼女とアリステアとのあいだの軋轢《あつれき》が明確になったあとでは。もちろん、警察はあの偽幽霊騒ぎのことは聞いていなかったのだろう。とはいえ、またひとり、気にかけるべき人物が浮上してきて、わたしは思わず顔をしかめた。

「伯父は昨夜、ぼくにビトウィーン・ザ・シーツをこしらえてくれた。だけどぼくに危害を加える気なんかなかったはずだ。ぼくは召使いの誰かがあやしいと思う」やつれた顔がゆがむ。「伯父がいったいどこからあの連中をみつけてきたのか、わかりやしない。そればかりか、ひとりなんか、肌の色が黒い、外国人ときている！」

わたしはアリステアの顔をつくづく眺めてしまった。ヒューズ卿はこの若者に、人種差別的見解を改めるよう、こんこんと説いてきかせたと思うのだが、そのお説教も彼の耳を素通りしてしまったのは確実だ。

「あのひとたちはみんな、あの大戦で戦ったのよ。ここにいるのは、復員したひとたちばかり。バーロウ軍曹も、この国のために犠牲をはらったわ」

「で、あいつらはなにを得たか。バーロウは故郷に帰ればよかったんだ」

アリステアの言がいかに愚劣か、そういってやる気もなかった。「でも、どうして、あなたに毒を盛ったのかしら？」

「嫉妬ですよ、当然」

眉が勝手につりあがるのを止めることができなかったので、わたしは窓に近づき、気持をおちつけた。わたしがなにをいおうと、この若者の思いこみをくつがえすことはできないだろう――ならば、ヒューズ卿に彼ともっとよく話をするよう、勧めるべきだろう。

「でなきゃ、あの子、マリーかもしれない。なんでリリアンがあの子をそばに置いているのか、神のみぞ知るってとこだな」

ふりかえってアリステアの顔を見たが、激怒している表情ではなかった。ポピーとマリーの関係を知っているのなら、激怒しても不思議はないのだが、そんな表情ではない。

話題を変えることにする。「ビトウィーン・ザ・シーツって初めて聞いたわ。どんなカクテルなの？」

「ラム、コニャック、トリプルセックに、レモンを少々。あ、トリプルセックというのは、オレンジ香味の甘いリキュールのこと。誰もが飲む、ごくありふれたカクテルですよ」

わたしはその〝誰も〟のなかには入らないし、それはじつにけっこうなことだ。頭を軽く振ってから、そのカクテルに使われた酒に留意した。そのうちのどれかに砒素が入れられたのだ――あのとき、あそこにいあわせた人々のうち、その三種類の酒のどれかを生《き》で、あるいはそれを使ったカクテルを飲んだ者はいなかった。砒素はじかにアリステアのグラスに入れられたのか、それとも、三種類の酒のボトルのどれかに入れられたのか、どっちだろう。なにに、いつ入れられたのか、それがわかれば、重要な決め手になる。そして、誰が入れたのか、その点も絞りこめる。

「どっちにしても、警察は伯父さんだけじゃなくて、ほかの者にも目をつけるべきですよ」

アリステアに視線をもどすと、彼はまた目を閉じていた。声には力がこもっていたが、体調はまだいいとはいえないようだ。休ませてやろう。いまのところは。

この若者にはもっと訊きたいことがあるが、それは後日にしよう。彼の差別的な反感に異議を唱えたり、警察になにをいったのかを正確に聞き出すのは、今日ではなく、あとにしよう。アリステアが自分よりも劣等だとみなしているからといって、その意見が重視されて、警察の目がこの館で働いている人々に集中するのは、決して望ましいことではない。それは、誰かを犯してもいない罪に落とすために、捜査の道筋を強引に安易な方向にもっていくことになりかねない。庭師のバーロウのように、すでに偏見にさらされている者にとっては、ぜひとも避けてほしい展開だ。

グレイスン警部が、得たりとばかりに、安易な方向に走ったりしない刑事であることを、切に祈りたい。

37

アリステアの部屋を出て、あれこれと考えながら廊下をゆっくりと歩いた。アリステアが毒を盛られた件では、ある仮説を思いついたが、それは控え目にいっても、尋常とはいえないものだった。はっきりいって、狂気の沙汰といえる。この仮説を誰かに話すにしても、その前に、じっくり考えてみなければ。

それに、いちばん話を聞いてほしい相手は、いまいちばん顔を合わせたくない相手でもある。まだ面と向かって話をする覚悟ができていない。彼から逃げてしまったことに、わたしは我ながら当惑していた。友人として、彼に説明する機会を与えるべきだったのに、そうしなかった。わたしが心を開かないと、レドヴァースにいわれたことがあったが、そのとおりだ。殻《から》にこもる——それがわたしだ。特に、彼に対しては。わたし自身にも、彼に対しても、それを認めるには、もう時間がたちすぎている。

だが、自分がどれほどレドヴァースに強い想いをもっているか、それを自覚したこともまた衝撃だった。自分の反応には少し驚いた——二度と男性にロマンチックな感情をもたないと決めていたのに、それは本心ではなかったと、いまは認めざるをえない。あの反射的な行動がなんらかの示唆だったとすれば、自分の感情を合理的に解釈することはできない。抑制していた感情が勝手に動きだし、わたしが周到に作りあげていた自制という硬い殻を突き破ってしまったのだ。

自分とまっこうから向かいあっていたときに、階段のてっぺんで、ちょうど階段を昇ってきた執事のショウに出くわした。

「どうなさいましたか、ミセス・ヴンダリー？　なにかお困りのことでもおありですか」

ショウは見透かすようにわたしをみつめた。彼がわたしの顔になにを見ているのか、わたしにはわからない。

「いえ、だいじょうぶよ、ミスター・ショウ。ちょっと、そのう……部屋に忘れものをしてしまって」

わたしはまわれ右をして自室に向かった。けっきょく、人と顔を突きあわせるだけの心構えがまだできていないのだ。数時間ほど、考えて考えて考えぬくのが最良のようだ。

自分でこしらえた繭《まゆ》から抜けだして、階下に降りていったときは、もう夕食前のカクテルタイムになっていた。ようやく気持も立ち直っていて、レドヴァースの個人的な立場がどうであれ、それは気にせずに、いい友人として彼の話を聞こうと思い決めていた。彼とは純粋な友人関係が築けるはずだ。

自分を騙《だま》したのだ。

居間に入り、バーワゴンに直行する。昨夜、アリステアが砒素《ひそ》を盛られたことなど念頭になかった。バーワゴンのそばにはハモンド大佐がいて、クリスタルのカットグラスを手にしていた。グラスの中身はハイボールだろう。もう一方の手にはスコッチのデキャンタを持っている。わたしは大佐のグラスをみつめた。「きのうと同じボトルですか？」

「ご心配なく。今朝いちばんに、ヒューズ卿がボトルをすべて新しいものに取り替えました」

「それなら安心ですね」わたしはグラスを取り、ブランディをワンショットつぐと、生《き》のままぐっと飲みほした。胃から温かさが広がっていくにつれ、心の準備ができてきた。大佐が軽く口を開けてわたしを見ているのに気づく。

「タフな一日だったんですか？」

「いえ、いつもと同じです」今度はブランディが多めの水割りにする。これはいつもとはちがうが、ミリー叔母の例に倣《なら》ったのだ。アルコール分が四割。叔母はこういう強い酒で、何度も中傷や陰口をしのいできたのだ。気づまりになりそうな今夜を、わたしもその手でしのぐつもりだった。

　レドヴァースが居間にいないことはもう確認ずみだが、緊張して肩がこわばっている。いつなんどき彼がやってくるかわからないし、それを思うと、胃がきりきり痛む。いや、どうでもいい――わたしは酒を大きくあおった。温かさが体じゅうに広がっていく。

　大佐は自分の酒をちびちび飲みながら、心配そうな目でわたしを見守っている。「昼食はとりましたか？　食堂には来なかったようですが」

　いわれてみると、アリステアの部屋を訪ねただけで、あとはずっと自室にこもっていたため、昼食はとらなかった。「いいえ、そのう……忙しかったもので」

大佐はわたしのグラスをみつめた。「なにか食べておいたほうがよかったのに」

わたしは〝まぶしいばかりの笑み〟を大佐に投げた――そう、自分ではそんな笑みを浮かべたつもりだった。「そうですね」もう一度、大きく酒をあおり、酒をつぎ足そうとボトルに手をのばしかけた。

「すわりましょう」大佐はそっとわたしの肘をつかんで、部屋の隅、バーワゴンとは反対側の隅に誘導した。

「修理は順調に進んでます?」腰をおろせるのがうれしい。大佐がすわるように勧めてくれてよかった。「また空を飛べるなんて、すてき。明日、お天気がよければ、飛べますね」

大佐はわたしのグラスを見て、あやぶむ表情を浮かべた。「そうですね。天気がよければ、飛べますよ。今日の午後にテスト飛行をしてみましたが、〝彼女〟の状態は上々ですから、魔法にかかったようにみごとに飛ぶでしょう」

たとえ短いテスト飛行だったにせよ、臆病者さながらに自室にこもっていたばかりに、それを見逃してしまったのが残念でならない。もう逃げ隠れはすまい――わたしは自分にいいきかせた。またひとくち、酒を飲む。体全体がほかほかと温まり、手足から力が抜けていく。緊張でこわばっていた肩もやわらかくほぐれていく。すてきだ。

「戦時中は秘密の任務についていらしたの、クリス?」

大佐の口もとがひきつった。「そうです。でも、誰にもいうつもりはありませんよ」

わたしはまじめな顔でうなずいた。「そうでしょうね」軽くくびをかしげて大佐を見る。「復員なさってよかったわ。おけがもなく」

「ありがとう。わたしもそう思っていますよ、ジェーン」

いつのまにかグラスが空になりかけている。立ちあがったが、足もとがおぼつかない。大佐は手まねですわるように勧めた。

「わたしが持ってきます。あなたはすわっていてください」

そういって、大佐はわたしの手からグラスを取り、バーワゴンに向かった。わたしは椅子の背にもたれ、大佐を目で追った。

「あなたって、本物の紳士ね」大佐はわたしに背を向けているので、飲み物を作っているところが見えない。「今度はジンをたっぷりお願いね」

大佐はうなずいた。彼がグラスを持ってもどってくると、ちょうどそのとき、ヒューズ卿とミリー叔母が居間に入ってきた。まもなく、ほかの人々もぽつぽつとやってきた。レドヴァースは最後だった。彼は先にバーワゴンに行ってから、グラスを持って、大佐とわたしのほうに来た。大佐がわたしのほうに軽く頭をかしげたのを見て、レドヴァースの眉根が寄った。わたしは目を細くせばめて、大佐からレドヴァースへと視線を移した。

「なにをいってるの？」ことばがちょっともつれた。レドヴァースの眉が大きく動いた。

大佐が上体をかがめて、わたしの腕をぽんぽんとたたいた。「なんでもありませんよ、ジェーン」そして、レドヴァースに訊いた。「午後はなにを？」

「いろいろと」レドヴァースの声にはなんの感情もこもっていなかったが、わたしはあえて彼を見ようとはしなかった。クリスが持ってきてくれた飲み物を大きくあおってから、グラスを見て顔をしかめた。酒の味がまったくしない。ジンをたっぷりいれてくれと愛想よくたのんだつもりだったが、そういわなかったのだろうか。

周囲では話がはずんでいる。わたしはお守りのようにグラスを握りしめて、暖炉の火をみつめた。自分の周囲でなにが起こっているのか、どんな会話が交わされているのか、まったく頭に入ってこなかったが、それがとても心地いい。暖炉の火が眠気を誘う。頭がぼんやりしてきた。ほんの一瞬、目を閉じていると、すぐうしろから叔母の声が聞こえてきた。

「この子、いったいどうしたの？」

「少し気分がよくないようですよ、ミセス・スタンリー。部屋に連れていったほうがいい」

叔母はそっけなく答えた。「ミスター・レドヴァース、この子の〝少し気分がよくない〟状態は、前にも見たことがあります」

そのあとはミリー叔母の声が聞こえなくなり、わたしはほっとした。叔母の声はもう聞きたくない。背もたれの高い椅子にすわっているのだが、頭がその背もたれにくっついている。暖炉の火のそばにいるなんて、ほんとにすてき。

部屋のなかの話し声が遠のいていく。目を開けると、なぜか部屋が回っているので、急いでまた目を閉じた。ああ、よくなった。だいじょうぶ、とてもいい気持。

「わたしたちが部屋にお連れしましょうか？」

大佐の声のようだ。いいひとだ。グレイスン警部は大佐のことをよくいわなかった。残念だ。大佐にそういおうとしたが、舌が動かない。

「わたしが連れていこう。きみは残って、このひとの食事をトレイに用意するよう、マーサにたのんでくれ……なにか食べさせなければ」

これはレドヴァースの声のようだ。耳にこころよい声だけど、なんだか腹が立つ。

「昼食を食べなかったようですよ」これは大佐の声だ。

おなかは減っていないといおうとしたが、それは嘘だし、第一、口が動かない。ことばが出てこない。

がっしりした腕でらくらくと抱えあげられ、がっしりした胸に抱きとめられた。目を開けてみよう。

「いや、目は閉じているように」聞きなれた声がわたしの胸のなかに響く。

わたしはうなずいた。こころよい声の主に近づこうともがく。レドヴァースはわたしを抱えて階段を昇り、少し前かがみになって部屋のドアノブを回してドアを開けた。わたしの部屋だ。

やさしくベッドに寝かされる。横向きに体を丸めると、叔母の声が聞こえた。

「すぐもどってきますからね。もう少し、その子を起こしておいてくださいな」

せわしげに廊下を去っていく足音が聞こえた。わたしはふわふわと浮遊している。

「まだ眠ってはいけない。なにか食べなければ。そして水を飲みなさい」

抱き起こされて、背中に枕をあてがわれる。

「すぐに叔母上がなにか食べ物を持ってきてくれる」

また目が開かない。

「ジェーン、こんな話をするのに最適な場合ではないと思うが、わたしは彼女を愛していなかった」

「られを?」わたしはくちびるに力をこめようと努力した。

「わたしが婚約していた女性だ。家同士のあいだで決まったことだったんだ」レドヴァースはため息をついた。

ようやく、なんとか目が開いた。レドヴァースはベッドの端、わたしのそばに腰かけている。手をのばして、わたしの目にかかった髪をそっとどけてくれる。

「だが、この話はまたあとで」そういってから、レドヴァースはひとりごとのようにつぶやいた。「酔いが醒めたときに、きみがこのことを憶えているかどうかわからないけど」

わたしは反論しようとしたが、ちょうどそのとき、ミリー叔母がトレイを持って、部屋に入ってきた。ふたりがかりでわたしにクラッカー入りのスープを食べさせ、水をグラスに何杯も飲ませた。そしてようやくわたしを解放して、眠りにつかせてくれた。

数時間後、目が覚めると、部屋のなかは暗く、胸がむかむかしていた。うっすらと目を開く。わたしは死んでしまったのだろうか。むしろ、そうであってほしい。手をのばし、ベッドサイドのスタンドを手探りする。必死でまぶたをこじあけると、そばのテーブルに鎮痛剤の瓶と水の入ったグラスが置いてあるのが見えた。ほかにもクラッカーの皿がある。至れり尽くせりだ。クラッカーを何枚か食べて、薬を二錠のむ。枕に背をもたせかけ、胃がおちつくのを待ちながら、さらにクラッカーを食べ、水をちびちびと飲んだ。着の身着のままで寝ていたのに気づく。だが、靴は履いていない。

館《やかた》のなかはしんとしている。薬が効いてきて、頭痛を鎮めてくれるのを待つ。記憶がぼんやりしている。なにかやらかしたのだろうか？　レドヴァースがいた？　なにかたいせつなことをいっていたようだが、さっぱり憶えていない。

らくな姿勢で枕にもたれかかり、スタンドを消した。朝になるまでに、彼がいったことを思い出さなければ。

と、くぐもった悲鳴が聞こえた。

38

絶叫というわけではなかったが、驚愕させられるだけの大きな悲鳴だった。わたしは体を押しだすようにしてベッドから出ると、ちょっとよろけたが、すぐに足の感覚がもどって歩けるようになった。片手で痛む頭を押さえ、上履きを捜す。上履きをつっかけて寒さしのぎにガウンをはおり、ドアを開けて顔を突きだし、廊下を見てみた。

誰もあの声を聞いていないようなので、たぶん、もう相当に遅い時間なのだろう。しのび足でマリーの部屋まで行き、ドアの前で立ちどまる。オーク材のドアに耳をあてると、なかでくぐもった泣き声がしていた。声を押し殺して泣いているようだ。そっとノックしてから、応答を待たずにドアを押す。

部屋のまんなかにマリーが立っている。両手で口をおおっている。部屋のなかには羽毛が舞い散っている——鵞鳥が爆発したかのようだ。ベッドを見ると、めちゃめちゃになっていた。毛布の下には枕が数個並べられていたらしいが、その枕がどれも深く切り裂かれている。血が流れるかわりに、枕の中身の白い羽毛が盛大に飛び散って、ベッドカバーや床の上をおおっている。ベッドの足もとのほうに、刃を開いた折りたたみ式の剃刀《かみそり》が突き刺さっている。

わたしはマリーをやさしく部屋の隅に連れていった。

「ここにいて」頭のなかで意地悪なこびとたちが脳をハンマーでがんがんたたいているのを無視して、強い口調で彼女にそういった。「なんにもさわっちゃだめよ」

頭をそっと横に振りながらそういいわたすと、マリーはショックがさめやらないまま、なんとかうなずいた。

部屋を出て、ドアをうしろ手に閉め、急いでレドヴァースの部屋に向かった。頭ががんがんする。目を閉じて痛みに耐えてから、レドヴァースの部屋のドアを小さくノックした。応答なし。もう一度小さくノックしてから、次はかなり強くドアをたたいた。ドアの向こうで、ようやくひとが動く気配がした。ドアが開き、レドヴァースが顔を見せた。髪には寝癖がつき、格子柄のガウンを着て、腰のところでベルトを締めている。

「ジェーン、きみ、だいじょうぶなのかい?」レドヴァースは困惑しきっているようだ。

わたしはうなずいたが、そのせいで、思わず片手のひとさし指でこめかみを押さえてしまうことになった。あらら。もう、二度とこんなまねはしないようにしなければ。

ありがたいことに、レドヴァースはわたしを信用して、文句もいわず、質問もせずに、黙ってわたしについてきてくれた。まさかマリーの部屋に行くとは思わなかったらしく、驚いた顔をした。わたしが彼をどこに連れていくと思っていたのだろう。ドアを開けると、マリーはわたしがそこにいてといった場所を動かずにいた。ただし、いまはリリアンが震えるマリーのそばに付き添っている。

レドヴァースは部屋のなかを一瞥《いちべつ》した。「最初に見たときもこの状態だったんだね」

わたしはうなずこうとしたが、そうしないほうがいいことを学習したばかりだ。「そのはずよ」息を吸いこむ。「枕たちが殺されてしまった」

「階下で話そう。マリー、部屋の鍵は？」

部屋を出る前に、マリーはレドヴァースに鍵を渡した。四人とも廊下を出てしまうと、レドヴァースはドアに鍵をかけ、それをガウンのポケットに入れた。

「隣の部屋となかでつながっているんだね」レドヴァースはリリアンの部屋のドアを手で示した。「この部屋のドアに鍵はかかっているかい、リリアン？」

リリアンがうなずくと、わたしたちは階段を降りて居間に向かった。バーワゴンが視野に入ったとたん、胃がでんぐりがえり、あやうく呻《うめ》きそうになった。椅子にすわって目を閉じ、不安定な心身をなだめてやる。冷たいグラスが手に押しつけられた。なにもいわなかったのに、レドヴァースが察してくれたのだ。

「水だよ」

「ありがとう」おだやかに礼をいう。たっぷりと水を飲む。先ほどのんだ鎮痛剤がやっと効きはじめたらしく、ひどい頭痛がおさまってきた。

レドヴァースはわたしのそばに椅子を寄せ、ふたりがけのソファに、ちぢこまってすわっているマリーとリリアンと向かいあった。

「それじゃあ、マリー、なにがあったのか、正確に話してくれ」

「部屋にもどったら、ああなってたんです。悲鳴をあげないようにしたけど、やっぱり叫んでしまったみたい。そのあとすぐに、ミセス・ヴンダリーがいらしたから」

レドヴァースがちらりとこちらを見たので、わたしは小さくうなずいた。頭痛はだいぶおさまっていたが、それでも、頭を動かすには準備不足という感じだ。

レドヴァースはわたしに軽く頭を振ってから、マリーとリリアンに目をもどした。「マリー、きみはどこにいたんだい？　部屋にはいなかったんだろう？」

マリーはもじもじとガウンをいじりながら、かたわらのリリアンをすばやく横目で見た。

リリアンがマリーの腕をぽんぽんとたたいた。「だいじょうぶよ、マリー。あなたとポピーのことは知っているから」

そういえば、マリーとポピーの関係について、わたしはレドヴァースになにもいっていない。あわててレドヴァースを見たが、驚いているようすはなかった。

マリーは涙ぐみ、泣きべそをかきながらリリアンにほほえんだ。「知ってるの？　だったら、あたしを追い出す？」

リリアンは笑い声をあげて、マリーを抱きしめた。「おばかさんね。そんなこと、するはずがないでしょ」

マリーはリリアンにしがみついたが、すぐに離れた。マリーの頰は涙で濡れている。マリーは涙を手でぬぐい、リリアンに感謝の笑みを向けてから、レドヴァースの顔を見た。深く息を吸ってから、マリーは彼の質問に答えた。

「ポピーの部屋にいました」

「なぜ枕を毛布の下に?」

マリーはうつむいて両手をみつめた。「リリアンに、彼女の従姉とあたしのことを知られたくなくて……。それに、彼女の部屋とはドア一枚でつながってるから、もし彼女がやってきて、あたしがいないとわかったら……」ちょっと口ごもったが、すぐに先をつづけた。「だから、ああすれば、あたしがベッドで寝ているように見せかけられると思って」

「きみとポピーのことを知っている者は、ほかにもいるのかな?」

レドヴァースはやさしく訊いた。マリーを気遣っているのが感じとれる。わたしはふたりの女性の秘密を知ったとき、レドヴァースの反応をあやぶんで、なにもいわなかったが、それはまちがっていた。

「アリステアは知ってる」マリーの顔がゆがんだ。「そのことで、彼とポピーはけんかしたの。ほかに知っているひとがいるかどうかは、あたしにはわからない」

レドヴァースはうなずいた。考えこんでいる。彼がこの話をどう展開させるつもりなのか、わたしには先が読めない。なので、質問は彼に任せることにした。

「今夜はほかの部屋で寝たほうがいいね。あの部屋にはもどらないように」

レドヴァースにそういわれて、マリーは驚いたようだ。

「警察を呼ばなければならない。あの部屋の状態を見たいはずだ」

リリアンとマリーは顔を見合わせた。

「悪質ないたずらなんかではないと?」リリアンが訊く。

レドヴァースはうなずいた。「誰かがマリーを殺そうとしたのだと思っている」

リリアンもマリーも息をのみ、ふたりはしっかりと手を握りあった。

「マリーはわたしといっしょにいればいいわ」

それを聞いたマリーのすがるようなまなざしを受けて、リリアンはきっぱりとうなずいた。

「それがいい」レドヴァースはちょっと考えてから、ことばを継いだ。「きみが悲鳴をあげたとき、どうしてポピーは部屋から出てこなかったんだろう?」

「あたしが彼女の部屋を出たときは、もう眠ってた」マリーは顔をまっ赤に染めた。

「ほかのひとたちも眠ってたわ」わたしは暖炉の上の時計に目をやった。針は二時半をさしている。

「わかった。よし、もう行っていいよ。リリアンの部屋に入ったら、ドアにしっかり鍵をかけること。部屋のなかのドアから隣のマリーの部屋に行ってはいけない。なにがあっても、だ。わかったね?」

リリアンもマリーもこっくりとうなずいてから、居間を出ていった。

レドヴァースはわたしを見た。「行こう」

「どこに?」

「厨房《ちゆうぼう》に。きみはなにか食べなければ」

厨房に行き、わたしは傷だらけのテーブルについた。レドヴァースは戸棚の引き出しからパンを取りだしてから食料貯蔵室《パントリー》に行って、チーズとハムの塊を持ってきた。大きなナイフで、チーズとハムを切り分け、サンドイッチをこしらえはじめたが、わたしはあやしむような目でそれを見ていた。べつに空腹ではなかったからだ。

そんなわたしの目つきに、レドヴァースは気づいた。「わたしを信じなさい。いま食べておくと、明日、いや、もう今日か。とにかく目覚めたときにずっと気分がよくなっているから」

レドヴァースはサンドイッチの皿に水のグラスを添えて、わたしの前に置いた。そして、わたしの向かい側の椅子にすわった。

「どういうふうに、マリーの悲鳴が聞こえたんだい?」

寝癖のついた乱れた髪でも、のびた髭におおわれてがっしりした顎が黒っぽくなっていても、レドヴァースはハンサムだ。

わたしはレドヴァースの問いに答える前に、おそるおそるサンドイッチをひとくち食べて、よく嚙んでのみこみ、さらに水を飲んだ。憎たらしいことに、彼は正しかった。サンドイッチはおいしくて、食べ物にありついた胃が喜んでいる。レドヴァースは辛抱《しんぼう》づよく、わたしの返事を待っていた。

「目が覚めて、ベッドサイドテーブルに置いてあった鎮痛剤をのんだ……」おぼろな記憶をたどる。「あれ、あなたが置いてくれたの?」

レドヴァースはうなずいた。

「ありがとう」礼をいってから、サンドイッチをまたひとくち。ほんとうなら、わたしはもっと恥じ入って然るべきだし、朝になったら、確実にそうなるはずだとわかっていたが、いまはただ、生存本能に従うだけだ。

サンドイッチをさらにひとくち。「ほかに誰かが起きた気配はなかった」

レドヴァースは同意するようにうなずいた。「どちらにしろ、そのとき起きていた者も、いまは眠っているふりをしているだろう。廊下には誰もいなかったんだね？　犯人は悲鳴を聞いた者がいたかどうか確認して、誰も聞かなかったと確信してから、自分の部屋にこもったはずだ」

「そうね、いまさらみんなを調べても、むだだと思う」

レドヴァースはまた頭を振った。「ポピーとマリーのことはいつから知っていたんだい？」

ちょっぴり顔を赤らめてしまう。「図書室で見たの……ふたりがいっしょにいるところを」

どういう光景を見たのかわかったというように、レドヴァースはうなずいた。「なぜ、それをわたしにいってくれなかったんだい？」

わたしはレドヴァースをみつめた。「わたしはマリーが好きよ。あの子がせっかく得た居場所を失う、そんな羽目に追いこむまねはしたくなかった。そりゃあ、女性同士のあんな場面を目にするのは、ショックだったけど」

レドヴァースは肩をすくめて、あっさりと聞き流した。わたしは話をつづけた。

「あなたにいわなかったのは、ふたりの仲について、あなたがどう反応するか、わからなかったから」

「そういう光景は何度も見たことがある」

好奇心が燃えあがったが、レドヴァースはそれきりなにもいわなかった。いまいましいほど冷静だ。

水がほしい。グラス一杯の水はもう飲みほしてしまった。それに気づいたレドヴァースは、グラスに水を満たしてくれた。わたしはせっせとサンドイッチを食べつづけた。

「マリーがアリステアと衝突したあと、ずっとマリーをあやしいと思っていたの。でも、彼女は嫌疑からはずしていいみたい。もっとも、今夜の件が偶然ではなく、一連の事件と関係があるとすれば、の話だけど」

「わたしは偶然を信じない。それに、偶然が重なりすぎる」

「そうね。今日、いえ、昨日のことだけど、警察はなにか発見したのかしら？」昨日、わたしがレドヴァースを避けて自室に閉じこもっていたあいだも、警察が館《やかた》のなかを再捜索していたのを思い出して、そう訊いた。

レドヴァースの表情が重苦しくなった。「そのとおり。ヒューズ卿の部屋で砒素《ひそ》の入った瓶をみつけた」

わたしは思わず呻いた。そんな証拠があれば、警察もヒューズ卿を容疑者リストのトップに置かざるをえないだろう。

「わたしたちが居間のソファの下でみつけた紙きれは？　あれに砒素が包んであったの？」

レドヴァースはうなずいた。「砒素をアリステアのグラスに入れるために、あの紙に包んで持っていたと考えられる。グラスに毒を投入したあと、包み紙を落としてしまった。それがソファの下に蹴りこまれたのだろう。包み紙が床に落ちたのは、それこそ偶然だと思われる」

「指紋はついてなかった?」

レドヴァースはうなずいた。

「そんなこと、ありえないでしょ」

レドヴァースは肩をすくめた。「指紋らしきものはあったけど、汚れてぼやけていた。それに、犯人は慎重に、紙の端っこをつまんでいただろうし」そういって、傷だらけのテーブルをみつめて考えこんだ。

「なにを考えているの?」

レドヴァースは目をあげた。「ヒューズ卿は嵌《は》められた、と」

「わたしもそう思う」仮にヒューズ卿がアリステアに毒を盛ったとしても、砒素の入った瓶を自室に置きっぱなしにするほど愚かだとは、とうてい思えない。第一、甥を毒殺したくなるほどの動機があるというのだろうか。「警察はヒューズ卿を逮捕するつもりかしら?」

「グレイスン警部は、そうせざるを得ない立場に追いこまれているかもしれない。イニシアルが彫られているナイフ、砒素の瓶、そして、今度の一件に使われた剃刀。あの剃刀は高級な品だ。おそらくヒューズ卿のものだろう。これだけそろえば、たとえヒューズ卿が貴族という特権階級に属していても、逮捕は免れないと思う」

「犯人は館のなかにいる誰かだわ。そうじゃない?」ようやくサンドイッチを食べおえて、わたしはパン屑を指先で押しつぶした。

「それはわからない。だが、今度の件からいって……」

「それよ」パン屑をもてあそぶのをやめて、ナプキンで手を拭く。「ヒューズ卿がマリーの部屋にしのびこんで、あんなことをしたなんて、想像すらできないわ」

「確かに」

「でも警察はそんなふうには考えないんでしょうね」ため息が出る。「ヒューズ卿がなんの関係もないとすれば、どうして砒素の瓶が卿の部屋にあったのかしら？　誰かが置いたとすれば、アリステアが砒素を盛られたあとで、警察が館の再捜索をする前、つまり、あの夜のうちにそうしなければならなかったはず。ヒューズ卿が眠っている部屋に、どうやってしのびこむことができたのかしら？」

「ヒューズ卿が自室にいなかったのでなければ」

「まさか。それならどこにいらしたというの？　あの夜は、みんな早々に部屋に引きあげたし」

レドヴァースは片方の眉をちょっと動かした。わたしが考えつくのを待っている。だが、当然ながら、いまのわたしの頭脳の働きは、いつもよりかなり鈍い。レドヴァースがなにをほのめかしているか、ようやくそれに気づいたときは、ちょっとショックを受けた。ミリー叔母の私事に関しては、なるべく考えないようにしてきたからだ——いまのいままで。

レドヴァースは軽く頭をかしげただけで、なにもいわない。わたしはまたため息をついた。

「そうね、それなら、卿の部屋にしのびこんで、砒素の入った瓶を置けるわね。でも、そもそも、犯人がどうやってアリステアのグラスに砒素を入れたのか、その点が説明できない。それに、なぜマリーの枕を切り裂いたのか、その説明もつかない」

沈黙。

ふと、レドヴァースの視線を感じた。

「きみを傷つけてしまったね」レドヴァースはいった。

頬が熱くなる。反論しようと口を開きかけた。だが、レドヴァースは口もとをほころばせ、片手をあげてわたしを制した。

「だが、結果良しというところかな。あとでゆっくり話そう」

わたしはほっとしてうなずいた。頬のほてりもおさまった。

「警察はどうするの？」

「朝になったら、電話する」

「誰かがマリーを殺そうとした、と本気で考えてる？」

「犯人は彼女を脅そうとしただけかもしれない」レドヴァースはもの思わしげにいった。「いまのところは……」

39

目が覚めたときは、朝とはいえ遅い時間だったが、頭痛はきれいに消えていた。口のなかはからからに乾いているし、まぶたが腫《は》れているが、でんぐりがえっていた胃は平常にもどり、吐き気もおさまっている。レドヴァースのサンドイッチ療法が効いたのだ。

身仕度をととのえて、そっと廊下をのぞく。すでに警察が来て、マリーの部屋の捜査をしている。レドヴァースは早く起きて、グレイスン警部に電話をしたにちがいない。マリーの部屋をのぞいて、捜査の進展ぐあいを見てみようかと思ったが、それはやめた。そのかわりといってはなんだが、朝食をとろうと階下に降りた。

朝食室に行くと、ミリー叔母がまだテーブルについていた。わたしを見ると片方の眉をつりあげ、読んでいた新聞を置いた。「コーヒーを持ってくるよう、マーサにいってあげようか」

わたしは力のない微笑を浮かべた。「ありがとう、ミリー叔母さん」

叔母は立ちあがったが、そのままの姿勢でいった。「今朝はたまご料理をたんと食べたいんじゃないかい。チーズも要りそうだね。それに、パンも。二日酔いには効果があるよ」

今度は前よりも力のこもった微笑を浮かべて、ありがとうと伝えた。叔母はテーブルをまわって、そばを通りすぎるさいに、わたしの肩を軽くたたいてから朝食室を出ていった。叔母には叱責されるものと思っていたが、そうならなかったことに、〈運命の三女神〉に感謝しつつ、サイドテーブルに並んだ料理のなかから、叔母が勧めてくれた食べ物を取って皿に盛った。なぜ叔母が、めずらしくも好意を見せてくれたのか、想像もつかない。

マーサがコーヒーのポットと、オレンジジュースのグラスを持って、せかせかとやってきた。

「絞りたてですがね、ジェーン」わたしに頭を振ってみせる。「あなたにはこれが必要です」

わたしはくびをすくめた。予想は正しかった――朝になったら、恥ずかしくて身の置きどころのない思いをするだろう、という予想。そのとおり、昨夜わたしが飲みすぎたことは、みんなに知れわたっているのだ。すぐさま自室に引きこもりたくなったが、もう隠れるのはやめにしたことを思い出す。

話題を変えることにする。「セルゲイはいかが?」マーサの弟が館《やかた》の敷地内でおちついて暮らしているかどうか、気になっていた。だが、なにやかやと問題が起こったせいで、セルゲイのことを確認する機会がなかったのだ。

マーサは顔をしかめた。「おちついてきたんですがね、しょっちゅう警察が出入りするんで、ちょっと気が立っているようです」

同情をこめてうなずく。この動作が苦もなくできるのがうれしい。

「なんでまた警察が来てるのか、知ってますかね? マリーさんの部屋を調べてるみたいですけど」

マーサはゴシップに興味はなさそうだと思っていたので、この質問には驚いた。だが、弟の身を案じて、彼には関係がないことを確かめたい一心なのだろう。

「セルゲイとはなんの関係もないわ。それは確かよ」

マーサはうなずき、魔除けのおまじないに、木製のダイニングテーブルを三度たたいてから朝食室を出ていった。

わたしは食べるのを中断して、自分がマーサにいったことを思い返してみた。セルゲイは関係ないといいきっていいのだろうか？　悩んでいると、レドヴァースがやってきた。

「なにやら真剣に考えこんでいるようだね」

「いつもより、頭がよく働かなくて」レドヴァースになにかいわれないうちに、急いであとをつづけた。「セルゲイの容疑は晴れた。そうよね？」

レドヴァースはうなずいた。「彼には動機がない。それに、夜中のあの件も、砒素の件も、館のなかにいる者のしわざだ」

「どうしてそう断定できるの？」

「深夜にきみが部屋に引きあげてから、一階のドアというドア、窓という窓を、すべてチェックしたんだ。どこもしっかりと施錠されていた。それに、セルゲイは厩舎《きゅうしゃ》で寝起きしているからね」

レドヴァースは眠ったのだろうか。それとも、あれからずっと起きていたのだろうか。

わたしはコーヒーのお代わりをした。

ヒューズ卿がやってきて、先ほどまでミリー叔母がすわっていた席に行った。立ったまま、叔母が置いていった新聞を取りあげようとしたが、レドヴァースとわたしがめずらしいものを見るような目で彼をみつめているのに気づいて手を止めた。ヒューズ卿はいつもきれいに髭をあたり、身仕舞いに気を遣っている。だが今朝は、頬にも顎にも白髪まじりの無精髭が目立っているのだ。

ヒューズ卿は苦笑して顎をなでた。「今朝は剃刀《かみそり》が見あたらなくてね。こんなことがあると、従僕《ヴァレット》がいればいいのにと思うよ。とはいえ、今日びでは、個人専属の召使いは得がたい存在になってしまったからな」

レドヴァースとわたしは目を見交わした。

「なんだね？」ヒューズ卿が尋ねる。

レドヴァースは咳ばらいした。「ん、その、昨夜マリーの部屋で起こった事件のことなんですが」

ヒューズ卿は椅子を引いてすわった。次になにをいわれるか、覚悟しているようすだ。

「あれに使われたのが、剃刀なんです」

「そういうことか」ヒューズ卿はため息をついた。「弁護士に連絡したほうがよさそうだ」

レドヴァースは真剣な顔でうなずいた。「それはいい考えだと思います」

グレイスン警部が貴族を逮捕するのに及び腰だとしても、剃刀がヒューズ卿のものだと判明すれば、もはや躊躇《ちゅうちょ》せずに逮捕に踏み切るだろう。わたしですら、それはありうると思う。

ヒューズ卿はレドヴァースの言にうなずき、電話をかけてくるといって立ちあがった。わたしはベーコンを食べながらヒューズ卿のことを考えた。一週間前のわたしは、ヒューズ卿が暴力的な傾向にある男だとは思いもしなかった。だが、戦時中の卿の国賊的な投資の話や、一連の事件に関わる証拠の数々が卿を指していることを考えあわせると、彼は潔白だといいきる自信がなくなってしまった。

そんなわたしの気持を、レドヴァースは読みとった。「それでもわたしは、誰かが卿を嵌《は》めようとしているのだと思っているよ」

ことばに気をつけながら、わたしはいった。「警察も？　それとも、わたしたち、なにか明白なことを見逃してる？」

レドヴァースはくびを横に振った。「自分の私物だとはっきりわかる品を使うほど、卿が愚かだとは思えない。たとえば、卿の剃刀」

「そう思わせるための二重のめくらましだとか？」

わたしの疑問にレドヴァースは考えこんだが、すぐにそれを却下した。「そうは思わない。なにがなんでも卿を悪人だと信じこませるための、だめ押しの試みだろう」

「としても、グレイスン警部がマリーの部屋で押収した剃刀は、すぐにもヒューズ卿のものだと判明するほうに賭けてもいいわ。じきに警部は、ヒューズ卿に手錠をかけるために館にもどってくるはずよ」

「わたしも同意見だから、その賭けは成立しないよ。だが、ヒューズ卿を逮捕したとしても、決定的な証拠がなくては立件には至らないと思う」

どうぞ、レドヴァースのいうとおりでありますように。みんなにとって、そうでありますように。

午後になると、グレイスン警部がやってきて、ヒューズ卿を逮捕した。

「水晶玉占いの店を開くべきかしら」わたしはぼそっとつぶやいた。

わたしたちは館の正面玄関の前、砂利を敷きつめたドライブウェイに立っていた。ほかのひとたちは館のなかにいる。これからここでどんな光景がくりひろげられるのか知らないのだ。ヒューズ卿が逮捕されたことを、ミリー叔母とリリアンに告げるのが怖かった――ふたりとも、その知らせを冷静に受けとめることはできないだろう。たとえ、受けとめかたがそれぞれ異なるにしても。

「なんだって?」レドヴァースは訊きかえしてきた。わたしのひとりごとが聞こえなかったらしい。

グレイスン警部がヒューズ卿を館から連れだして、警察の黒い車に乗せた。ヒューズ卿に手錠はかけられていなかったが、逮捕されたことは明白だ。

レドヴァースの問いに、わたしはくびを横に振った。「なんでもない」

「じゃあ、わたしたちも行こうか」

レドヴァースは彼の車に向かって歩きだした。

わたしは一歩遅れて歩きだした。「行きましょう」

警察署の前で、ヒューズ卿の事務弁護士《ソリシター》が待っていた。ポールスンという名のかっぷくのいいひとだ。今朝の早いうちにヒューズ卿が電話をかけたのが功を奏し、弁護士も早く待機できたのだ。グレイスン警部はヒューズ卿と弁護士を取調室に入れた。セルゲイのときとちがって、今回、わたしたちは同席できない。とはいえ、警部のオフィスで待っているように指示してもらえた。

わたしはそのオフィス内を行ったり来たりして時間をつぶした。狭いオフィスだ——空いている空間などないに等しいほど狭い。ひび割れたリノリウムの床がかろうじて見える空間を、わたしは何度も行ったり来たりした。レドヴァースはといえば、すわりごこちのよくない椅子に腰かけ、足を組み、腕も組んで、優雅に、辛抱《しんぼう》づよく待っている。その姿勢で、行ったり来たりしているわたしを見ていたが、やがて、目を閉じた。わたしは神経が立って皮膚がむずむずしているというのに、どうして彼はこうも自制して平穏な態度でいられるのか、不思議でしょうがない。しばらくすると、ドアにノックの音がして、若い警官が顔を出し、なにか飲み物はいらないかといってくれたが、前回のコーヒーの味を思い出したわたしは、謹んで辞退した。レドヴァースもわたしの丁重な辞退に同調した。

永遠とも思われたほど時間がたってから、グレイスン警部がもどってきた。そのころには、わたしもレドヴァースの隣の椅子に腰をおろしていた。警部は疲れた顔を手でこすり、彼の小さな木製のデスクの向こうに腰をすえた。わたしを見ると、口を開きかけた。どうしてここにいるのだと文句をいおうとしたのだろうが、思い直したらしく、頭を振って、こういった。

「卿を留置しなければなりません。立場を考慮して、明日にでも釈放となればいいのですが」

警部がついに負けを認めたとわかり、それが小気味よくて、わたしは笑みをこぼしそうになった——警部は、わたしがここにいることに異議を唱えるのをあきらめたのだ。ヒューズ卿が即刻釈放されるべく、彼に好意的な意見を述べるつもりでいたのだが、わたしがなにもいわないうちに、警部が先んじた。

「わたしにできることはなにもないんです。逮捕するように上から圧力がかかりました。現時点では、彼に不利な証拠が集まりすぎています」

「あの剃刀は?」レドヴァースが訊く。

「刃に彼の指紋が。柄からは検出できませんでした。判別できない、ぼやけたものばかり。鑑識の報告書にあるとおりです」警部はちらりとわたしを見た。「砒素《ひそ》の入った瓶が彼の部屋で発見されたばかりか、彼のイニシアルを彫ってあるナイフ、戦時中の利敵行為を考えれば、われわれに選択の余地はありません」

わたしはレドヴァースにちらっとするどい視線を向けた。「戦時中のこと、警部にいったのね」

レドヴァースは片方の眉をあげた。「もちろん。わたしたちは警察に協力しているんですよ、ミセス・ヴンダリー」

今度はあからさまにレドヴァースをにらみつけてやった。警部がおもしろそうに見ているので、警部にもきつい視線を向けた。すぐさま、警部の顔はまじめくさった表情にもどった。

「ほかになにか聞き出せたか？」レドヴァースが尋ねる。

警部はくびを横に振った。「最低限、必要な返事しかしないようにと弁護士の指示がありましたが、剃刀は自分のものだと認めました。今日、剃刀を使っていないのは一目瞭然ですから」

「卿が剃刀を自分のものだと認めたからといって、ポールスン弁護士が動揺したとは思えない」

警部は小さく笑みを浮かべた。「そのとおり」

「卿と話ができるかね？」

警察とはちがい、わたしたちなら、ヒューズ卿から有益な情報を聞き出せるのではないだろうか。あるいは、少なくとも、わたしたちになにかしてほしいことがあるかどうか、確かめられるのでは。

「その手つづきをしましょう。いまは留置場の独房に入ってもらってますのでね。ポールスン弁護士は釈放の手配をするために帰りましたが」

留置場の独房なるところは、とても狭くて、なかには堅い木のベンチがひとつあるだけだ。壁にもたれて立っていたヒューズ卿は、わたしたちを見ると、太い鉄格子に近づいてきた。わたしたちについてきた警官は廊下に出て、開けっぱなしのドアから少し離れ、わたしたちのプライヴァシーを尊重してくれた。

「ポールスンに早々に連絡しておいてよかったよ」ヒューズ卿はいった。「運がよければ、明日の朝にはここを出られるだろう」そういって、卿はわたしに目を向けた。「リリアンとミリーに、わたしはだいじょうぶだと伝えてくれないか？　ふたりを心配させたくない」

わたしはうなずいた。「もちろん、そう伝えます」そう請け合ったものの、ふたりに心配するなといっても、素直に納得してもらえるかどうか、確信はなかった。「あなたのためにお役に立てることはありませんか？　なにかお持ちするとか」

ヒューズ卿はくびを横に振った。「いや、だいじょうぶだ」レドヴァースが質問したいことがあるのを見てとったらしく、彼のほうを向く。「さあ、訊いてくれ」

レドヴァースは片方の肩だけで壁に寄りかかり、腕を組んだ。「投資の件はまずかったですね、ヒューズ卿。サイモン・マーシャルがその情報をつかみ、そのことをちらつかせた――そのため、傍目《はため》にはあなたはサイモンの態度を咎《とが》めたりはせず、好きにさせているように見えた。だが彼はそれをほかの人々にほのめかしていましたよ」

ヒューズ卿は木製のベンチに腰をおろし、片手で顔をこすった。

「ひどい話だ。それはわたしも認める」ため息をついて、レドヴァースとわたしの中間あたりをみつめた。「投資したとき、わたしはその会社がドイツの企業と取引していることを知らなかった。完全にわたしの失策だ。もっと用心して、その会社の内情を入念に調査しておくべきだった。だが、ジェームズが勧めてくれたものだったのでね」卿は顔をゆがめて苦笑した。「当時の弟は、なかなか実務に長けていたんだ。自分のために投資してほしいといってきた。それを最後に、二度とめんどうはかけないと約束するといって」

レドヴァースは考えこんでいる。いま聞いたヒューズ卿の話と、これまでに得た情報の断片をつなぎあわせているのだろう。「だが、彼の本心は、あなたを破滅に追いこむことだった」

ヒューズ卿はうつむいた。「そのとおり。実の弟が……。投資先の裏の事実が発覚すれば、わたしは破滅する。そうなれば、弟はわたしの投資事業を引き継ぐつもりだったのだろう。そういうぐあいに話がうまくころがると踏んでいたのかどうか、わたしにはよくわからない」

「投資なさったのは、どういう企業だったんです？」わたしは訊いた。戦時中だったから、おそらくヒューズ卿は金銭的打撃に過剰に反応したのだろう。

ヒューズ卿はうつろな目でわたしを見た。「軍需品の製造。特に弾薬だった」

最悪だ。「その件が暴露されないように、どういう手を打ったんですか？」

「その企業がなにを製造しているか、製品がどこに流れているかがわかったとき、即座に投資した金を引きあげた。配当金はいくつものダミー会社を通じて支払われていたとはいえ、我が同胞を殺すための弾薬を製造している企業に投資していたとわかったときは、ぞっとしたよ」

ヒューズ卿は片手で髪をかきむしった。

このひとのこれほど動揺した姿を見るのは初めてだ。

「投資の件を知っていたのは、ジェームズだけだった。わたしは彼に口封じの金を支払った。口外すれば、弟自身がどういう役割を果たしたか、それを公表すると脅したが、そんな脅しにはなんの効力もなかった。彼には失うものなどないも同然だったからだ」

沈黙がつづき、やがてヒューズ卿がまた口を開いた。「あいにくというか、不幸にもというか、わたしが実情を知ったころには、投資した金は莫大な利益を生んでいたんだ」またもや苦い笑い。「よもやそこまでわたしを富ませることになるとは、ジェームズは考えてもいなかった。それを知ったとき、彼は怒り狂ったよ。分け前をよこせといいだしたぐらいだ」

弟が兄を破滅させようと企てるとは、なんと恐ろしいことか。ポピーとアリステアのなさけない父親像が浮かびあがってくる。あのふたりには、半分とはいえ、その男の血が流れているのだ。

「弟さんはどうやってその投資先をみつけたんですか？」レドヴァースが訊いた。

ヒューズ卿の顔が暗くなった。「彼はそのう……幾人か、遣り手といわれる連中とつきあいがあってね」

この返事に、レドヴァースはうなずいた。

ある考えが浮かんできた。「だから、復員兵たちを雇っていらっしゃる？」

ヒューズ卿は悲しげにうなずいた。「それがわたしにできる、せめてものことだ」

「サイモンはどうやってその件を知ったんでしょう？」レドヴァースが訊いた。わたしも同じ疑問をもち、舌の先までその質問が出かかっていたのだが。

ヒューズ卿はくびを横に振った。「確かなことはわからないが、わたしの書斎を調べたんじゃないだろうか。デスクの引き出しには鍵をかけてあるが、鍵穴の周辺にひっかき傷がついていた。その引き出しには、財産に関する書類をすべてしまってあるんだ。彼に情報の断片をつなぎあわせるだけの頭があったとはいえ、まさかそんなことをするとは思わなかった」

「脅迫されましたか？」

「サイモンはいい青年だった。投資の件を持ち出すことはなかったよ。だが、金を稼ぐ手段を教えてほしいといってきたことはある」苦い顔。「そして、リリアンに求婚したいので、わたしの許可がほしい、と」

リリアンは父親が許さないと思っていたようなのに、父親は許すつもりでいたことに、わたしは驚いた。ヒューズ卿はわたしの顔を見て、内心の驚きを読みとった。

「リリアンにはリリアンの気持がある。もし彼女が心から誰かと結婚したいと思うのなら、わたしに選択肢があるかね？　あの娘《こ》の幸せがすべてなんだよ」

「たいていの父親は、そういう感覚をもたないんじゃないかと思います」わたしの父もそうだったと思う。だが、父がそう考えてくれていれば……。父はあまり気に留めなかった。特に娘に関しては、深く考えたりはしなかった。

ヒューズ卿は肩をすくめた。「リリアンは天からの贈り物だ」そういってから、わたしをみつめた。「あなたの叔母さんと同じく」

そのことについて反論したいとは思わなかったが、卿がどの程度ミリー叔母のことを知っているのか、訊きたい気持を必死で堪《こら》えなければならなかった。わたしは叔母を愛しているが、彼女を〝天からの贈り物〟と呼ぶことには、かなり抵抗がある。

しかし、ヒューズ卿がミリー叔母をどう思っているかは、わたしにもよくわかった。わたしは卿の意向を訊きたくて、それを質問しようとしたが、レドヴァースにさえぎられた。

「わたしたちが知っておくべきことが、ほかになにかありますか？」レドヴァースは訊いた。

ヒューズ卿はじっとレドヴァースをみつめた。「わたしがどんな罪に問われるにせよ、今回のさまざまな事件に、わたしはいっさい関与していない」

ヒューズ卿にきっぱりと否定されることを、レドヴァースは予測していたらしいが、わたしはどうしても訊きたいことがあった。

「あなたがマリーに危害を加えなければならない理由を、警察はなにかみつけました？」

ヒューズ卿は顔をこすった。「わたしがあの子を傷つけなければならない理由など、どこにあるというのかね？　あの子はもう何カ月もわたしたちといっしょに暮らしている。いわば、家族の一員のようなものだ」わたしに皮肉な笑みを向ける。「見慣れた壁紙のような存在だといったほうが正確かもしれないな。だが、わたしはリリアンに親しい友人がいるというのがうれしいんだ——館の近辺には、彼女しか友人はいないからね。ふだんは、マリーと、わたしと、雇い人たちだけなんだから」

ヒューズ卿はマリーの秘密を知っているのだろうか。知らないのなら、ほのめかす程度にしろ、彼女の秘密を打ち明けていいものだろうか。いや、マリーが実家から追い出されたように、あの館からも追い出される羽目になるのは、わたしの本意ではない。この件は慎重にあつかうべきだ。

「彼女が姪ごさんのポピーと仲良くするのは、かまわないんですか？」そういって、ヒューズ卿の反応を見る。

ヒューズ卿の困惑の表情がいっそう深くなった。「他愛のない女の子たちが、楽しくすごしているだけじゃないかね。あの歳ごろの女の子にはよくあることじゃないか？」

わたしは微笑して、軽くうなずいてみせた。見かけと異なり、マリーには秘密があることを、ヒューズ卿が疑ってもいないことは明白だ。リリアンの親しい友人が実の両親に見捨てられた事情など、なにも知らないのだ。それはつまり、卿にはマリーを襲う動機がないことを意味する。

40

わたしたちはグレイスン警部のオフィスにもどり、ヒューズ卿から聞いた話のなかから、根本的な情報だけを伝えた。それに、警部には聞き出せなかった情報を少しだけ。レドヴァースがわざとぼかしているのかどうか、わたしにはわからなかったが、もはや警部に全面協力する気はないらしい。ヒューズ卿のためなのか、それとも、ほかになにか目的があるのか、それもわからない。だが、レドヴァースのことだ、その両方もありうる。

警察署を出て車にもどると、わたしはレドヴァースを問いつめた。「ヒューズ卿は真実を語っていると思う？　マリーの件には、ほんとうになんの関係もないと思う？」「そう思う」レドヴァースはちらりとわたしを見てから、車を町の本通りに出した。

「ほかのことは？」

「微妙だね」小さなため息。「投資の件だが、彼がほんとうに投資先の会社の内情を知らなかったのか、あるいは、事前に承知していたのか、どちらともいえない。ただし、彼が大きな罪を背負っているのはまちがいない」

「すぐに釈放されるかしら？」

「そうなればいいが」

このまま館《やかた》にもどって、ミリー叔母に相対《あいたい》するのは気が進まなかった。わたしが事件の真相を探りだせずにいることや、ヒューズ卿の逮捕を阻止できなかったことで、さんざんに非難されるのは目に見えている。それがわたしの手には負えないことであり、また、わたしが犯行の背後に誰がいるのかみつけだそうと、せいいっぱい努力している事実など、考慮してくれるはずはない。

　わたしもため息をついた。

「どういうため息なんだい？」レドヴァースは横目でわたしを見た。

「ミリー叔母と対決したくないという意味よ」

「きみを責めることはできないね」そういってから、レドヴァースはしばらく黙っていたが、急に車を本通りから細い私道に乗り入れた。その先には門があり、その向こうに羊たちが草を食《は》んでいる草地が広がっている。車がゆっくりと停まった。レドヴァースはエンジンを切った。

「少し休んでいこう」

　わたしはうなずいたが、なんとなく気持が不安定になり、視線を羊たちに向けた。一匹の小さな羊がなにかを期待するように、柵まで駆けてきた。胸の内はざわついていたが、羊がなぜ近づいてきたのか不思議で、くびをかしげながらも思わず微笑していた。

「ジェーン」レドヴァースは車のドアに寄りかかり、半身をひねり、強い意志のこもった目でわたしをみつめた。なにか話そうとしているのだ。わたしがぜったいに聞きたくないなにかを。

「当然だけど、リリアンは動揺するでしょうね。でも、どれほど不安がつのっても、彼女ならきっと乗り越えると思う」ことばが口をついてあふれだした。「わたしが心配しているのは、ミリー叔母のほう。叔母の気性を知っているでしょ。叔母はわたしに事件を解決してほしいとたのんできたぐらいだから、きっと怒り狂うでしょうね……」

しゃべっている端から、どんどん早口になってきた。レドヴァースは身をのりだして、長いひとさし指を軽くわたしの口に押しつけた。くちびるに電気が流れたかのように、わたしはぴたりと話をやめた。体が硬直し、息ができなくなった。

「ジェーン、説明させてほしい」

レドヴァースの声はおだやかだが、その一瞬、わたしの心臓は停止したにちがいない。

「わたしが婚約した相手は、家族ぐるみのつきあいのあった女性だった。あれは一種の……。双方の両親のあいだでは了解ずみのことだったが、じっさいにどう進展していくのか、当人であるわたしたちはそのなりゆきに興味がなかった」

心臓がひとつ鼓動を打った。ふたつかもしれない。レドヴァースの指がわたしのくちびるから離れた。彼がまたドアに寄りかかるのを、わたしは黙って見ていた。接触が断たれたのが残念だ。

「彼女は幸福な結婚をして、いまはあかんぼうと夫といっしょに、ニューカッスルで暮らしているよ」

また息ができるようになった。深く息を吸いこむ。「それじゃあ、あなたはそのひとと恋に落ちてたわけじゃなかったのね」

「彼女を恋したことはない」静かな声。

わたしはまっすぐ前を向いて、ひとなつこい羊が枯れた草の上をはねまわっているのを見ていたが、レドヴァースのほうを向いている側頭部に、穴が開きそうなほど強い彼の視線を感じていた。これほど深く安堵したのは、エジプトで殺人容疑が晴れたとき以来のことだ。わたしにとって重要だという点では、あのときと同じぐらい深い、心の底からの安堵感だ。

緊張してこわばっていた肩から力が抜けた。そっと横目でレドヴァースを見る。「うれしいわ」静かにいう。顔はまだ前に向けて、視線は羊にもどしていたが、視界の隅に、ゆっくりとほころぶレドヴァースの顔が見えていた。

深呼吸をして、話をつづける。「あなたの判断は正しかった、と認めるべきだわね」

「カレンダーの今日という日に印をつけておこう」レドヴァースの片方の眉があがり、目にユーモアの光が満ちている。

わたしは体の向きを変えて、彼と同じようにドアに寄りかかった。わたしの場合は助手席のドアだが。口を引き締めて、いたずらっぽく彼を見た。「ぜひともそうして。あなたにとって、やっと説明が完遂できた日なんだから」

レドヴァースはくちびるが一本の線になるほどきつく、口もとを引き締めた。きっと笑いを押し殺しているのだろう。

わたしはほほえんだが、それもつかのま、すぐにまじめな顔になった。

「前に、あなたはわたしが心を閉ざすときがあるといったわね。ええ、そう、それもあなたが正しい」くちびるを嚙みしめる。彼の黒っぽい目がそれを見ている。わたしの声が低くなる。「グラントとのことがあったせいで……わたしはただ、安全でいたいと、それだけを願ってすごしてきた」

自分の気持を正確に伝えたくて、レドヴァースが理解してくれているかどうか、その表情を確かめながらことばを探す。「いえ、あなたといっしょにいて、安全だと思えなかったってわけじゃないのよ……」急いで説明する。「そんなことはなかった。ただ……そのう、ただ……」

レドヴァースはうなずき、おだやかにいった。「わかった」

彼には以前に、死んだ夫がサディストだったことをおおまかに打ち明けたことがある。夫がわたしをいたぶって苦痛を与え、それを喜ぶ怪物だったことを、ほんの少しだけ話したのだ。あの当時、わたしは夫の前では心身ともにすくみあがっていた。その恐怖は骨身にしみてしまい、いまも消えていない。もう二度と、あんな脆弱な立場に追いこまれたくない。その強い思いが、男たちを寄せつけない堅い殻《から》をかぶった、いまのわたしを作りあげた。

だが、同時に、それはわたしを疲れさせた。いつも防御の姿勢を崩さずに盾をかまえつづけていれば、心身ともに疲弊《ひへい》する。わたしは羊に目をもどした。いつのまにか仲間が集まって、羊の数が増えている。羊たちを見ながら、レドヴァースにほかのこともいうべきかどうか迷っていた。彼の言に触発されて、逃げることをやめたというべきだろうか？　彼に対する気持が深まってきたことを打ち明けるべきだろうか？　そんな気持がもてるとは思っていなかったのに、自制心がゆらぐほど深い想いを感じはじめていることを……。

みずから堅い殻をはずして、傷を負うことを辞さない自分になれるだろうか？

そのとき、うるさい音が背後から近づいてきて、決断する機会は去ってしまった。わたしたちが乗っている車のうしろに、干し草を満載した小さな荷車を牽引しているトラクターが停まった。先に進みたいのに、わたしたちの車が邪魔なのだ。レドヴァースはため息をついて、姿勢をもどしてハンドルを握り、車をわきにバックさせた。ゲートの前に集まった羊たちの数がさらに増えていた。

「羊たちは干し草を待っていたのね」わたしは気の抜けた声でいった。

車をどかすと、トラクターの農夫は親しげに手を振って、彼の領地に乗りこんでいった。本通りまでバックで車を出したレドヴァースは、小さくため息をついた。

「この会話を中断させたくなかったな」

これにはわたしも異議がない。

41

レドヴァースとわたしのあいだにあった呪縛はとけた。おかげで、わたしの思考は身近な事件に集中した。なにかがあるはずだ――わたしたちが見逃しているミッシングリンクが。これは恐ろしい一連の出来事であって、偶発的な事件が重なったわけではない。

帰りつくと、車を正面玄関前のドライブウェイに停め、館《やかた》に入った。みんなが居間に集まっていた。アリステアもいっしょにいるのを見て、ちょっと安心した。まだ顔色が悪いが、ベッドから出て歩けるのだから、体調はよくなったのだろう。若いひとたちが固まっている一角には、煙草の煙が薄くたなびいている。灰皿がいっぱいになっているところを見ると、ひとりではなく、何人かが神経が高ぶってチェーンスモークをしたとわかる。警察署に行く前、わたしたちはその理由を誰にもいわずにいたが、どうやら察しがついていたらしい。誰もなにもいわず、わたしたちから知らせを聞くのを辛抱《しんぼう》づよく待っている。

父親が留置されたことを聞くと、リリアンの頬が涙で濡れた。じきに釈放されるし、ヒューズ卿には最高の事務弁護士がついているからといって、懸命に慰める。いま現在はそこまでいっていないが、ヒューズ卿なら、必要とあらば、腕のいい弁護士の一団を擁することも可能だ。

レドヴァースが話しているあいだ、わたしはミリー叔母を見ていた。叔母の顔がどんどんきびしくなっていく。乱れる感情を必死で抑制しようとしているのだが、叔母自身は決してそうだとは認めないだろう。

アリステアがリリアンの手を取った。深刻な顔でじっと彼女をみつめていった。「サイモンは殺されたのだから、絞首刑に相当するね」

みんながショックを受け、沈黙が広がった。ミリー叔母でさえ、すぐにはするどい反論ができず、恐怖の目でアリステアをみつめるばかりだ。

「だけど、エドワード伯父さんがどうなろうと、ぼくがきみのめんどうをみるよ、リリアン」

リリアンの涙は途切れることなく流れ落ち、嗚咽《おえつ》もまじるようになった。「え？　あ、ありがとう」

アリステアはポケットからハンカチを取りだして、リリアンに渡した。

ミリー叔母はリリアンをみつめている。わたしには、叔母がなにかいおうと心を決めたのだとわかった。すばやく叔母の目をとらえて、うなずいてみせる。叔母の顔がちょっとやわらぎ、わたしにうなずきかえした。

「リリアン、新鮮な空気を吸ったほうがいいんじゃないかい」叔母はいった。

リリアンはぼんやりした顔でうなずき、アリステアのハンカチで洟をかんだ。

「ぼくがいっしょに行くよ」アリステアは立ちあがり、リリアンに手をさしだした。

ここでミリー叔母が乗りだし、外交的手腕を発揮して場を仕切った。「わたしが付き添ったほうがいいと思いますよ、アリステア。でも、そういってくれて、ありがとう」

アリステアの顔が曇った。癇癪《かんしゃく》を起こすのではないかと思ったが、ぶっきらぼうにわかりましたよと吐きだすようにいうと、失礼すると断ってから居間を出ていった。

そのあとすぐに、リリアンとミリー叔母も席をはずした。叔母はリリアンの肩に腕をまわした。リリアンのほうが背が高いので、肩を抱くまではいかず、いささかぎごちない感じは否めない。

レドヴァースが問うようにわたしに片方の眉をあげてみせたので、わたしは小さな声でいった。「この機会に、叔母は彼女に自分が実の母親だと打ち明けるつもりだと思う」

レドヴァースも声を低めた。「まだいってなかったのかい？」

わたしはうなずいた。もちろん、リリアンはとうに気づいていたが、彼女のほうから叔母に確認したことはないはずだ。ヒューズ卿になにかあれば、叔母がリリアンの保護を買って出るのはまちがいないが、リリアンを元気づけるには、いまこそ真実を打ち明けるのにふさわしい機会だと思う。リリアンはもうりっぱなおとなだから、自分のめんどうは自分でみられるだろうが、父親という支えを失って、さぞ心ぼそい思いをしているだろう。そんなリリアンにミリー叔母が真実を語り、表だって母親の役割を果たす気になったのは、とてもうれしい。

居間にはハモンド大佐がひとり残っていた。レドヴァースとわたしが窓ぎわの椅子にすわると、大佐が近づいてきた。ポケットに両手を突っこみ、いかにも無造作な態度だが、眉間に深く、しわが寄っている。

「じつは、あなたたちにいおうと思ったのに、いい忘れていたことがあるんです」大佐は切り出した。

　レドヴァースもわたしも興味津々という目で大佐を見た。

「サイモンが殺されたあと、警察が駆けつけてきた最初の日、わたしが居間に行くと、アリステアが廊下にいました。居間のドアの外で聞き耳をたてていた」大佐も椅子に腰をおろした。「わたしがどうしたんだと訊くと、うしろめたそうな顔をして、そそくさとどこかへ行ってしまったんですが」

　わたしは記憶を探り、あの日の朝のことを思い出そうとした。あのときはいろいろなことがあったため、そのあたりの記憶もあいまいだったが。

「でも、それはおかしいわ。あのとき、彼は荷物をとくといって、部屋に引きあげたと思うんだけど。そうだったわね？」

　レドヴァースはうなずいた。

「なぜドアの内側にいるのではなく、ドアの外側で盗み聞きをしていたんでしょう？」

　男ふたりはそろって肩をすくめた。

「なにかあるな」レドヴァースはいった。

「彼は……そのう、つい先ほど、ちょっとばかりボロを出したように思えるんですが」大佐はそういった。

「あのひどい発言」わたしはいった。「あれでリリアンの気持がおちつくとでも思ったのかしら」

「大馬鹿者。そうとしかいいようがない」大佐はきっぱりいった。

わたしたち三人が黙りこんでいると、マーサがドアから顔をのぞかせた。ハモンド大佐を見たとたん、マーサの目が明るく輝いた。

「クリス、ちょっと話があるんですがね」

マーサにそういわれ、大佐はぱっと顔を赤らめて、急いで居間を出ていった。

わたしはレドヴァースにいった。「なにかが進行中だってことかしらね。マーサが誰かをファーストネームで呼ぶのを聞いたことがないんですもの。いえ、わたしは別よ。でもそれも、わたしが小川に突き落とされて、お風呂で体を温めるときに、彼女に手伝ってもらったあとのことだから」

レドヴァースはなにもいわなかったが、目がきらめいている。

やがてハモンド大佐がもどってきた。大佐の奇妙なふるまいに関して尋ねるのは、いまを措いてないと思った。

「クリス、マーサとおつきあいをなさってるの？」

大佐は熟《う》れたトマトのようにまっ赤になった。もごもごと口ごもっているので、わたしはすぐさま救いの手をさしのべた。

「彼女はほんとにいいひと。おふたりがそういう仲なのは、とてもうれしいわ」

よく考えてみれば、大佐もマーサもわたしより二、三歳上ぐらいだが、同世代といえる。マーサは、心配で汲々としているときは別として、ふだんはもの静かで、魅力的な女性だ。それに、不安にさいなまれていたときの顔のしわも、弟のセルゲイが釈放されたあとはきれいに消えてしまったし。

大佐ははにかんだ笑みを浮かべた。「ありがとう」

「それでロンドンから大急ぎでもどってらしたのね？　あの偽の幽霊騒ぎのとき、なぜ靴下はだしで部屋からとびだしていらしたの？」

大佐はひょいとくびをすくめた。「わたしたちはこっそり会っていたんです。といっても、清いおつきあいです——あのひとが休みの日に夕食に誘うとか。でもあのひとはみんなの世話をするのをいちばんに考えているので……」ここで語尾が消えてしまったが、大佐はすぐにまた話をつづけた。「あのひとに会いたくて、ロンドンから急いで帰ってきて、人目を避けて自室にもどりました。あのひとがみんなに昼食を供したら、そのあと、村のパブに連れだして、いっしょに遅い昼食をとろうと思って着替えようとしていたんです」

そうか、それで大佐のおかしなふるまいや、ときどき急に姿をくらましたりした説明がつく。とはいえ、わたしが知りたかったのはそういうことではない。

「マーサの弟が厩舎《きゆうしや》にいたことは知ってたんですか？」大佐が前から知っていたと答えれば、正体不明の不審者について、わたしたちもむだな調査をせずにすんだのに。だが、大佐はくびを横に振った。

「あのひとはわたしにもいわなかった。ですが、なにか隠しているのはわかりました。打ち明けてくれると思ったんですが、拒否されました」

これで、ハモンド大佐に関する諸々の問題が明らかになり、わたしはほっとした。少なくとも、この敷地内にいる人々のうち、ひとりの容疑は晴れた――わたしの直感はそう告げている。

とはいえ、まだ訊きたいことはある。頭のなかで渦を巻いている考えを口に出してみる。

「犯人はなぜ、サイモンを殺し、アリステアに毒を盛り、マリーを襲い、モスの燃料供給管を切断したのかしら?」

「それに、あなたは小川に突き落とされた」

そういった大佐の眉がつりあがっている。本気で怒っている。それを見たとたん、大佐に関する疑惑はすべて消え失せた。わたしが氷のように冷たい小川に突き落とされた項目の犯人リストから、大佐は除外していい。

「モスの件も、小川の件も、わたしを狙ったものではないかしら。どう思います?」

男たちはそろってうなずいた。

「確かにそう思える」レドヴァースはいった。

そうはいっても、では、なぜなのかという理由は、三人とも思いつけなかった。

「わたしの個人的な見解ですが」大佐が口を開いた。「ヒューズ卿とリリアンに近しい人々への攻撃。それが狙いなのではないでしょうか」

なるほど。それなら、この一連の出来事には、ヒューズ卿のビジネス上の敵が関与しているのではないかという疑惑は消える。だからといって、ほかの選択肢が浮かびあがってくるわけではない。

わたしの頭の奥のどこかで、なにかがちくちくと記憶をつついている。わたしはこれまでにやってきた調査と、話をした人々をすべて思い出してみた。

そして、だしぬけに立ちあがった。「すぐにもどります」

男ふたりは驚いて立とうとしたが、わたしは手を振ってそれを制し、居間を出た。

厨房《ちゅうぼう》に向かう。男たちがついてこないのがうれしい。あのふたりがそばをうろついているところで、セルゲイ・フェデクと突っこんだ話ができるわけがない。厨房のドアを開けてのぞきこむと、セルゲイがお茶のカップを前に、テーブルについてくつろいでいた。向かい側に執事のショウがすわっている。わたしは厨房のなかに入り、常にここにいるはずのマーサを捜した。

「こんにちは、ミスター・ショウ。セルゲイ、お姉さんはどこ?」

セルゲイはちょっと怯えたような顔でわたしを見た。「地下室に野菜を取りにいっとりますけんど」

「あなたたちのお邪魔をしてもかまわないかしら?」

セルゲイはあっさり肩をすくめたが、ショウはカップの底を天に向けるようにしてお茶を飲みほし、立ちあがった。

「どうぞここに。わたしは部屋にもどります」ショウは自分が使ったカップと受け皿を流しに運んでから、地下室に通じている裏階段に向かった。

わたしはショウがすわっていた椅子に腰をおろして、セルゲイにいった。「みんなと仲良くやっているみたいね」

今度もまた、セルゲイはあっさり肩をすくめただけだが、目には不安な色がある。

わたしは雑談を抜きにして、ずばりと本題に入った。「あなた、いつだったかの夜、あやしい人影を見たといったわね」

セルゲイはいっそう不安そうな顔になった。「へえ」

「それ、いつのことだったか、正確な日を憶えてる？」

セルゲイは黙りこくっている。わたしは彼の信頼を得られるのではないかと期待して、質問の意図を話すことにした。「あのね、それが誰だったか、突きとめようとしているの。ヒューズ卿が逮捕されてしまったから、なんとしても牢獄から出してあげたいのよ」

セルゲイの緊張した顔が少しゆるんだ。「マーサから聞いとります。ヒューズ卿はいいかたでさあ」ちょっと間《ま》をおいて、つけくわえる。「貴族にしては」

彼の見解に異議は唱えない。「わたしを手伝ってくれない？」

しばらく考えたすえに、セルゲイは肩をすくめた。「ちゃんと顔を見たわけじゃねえんで。けど、お館に住んどるひとじゃねえのはわかります」

「どうしてわかるの？」

「だって、そいつが納屋から出てきたときに、あとを尾けたからでさあ。迷ったけど、誰かがお館のなかに押しこんで、姉ちゃんがけがでもしたらたいへんだと思って。そいつがお館に入らなかったのはまちがいねえです。押し込みの泥棒かと心配したんだけど」

「それはサイモンが亡くなる前のことだったのよね？」

セルゲイはうなずいた。「前。ん、そうでさ。一日前かな、二日前かな？　どっちかよくわからねえけど」

「そのひとがどっちに行ったか、見た？」

「お館には入らなかった。ドライブウェイから道路に出てった。もどってこないのを確かめたかったんで、そのまま待ってた。で、しばらくすると、エンジンの音が聞こえた」

その人物はこの敷地内に住んでいるわけではないが、車をもっている。

「どんな車か、見た？」

「遠かったからなあ。けんど、音はここまで聞こえた」

わたしはうなずいた。見えなくても、音は聞こえる。しかし、どこかよその家の車ではないはずだ。だって、館にいちばん近いお隣さんでも、数マイルは離れているのだから。どんなにうるさくても、車を始動させる音が数マイル以上離れたところまで届くとは思えない。ラムダのブレーキケーブルに切り込みを入れた人物は、外部から車でやってきて、それを敷地から離れた路上に停めて逃走にそなえてから、敷地内に侵入したのだ。

「警察にはその話をしたんでしょ？」

うなずいてから、セルゲイは肩をそびやかした。「ほとんどのことは」

なんと、警察はいまの話を知っていたのに、ヒューズ卿を逮捕したのだ。セルゲイの話は、ブレーキケーブルに切り込みを入れたのは外部からの侵入者だと示唆しているのに。砒素《ひそ》の件と、マリーの部屋の狼藉の件では、確かに、警察が卿の逮捕に踏み切るだけの証拠があるといえるが。

「ありがとう、セルゲイ。話してもらって、ほんとに助かったわ」

セルゲイはお茶をひとくち飲んだ。「ヒューズ卿を助けてあげてくだせえ」

わたしはこくりとうなずいて、厨房を出た。

居間にもどると、レドヴァースが待っていた。ハモンド大佐は納屋に行ったという。不確定要素が多いため、モスを入念にチェックしたいそうだ。

レドヴァースの口もとがかすかにほころんだ。「大佐は複葉機のそばで寝るつもりじゃないかな」

「徹底的に修理したいだけだと思うわ」わたしはすわっておちつく気にはなれず、窓のそばに行き、そのあたりを行ったり来たりしはじめた。

「どこに行ってたんだい？」

「セルゲイと話をしに。彼が以前に、敷地内で人影を見たといっていたのを思い出したの。そのことをくわしく聞きたかったのよ」

レドヴァースがうなずいたので、わたしはセルゲイから聞いた話を伝えた。

レドヴァースは最後まで黙って聞いていた。「ああ、その話はおおかた、グレイスンから聞いている」

なんとまあ。「それなら、お訊きしますけどね、知っていたのなら、なぜ話してくれなかったの？」

レドヴァースは肩をすくめた。「警察はそれが事件に関係がある可能性を考慮して、その人物の行方を追ったんだが、情報はまったくなかったんだ」

わたしはレドヴァースをにらみつけた。

「で、きみに話すのを忘れてしまった」

つごうのいい弁解だこと。レドヴァースがわたしに〝いうのを忘れてしまった〟ことが、ほかにどれぐらいあるのだろう。

「村に行こう」レドヴァースはいきなりそういった。

あっけにとられる。「なぜ？」

「わたしたちがうっかり見逃している人物が村にいるからだよ」

42

秋とはいえ外気はひどく冷たいので、また防寒用の衣類に身を固めて、レドヴァースの車にもどった。車に乗りこんでから〝うっかり見逃している人物〟とはいったい誰のことなのか、レドヴァースに訊いた。懸命に考えたのだが、さっぱり思いあたらなかったのだ。

「クイーニー・パウエル」

その名前が頭にしみこむまで、ちょっと時間がかかった。「通いのメイドだったひと？」

レドヴァースがうなずいたので、クイーニーのことを考えてみた。彼女には片手で足りるぐらいの回数しか会っていないし、それも、ちらっと見かけた程度で、口をきいたことすらない。おとなしくて働き者の通いのメイド。週に二回、村から来ていた。

「住みこみじゃなかったから、彼女が館《やかた》の関係者だということすら、忘れてたわ」

「わたしもそうだ。当初、警察が事情聴取をしたのは知っているけれど、もしかすると、彼女がなにか役に立つ情報をもっているんじゃないか、という気がしてきてね」

メイドというのはいろいろなことを見聞きしているものだ。レドヴァースは、クイーニーからなにか情報を引きだせるのではないかと考えているのだろう。いくら思い返してみても、彼女のことはほとんどなにも頭に浮かばない。だが、ひとつ思い出したことがある。彼女から辞めると電話があった、というマーサの話だ。「マーサに聞いたんだけど、クイーニーが辞めたのは、男がらみのことじゃないかって」

レドヴァースはちらりと横目でわたしを見て、すぐにまた前方に目をもどした。「その話は聞いていない」

わたしはきゅっと口を引き結び、アリステアのことを思った。確かに、見てくれのいい若者だといえる。

「相手の男が誰だか、見当がつくわ」アリステアが相手なら、クイーニーが館に来たくなくなり、電話で辞めるといってきたのも納得がいく。なにしろ、相手はウェッジフィールド館に滞在しているのだから。

小さな村に入り、狭い道に車を停めて数ブロック歩いた。川沿いに石造りの古いパブが建っている。外のテーブルについて川を眺めながら飲食ができるのはすてきだけど、それが心地よく楽しめる季節は去ってしまい、いまは寒いだけだ。

足どりが遅くなる。「お酒を飲むの？」

レドヴァースの目がちかっと光った。「きみはまだその気になれないだろうね」

彼がからかっているのはまちがいないが、酒を飲むと思っただけで、胃がひっくり返りそうな気分になるのも事実だ。

わたしを見て、レドヴァースはくすっと笑った。いくぶんか青ざめていたからだろう。

パブに入るさいに、レドヴァースはひょいと頭をさげて入り口の低い横木の下を通った。わたしはためらいがちにバーカウンターに近づきながら、感じのいい雰囲気だと思った。天井には太い梁《はり》が何本も並んでいるが、白い漆喰《しっくい》塗りの壁のおかげで、黒ずんだ太い梁に押しつぶされそうな恐怖を覚えずにすむ。カウンターとは反対側の隅には、小さな暖炉があるいまは火が焚《た》かれていない。カウンターの端っこのスツールに、年配の客がふたり、腰をすえている。ふたりの目がせわしなく動き、レドヴァースとわたしとを交互に見ている。

「クイーニーはいるかね?」レドヴァースは店主に訊いた。

「なんか用ですかい、だんな」球根のようなごつい鼻の下に、りっぱな髭をたくわえている禿頭の店主は、カウンターを拭いていた手を止めて、わたしたちをじろりと見た。

「仕事のことで、ちょっと話をしたいんだよ。彼女を雇いたいと思ってね——家を一軒借りるんで、メイドが必要なんだ」

レドヴァースが芝居をしているのがわかったので、わたしは彼のそばに行き、彼の腰に腕をまわして、店主にほほえみかけた。掃除などをしてくれるメイドが必要な仲のいい夫婦に見えるはずだ。

店主はうなずき、奥の部屋に向けて顎をしゃくった。「あっちにいまさあ。こないだまで勤めてたとこを辞めたんで、すぐにも新しい仕事にかかれますよ。まったく、ばかなやつで」

わたしはしぶしぶと、レドヴァースの引き締まった腰にまわした腕をほどき、奥の部屋に向かう彼のあとをついていった。クイーニーはその部屋でテーブルを片づけ、昼食の料理の滓《かす》がこびりついた皿を積み重ねていた。きれいな肌で、つんと上を向いた鼻のあたりにそばかすが散っている、なかなかかわいい子だ。豊かなブロンドの髪を短く切り、額から耳のあたりにかけて、ピンカールで縁どっている。

「こんにちは、クイーニー」わたしはやさしく呼びかけた。

「ミセス・ヴンダリー！　どうしたんです？」クイーニーはわたしからレドヴァースに視線を移す。体がこわばっている。

「あなたにちょっと訊きたいことがあるのよ、クイーニー。すわってもいいかしら？」

クイーニーはわたしの目を避け、積みあげた皿をみつめた。「知ってることはぜえんぶ、警察に話しましたよ。それに、知ってることなんか、たいしてないし。お館に行くのは、週に二回だけだったんですもん」

わたしなりの推測をぶつけてみるしかなさそうだ。「アリステアのことを訊きたくて、ここに来たのよ、クイーニー」

彼女の肩が落ちた。重いため息をつき、片づけのすんでいる隅のテーブルを手で示した。耳のうしろに髪をかきあげる。「どうしてあたしがここにいるって、わかったんで？」

レドヴァースが答えた。「きみのおとうさんがこのパブの経営者だと聞いたんだ。それで、ひょっとすると、きみもここで働いているんじゃないかと思ってね」

クイーニーはうなずいた。「お館の仕事を辞めるなんて、あたしもばかでした。お給金が入らなくなったんで、とうちゃんがすごく怒って」目が曇る。「けど、もうあそこでは働けなくなって」

「どうして？　なにがあったの？」わたしはやさしく訊いた。

「あたし、アリステアとこっそり逢い引きしてたんです。彼があのお館に来たときは」

わたしの推測は当たっていた。うなずいて、クイーニーに先をうながす。

「けど、急に従妹のリリアンさまと結婚するといいだして」

クイーニーの目から涙があふれてきた。レドヴァースはポケットからまっ白なハンカチを取りだして、彼女に渡した。

「でも、結婚したあとでも逢えるっていうんです。それまでとおんなじく。ただ、あたしじゃなく、ほかの女と結婚するだけだって」

クイーニーは洟をかんだ。「あたしはそんな女じゃないって、いってやりました。あたしを取るか、でなきゃ、これでおしまいだって」洟をすする。「んで、彼はリリアンさまを取りました。そんなじゃ、お館の仕事はつづけたくない。二度と彼の顔を見たくなかったし。そこに、サイモンの悲しい事件が起こって……」

「アリステアからその話を聞いたのは、いつだった？　サイモンが亡くなる前かい？」レドヴァースの声もやさしかったが、クイーニーは少し怯えたようだ。

「いえ、あとだったと思います。アリステアは隣の町に部屋を借りてて。んで、それは誰にもいうなって口どめされてて。けど、部屋を借りてたおかげで、あたしたち、いっしょにすごせたんです」

わたしは顔をしかめた。そのことでクイーニーが厄介な目にあわなければいいのだが。彼女の父親は、娘の給金を失うよりもっと悪い事実を知ったらさぞ動転するだろう。

「あたしたち、一カ月に二度ぐらい、その部屋で逢ってました。けど、彼がお館に来ると、マーサさんに彼の部屋の掃除やなんかをいいつけられて……ええ、あたしたち、大げんかをしたんです。彼がリリアンさまと結婚するっていいだしたときに。んで、そのすぐあとに、サイモンが事故で亡くなって」

クイーニーの目からまた涙がこぼれた。レドヴァースはもぞもぞとすわりなおした。

「リリアンさまはとてもいいかたです。でも、彼はあたしを愛しているんだと、あたしは思いこんでいたんですよ」

わたしは小さく同情の声をあげ、彼女の腕を軽くたたきながら、レドヴァースの顔を見た。アリステアが隣の町に部屋を借りていたのなら、夜間に館の敷地にやってきて、サイモンが使う車のブレーキケーブルに切り込みを入れることができる。いとも容易に。それに、頻繁に観察していれば、サイモンがその車を使う頻度を知る機会もあるはずだ。

彼の標的が伯父であるヒューズ卿ではなかったとすれば、の話だが。

クイーニーはまた洟をかんだ。「警察には、お館の近くであやしいひとを見たことはないといいました。それはほんとです」顎をあげた彼女の目が、わたしの目と合った。「でも、あたしとアリステアのことは、警察なんかの知ったことじゃないと思って」

彼女がアリステアとふたりきりで逢瀬を重ねていたことを、誰にも知られたくないと思ったのは理解できるが、そのことを最初から警察にいってくれていれば、これほど時間をむだにせずにすんだかもしれない。

さらにいくつかクイーニーに質問してから、わたしたちはパブを出た。帰る前に、レドヴァースが彼女にハンカチは返さなくていいといったので、彼女は口ごもりながら礼をいって、エプロンのポケットにハンカチをしまいこんだ。レドヴァースを見る彼女の目が星のように輝いていた。どうやらクイーニーは、アリステアとの別れを早々に乗り越えられそうだ。

パブから離れて何歩も行かないうちに、わたしはレドヴァースに訊いた。「サイモンが殺された夜、アリステアにはアリバイがあったの？」

「ポピーは、叔母さんのうちにいっしょにいたと主張している」

「ほんとうかしらね。彼が妹に、嘘をつくようにいいくるめたのかも」

43

車にもどると、わたしはここが英国であることを忘れて、つい右側の運転席のドアを開けてしまった。英国では車は左側通行なので、運転席と助手席の位置がアメリカとは逆なのだ。

レドヴァースはドアに寄りかかって腕を組み、ちょっとくびをかしげた。「運転したいのかい？」

わたしはくびを横に振り、左の助手席側にまわった。頭のなかでいろいろな考えが渦を巻いている。アリステアが毒を盛られたとき、ひょいとおかしな考えに取り憑かれたのだが、いまはもう、それほどおかしな考えだとは思えない。アリステアは自分で自分に毒を盛った？　もしそうなら、すべてのことに筋が通る。すべてがリリアンと結婚するための策略だとすれば。

「アリステアは自分で毒をのんだのかしら」

レドヴァースは車を本通りに乗り入れた。「わたしの頭にもその疑いがよぎったよ。だが、なぜそんなリスクをおかす必要があったんだろう？」

「勝率が高くなるから。自分が殺されそうになればリリアンの同情を買えるし、うまくいけば結婚に同意してもらえると思ったんじゃないかしらね」彼を見舞ったときにやりとりした会話を思い出す。「彼はしきりに、毒を盛ったのはヒューズ卿ではない、伯父は無実だ、使用人たちがあやしいといいはっていたわ」

「彼が使用人たちに抱いている悪感情を考えれば、その筋書きなら、どちらにしろ勝てると踏んだんだろうな。使用人の誰かが逮捕されるか、あるいは、彼の伯父が責めを負うか」

「いろいろ考えあわせれば、それが唯一、意味の通る筋書きだと思う」わたしは顔をしかめた。「サイモンを排除して、リリアンをめぐる競争相手を片づける。だったら、アリステアは彼女との結婚を望んでいた――ヒューズ卿はそうだったらしいといってたわ。そうだとすれば、伯父さんを罪に落とすのが目的だったとしか考えられない」

卿の部屋に砒素《ひそ》の瓶を置いたのかしら？

「わたしたちが思っている以上に、アリステアは実の父親に似ているのかもしれない」皮肉な口調だ。「ヒューズ卿がいなくなれば、アリステアがすべてを相続することになる」

「でも、リリアンが……ああ、そうか」

リリアンを口説きおとして結婚の約束をとりつけ、そのうえでヒューズ卿を排除すれば、アリステアは全財産を自分のものにできる。実の父親が失った財産が、手をのばせば届くところにあるわけだ。

もちろん、リリアンが結婚を拒絶しても、なんらかの〝事故〟によって、彼女を相続人からはずすことは可能だ。アリステアはすでに、ヒューズ卿を排除するための手を打っている。彼の思惑どおりになれば、リリアンと結婚しなくても、ヒューズ卿の財産も領地も、実弟であるジェームズ・ヒューズ一家のものになる。

「彼はほんとうにリリアンを愛しているのかしらね」わたしは窓の外を流れていく田園風景を眺めていたが、その風景がだんだんぼやけてきた。レドヴァースはちらりとわたしを見て、さらにアクセルを踏みこんで加速した。速度計の針がどんどん上がっていく。「ぜひそうであってほしい。でないと、彼女が危険だわ」

タイヤが停止したとたんに、わたしは車からとびだして館《やかた》に駆けこんだが、館のなかはしんと静まりかえっていた。一階の部屋をすべてチェックしてから、二階の私室や客室を見てまわる。どの部屋のドアもロックされていて、ノックしても応答はない。どの部屋にも誰もいない。アリステアの部屋は何度もノックして在室かどうかを確かめた。応答がなかったので、レドヴァースは常備している解錠用の道具を使ってドアを開けた。部屋のなかにはスーツケースがあるだけで、アリステアの姿はない。

「きっと、外にいるのよ」自分の声に、切迫した響きがこもっているのがわかる。レドヴァースと顔を見合わせる。声に出していう必要はない。双方とも、アリステアが早くも無分別な行動に踏み切ってしまったのではないかと、不安をつのらせていたのだ。執事のショウとマーサはどこだろう。気にはなったが、ふたりを捜している時間はない。

外に出る。胸いっぱいに吸いこんだ冷たい空気が肺を刺す。レドヴァースの長い脚の運びに遅れないよう、必死でついていく。やがて彼の歩みが遅くなった。遠くに、ポピー、ミリー叔母、そしてリリアンの姿があった。ヒューズ卿の愛犬ラスカルが、はねるようにこちらに向かって走ってくる。冷たい微風のなかに舌をだらりと垂らして。

「よかった」レドヴァースがつぶやいた。

「でも、マリーはどこ？」

レドヴァースは、芝生との境になっている森のほうに顎をしゃくった。マリーが手にした小さな白いボールを高く掲げ、灌木《かんぼく》をかきわけてみんなのほうにもどってくるのが見えた。

奇異に思われないように、レドヴァースとわたしはわざとのんびりした足どりで、女性たちのグループに近づいた。おかげで、息せききっていたわたしも、なんとか呼吸をととのえることができた。

「アリステアはどこですか？」女性たちのグループに近づくやいなや、レドヴァースは訊いた。さりげない口調とはいいがたい。

女性たちはけげんな目で彼を見たが、ミリー叔母はなにか勘づいたようだ。わたしたちの疑惑を知っても、叔母が驚くかどうか。

ポピーが答えた。「ドライブしてくるって！　村に行ったんじゃない？」

「なにか悪いことでも？」リリアンは心配そうに眉根を寄せた。わたしはレドヴァースの顔を見た。みんなにどこまで告げるか、なにも決めていなかったのだ。リリアンに、従兄に狙われていて危険だと、警告すべきかどうかも決めていなかった。ここはやんわりと受け流すべきだ――アリステアの実の妹もいることだし。

わたしは目を細くせばめてポピーをみつめた。ポピーとアリステアは仲がいい。だが、それはどの程度なのか。兄は妹を信頼しているのだろうか。ポピーはわたしの顔を見ると、ぱっと顔を赤くして目を伏せた。

「ポピー」わたしは静かに話しかけた。「悪いことだとわかっているんでしょ?」

ポピーは頑なにわたしを見ようとせず、もじもじとスカートをいじっている。ほかの三人にもみつめられ、ポピーはますます気まずそうなようすを見せ、逃げる先を捜すように森に目を向けた。

「アリステアは問題を抱えている。そうよね?」わたしはおだやかな口調をくずさなかった。

それでもポピーはわたしを見ようとはせず、あちこちのポケットをぱたぱたとたたいて、ようやくコートのポケットからシガレットケースを取りだした。煙草に火をつけようとしたが、手が震えてうまくいかない。見かねたマリーがポピーのそばに行ったほど動揺している。マリーはわたしにするどい一瞥《いちべつ》をくれてポピーに寄り添った。わたしはいまの質問がどれほど重要か、マリーに目で訴えた。マリーがポピーに寄り添い、彼女の煙草を持っていないほうの手を取って軽く握ったので、マリーの視線をとらえることができたのだ。

「ポピー、わたしもこれは重要な話だと思う」マリーはポピーの手をぎゅっと握りしめた。

「だって、アリステアを厄介なことに追いこみたくないんだもの」ポピーはふうっと紫煙を吐いた。

「もうとっくにそうなってると思うけど」マリーは静かにいった。

ポピーは不安そうにマリーを見ていたが、やがて小さくうなずいた。

それでもなかなか口を開こうとしないので、わたしはマリーがつけてくれた糸口をつかみ、糸を引きだすことにした。

「なにがあったの、ポピー？」ポピーの頭が少し揺れたので、わたしは先をつづけた。「あなたがアリステアと口論をしているのを聞いたわ。あなたは彼に〝やめて〟といってた」

レドヴァースが驚きの目でわたしを見ているのを感じる。そんな目で見ないでほしい。わたし自身、いまのいままで、きれいさっぱり忘れていたのだから。兄妹の口論を洩れ聞いたときは、子どもっぽい口げんかだと思ったし、そのうちにその一件を忘れてしまったため、レドヴァースにはなにもいわなかったのだ。レドヴァースの視線にはかまわず、ポピーから目を離さずにじっとみつめつづける。ようやく、ポピーはうるんだ目でわたしを見た。

「誰も傷つける気なんかないっていった！」ポピーは煙草がつぶれそうになるほど強く手を握りしめた。「だけど……最初からそのつもりだったのかもしれない……」

「彼は誰を狙っていたんだと思う？」

「たぶん、サイモン」ポピーの声は静かで、目は誰の顔も見ていない。

サイモンは傷を負うぐらいではすまなかった――死んだのだ。そう指摘するのは控えた。アリステアがほんとうに誰も傷つける気がなかったとは、とうてい信じられなかったが、ポピーが兄の言を信じたいと思ったのは当然だろう。だが、いまはもう、それがまちがっていたと気づいている――この先、彼女が苛酷な真実と向きあう時間はたっぷりある。

「で、彼はいま、どこにいるの？」

「知らないったら！」ポピーは半泣きで叫んだ。「いわなかったのよ。ただ、ちょっと出てくるっていっただけ」

隣にいるレドヴァースからいらだちが伝わってくる。

「ポピー、つらいのはわかる。でも、あなた、サイモンが亡くなった夜、アリステアは叔母さんの家にいたと警察にいったわね。それはほんとうなの？」

いまやポピーはとめどなく涙を流していた。泣きながら、彼女はくびを横に振った。

「アリステアは家にはいなかったのね？　それじゃあ、どこにいたか、知らない？」

ポピーはわたしを見て、濡れた頬をこすった。返事を聞くまでもない。答は〝知らない〟だ。

そのとおり、ポピーはしぶしぶうなずいた。マリーがポピーの細い指から吸いかけの煙草をもぎとって、地面に放った。

沈黙が広がる。

やがてレドヴァースがいった。「ご婦人がた、館にもどって、ゆっくり話をしたほうがいいと思いますが」

わたしは周囲を見まわした。レドヴァースのいうとおりだ——こんな開放的なところに立っていれば、恰好の標的になる。まさかアリステアが、リリアン以外の者を皆殺しにするとは思わないが、安全を確保するに越したことはない。館のなかなら、警備もしやすくなる。

リリアンが反対しようとしたが、ミリー叔母が彼女の腕に手をおき、くびを横に振った。叔母はわたしの目を見て、小さくうなずいた。それでわたしにも、叔母がアリステアを要注意人物と認識したのだとわかった。とはいえ、彼がどれほど危険か、そこまでわかっているかどうかは疑問だ——もしわかっていたら、これほどおちついた態度はとれないはずだ。

叔母とお嬢さんたちといっしょに館にもどり、居間に入った。そして叔母から、誰も居間から出ないように厳重に気をつけるという約束をとりつけた。レドヴァースはグレイスン警部に電話をかけなければならないし、わたしは使用人たちに事情を話して用心するように伝えなければならないので、居間にじっとしているわけにはいかないからだ。

マーサはあっさり厨房《ちゅうぼう》でみつかった。わたしの話を聞くと、弟と執事のショウに見張りをさせるといった。わたしは外に出て、庭師のバーロウを捜した。厩舎《きゅうしゃ》の掃除をしていたバーロウをみつけ、事情を話す。そのあと納屋に行き、モスのチェックに余念のないハモンド大佐をみつけた。バーロウも大佐も、ほかの者と合流して、全員で居間に行くといった。

レドヴァースとわたしが居間にもどったのは、ほとんど同時だった。わたしたちは居間のドアの外で、声をひそめて相談した。

「グレイスンが部下たちを指揮して、アリステアの行方を調べさせるだろう。もっとも、いまは彼がどこまで逃げてしまったか、ちょっと見当がつかないが」

「リリアンに会おうと、ここにもどってくると思う？」

レドヴァースは肩をすくめた。「あの男がなにを考えているのか、ここに至って彼になにができるのか、はっきりしたことはいえない。もし警察に疑われていることを知れば、自暴自棄になるかもしれない。誰かを殺すか、あるいは傷つけるか、それしか考えられなくなるんじゃないかな」

わたしはうなずいた。「館のなかを捜してみるべき？」

「みんなに話をしたら、すぐにそうしよう。男たちだけで手分けして調べる。叔母上や女性たちには、今夜にそなえて、寝具や枕を居間に集めてもらおう」

それはどういう意味だろう？

「今夜は、みんないっしょに居間で休んでもらう。ばらばらになって、各自のベッドで寝るなんてリスクは冒せないからね」

「そうね」

レドヴァースはそのほかの計画をざっと話してくれた。文句のつけようがない計画だった――わたしもほかの女性たちといっしょに休む、という一点を別にすれば。

「わたし、みんなが眠っているあいだ、寝ずの番をするわ」

レドヴァースは反対意見をいいたそうな目でわたしを見たが、なにもいわないことに決めたようだ。

わたしは居間に入り、一箇所に集まっている不安そうな女性たちのもとに行き、ほかのひとたちがやってくるのを待った。お嬢さんたちがむやみに不安をつのらせないように、ベストを尽くしてなだめる。ミリー叔母はワンショット分のウィスキーが入ったグラスを手に、みんなの背後に立っていた。わたしは思わずグラスをみつめてしまった。

「妙に神経が高ぶってしまったんでね」叔母は弁解がましくつぶやいた。「神経をとぎすましてなきゃいけないのは、充分にわかっているよ」

わたしはほっとして軽くうなずいた。

執事のショウが両手をポケットに突っこみ、気どった足どりで居間に入ってきた。そのすぐあとに、マーサとセルゲイ。それほど遅れずに庭師のバーロウ。最後は少しばかり顔をしかめているハモンド大佐。わたしの視線に気づくと、大佐は肩をすくめた。納屋を離れているあいだに、モスになにかされるのではないかと心配なのだろうが、いまは全員の助力が必要なのだ。レドヴァースが手まねで、みんなにすわるように指示する。全員が腰をおろすと、深く息を吸って前に進みでた。

「アリステアがリリアンに危害を加える恐れがあるんです」

「まさか！」リリアンが叫んだ。「彼はぜったいに――」

レドヴァースは彼女をさえぎって黙らせた。「きみが彼のことを憎からず思っているのはわかっている。だが、彼はやけになっている可能性がある」

彼はできるだけ直截ないいかたを避けようとしているようだ。女たちはじっと耳をかたむけている。男たちは不安そうに目を見交わしている。

「彼をみつけて話を聞くまで、わたしたちはここで安全に身を守る必要がある」

レドヴァースが細心の注意をはらって話しているにもかかわらず、リリアンは顎を引き締め、頑なな表情をくずさなかった。ミリー叔母もわたしもはらはらしてリリアンを見守った。彼女自身がアリステアを危険人物だと認めないかぎり、他者が彼女の身の安全を図るのは困難だ。だが、彼女の表情から判断すると、彼女の気持がいっそうアリステアに傾いてしまったのは明らかだった。

ポピーがリリアンにいった。「そうなのよ、リリー。ほんとうなの」

ポピーのこれほど真摯《しんし》な口調を聞くのは初めてだ。

リリアンの頑なな表情が少しゆるんだ。「いつものばかげた悪ふざけとはちがう、ってこと?」

ポピーはうなずいた。手をのばしてリリアンの手を取り、ぎゅっと握りしめ、姿勢を正した。

その態度には、静かな力——威厳といってもいい、そんな強い力がみなぎっている。

レドヴァースとわたしは目を見交わした。ときには、まったく予想していなかった方向から、援軍が現われるものだ。

リリアンは従姉の顔をじっとみつめ、ふっとため息をついてからわたしたちのほうを向いた。

「わかりました。でも、あのひとをみつけても、ぜったいに手荒なことはしないと約束して」

ためらいなく、みんながうなずいた。むなしい約束だと承知のうえで。警察がアリステアをみつけたら、どういう対処をするにしろ、わたしたちには口も手も出せないのだが、みんなの約束をとりつけて、リリアンの気持はおちついたようだ。

そのあとはてきぱきとスムースに話が進んだ。レドヴァースは必要不可欠な情報しか口にしなかった——全員が事態を真剣に受けとめ、各自が役割を果たすことを脳裏に刻みこむのに充分なだけの情報しか。

ハモンド大佐は納屋にこもり、表扉のすぐ内側に停めてあるアリステアのオートバイも含めて、二台の車とモスを見張る。アリステアは館の出入り口の鍵を持っているので、ショウ、バーロウ、セルゲイの三人で手分けして、一階にある複数の出入り口を警備する。レドヴァースは館のなかを巡回して、適宜、三人の誰かと順番に交替し、それぞれに短い休憩を与える。マーサも含めて、六人の女たちは居間に集まって夜をすごす。ミリー叔母と三人の若い女たちからは激しい抵抗の声があがったが、レドヴァースは一箇所に集まっているべきだと、おだやかにいいきかせた。

アリステアが一連の事件の犯人だとすれば、いくつもの謎の断片がつながるが、彼をみつけて話を聞かないかぎり、真相はわからない。それまでは、リリアンをはじめ、みんなを守るしかない。

居間に集まっている人々の顔を眺め、アリステアが犯人だという見立てが正しいことを祈る。そうでなければ、わたしたちは殺人犯とともに館のなかに立てこもることになるのだ。

44

日が暮れて暗くなるまで、まだ数時間ある。わたしたちは計画を実行に移した。早急に警察がアリステアを捕まえる――それがいちばんいいのだが、それができない場合にそなえて、わたしたちは万全の警備をしなければならない。まず最初に、アリステアがこの広い館《やかた》のどこかにひそんでいるのではないことを確認すべきだ。男たちはふたりずつ組んで、地下室から屋根裏部屋まで、徹底的に調べたが、予想どおり、アリステアはどこにもいなかった。

館のなかの捜索が終了すると、ミリー叔母とわたしはお嬢さんたちを率いて二階にあがり、居間に寝床をこしらえるために、私室や客室から寝具類を持ち出した。わたしは寝ずの番をするつもりだったが、みんなに同調した。自室に入り、必要ないと思いながらも、夜をすごすのに必要そうな品々を集めた。

ドアがどんどんとたたかれ、ミリー叔母の声が聞こえた。急いでロックを解き、ドアを開ける。同時に叔母がドアを押しあけてきたので、わたしははじきとばされそうになった。

「リリアンが部屋のドアをロックしてしまって、呼んでも返事がないんだよ」叔母は震えながら、大きな声でまくしたてた。

「いつ？　彼女を最後に見たのは、いつ？」

「二十分ほど前。マリーの話では、リリアンは彼女の部屋との境のドアもロックして、呼んでも応えないんだって」

わたしは悪態をついたが、叔母は動転していて、わたしをにらみつける余裕もないようだ。

「レドヴァースはどこ？」

「あの娘《こ》の部屋の廊下側のドアを開けようとしている」

廊下を走り、ドアのロックを解錠したレドヴァースが、ドアを開けるところにまにあった。例の道具であっさり解錠してしまったのだ。各部屋のドアの錠がどれほどちゃちなものかがわかり、あらためてショックを受ける。

リリアンの私室に入るのは初めてだ。家具や調度品が少ない広々とした室内を、ぐるりと見まわす。父親は娘のほしがるものはなんでも与えてやるだろうに、この部屋には大きなベッドと、これまた大きな木製のワードローブが目につくぐらいで、装飾的な品はほとんどない。大理石の暖炉の近くのひと隅にゴルフのパターが一本立てかけてあり、ゴルフボールが数個、散らばっているのが、リリアンが自室でもゴルフの練習をしていることを物語っている。これほどひとつのことに打ちこんでいる人間に出会ったのは、彼女が初めてだ。

だが、その部屋でいちばん重要な点は、誰もいないということだろう。ベッドの端に白い紙片があるのに気づき、それをひっつかんだ。リリアンの置き手紙だ。走り書きの文面に急いで目を通す。レドヴァースは開いた窓のそばに立っていた。

「アリステアが誰かに危害を加えるなんて信じないと書いてあるわ。彼を捜しだして、疑いを晴らすように説得するって」叔母とマリーの悲鳴を無視して、わたしは窓辺のレドヴァースのそばに行った。

「共犯なんだろうか？」レドヴァースは静かにいった。

リリアンは無実だとわかっているので、わたしはくびを横に振った。傍目《はため》にはどう見えようと、彼女とアリステアが共犯関係だなんて、ぜったいにありえない。わたしの直感はそういっている。魔の手が自分にのびてくると聞いて、彼女は動揺し、動転した。あれは決して見せかけの演技ではなかった。

窓から出たというのは、リリアンにしては驚くほど愚かな行為だが、筋は通っている。アリステアが疑われているのは単なる誤解だとみなし、捕まえられる途中で危険な目にあってほしくないと思ったのだろう。アリステアにかかっている容疑について、わたしたちがもっとくわしく説明していれば、リリアンの暴走を止められただろうか。だが、もちろん、そんな説明に彼女が耳を貸そうとしなかった可能性はある。リリアンは感情をあまりあらわにしないように見えるが、ほんとうは周囲の人々のことを心から深く思いやっているのだ。だからこそ、従兄を信じたいのだろう。

窓から顔を突きだしているレドヴァースのそばで、わたしはかがみこんで外を眺めた。ここは二階だが、窓台があるので、簡単に雨樋に手が届く。リリアンのようなアスリートには、雨樋をつたって降りていくぐらい、難なくできたはずだ。

「ここから出ていったようだな。いまごろはかなり遠くまで行っているだろう」

そういって、レドヴァースはドアに向かった。わたしもすぐにあとにつづいた。

「まずどこを捜すべき？」

「納屋に行って、ハモンド大佐が彼女を見ていないかどうか訊いてみよう。館のなかを捜索したあと、それほど間《ま》をおかずに大佐は納屋に行ったはずだ。もしかすると、窓から出てくる彼女を見たかもしれない」

わたしたちは急いでコートを着こみ、館の外に出た。冷たい空気が頬を刺す。手袋や帽子にまでは気がまわらなかったので、どちらも着けていない。納屋に向かって急いでいると、つくづく、防寒用の小物のありがたみがわかった。

納屋に近づくと、扉が広く開いているのが見えた。レドヴァースもわたしも顔をしかめ、さらに足を速めた。大佐が扉を開けっぱなしにしておくわけがない。アリステアを閉め出しておきたいと考えたなら、なおさらだ。

用心しながら扉に近づく。レドヴァースはわたしに彼のうしろにいるよう、手まねで指示した。反発したい気持が頭をもたげたが、レドヴァースがコートのポケットから黒く光るリヴォルヴァーを取りだすのを見て、おとなしく従うことにした。

ともあれ、レドヴァースの背後にいれば、安心していられる。

「ハモンド大佐？」レドヴァースは銃口を左右に動かしながら呼びかけ、慎重に納屋のなかに足を踏みいれた。

わたしは念のために納屋の外を見まわしてから、彼につづいた。車の区画にはベントリーがある。モスは定位置に鎮座ましましている。その向こう側の床に、なにかが横たわっている。誰かが横向きに倒れているのだ。

「クリス！」わたしは小さく叫び、レドヴァースのわきを駆けぬけようとしたが、彼に引きもどされた。レドヴァースは広い納屋のなかをすみずみまで目を走らせてから、わたしを行かせてくれた。

大佐に駆けよる。後頭部に深い裂傷がある。出血しているが、致命的な傷ではないようだ。大佐の体をそっと横むけにすると、大佐が呻《うめ》いた。

生きている。

「クリス、聞こえる？」

大佐のまぶたが震え、目が開く。また呻き声をあげてから、大佐は片手を後頭部にあてがい、用心ぶかく傷口にさわった。

レドヴァースは階段を昇り、すばやく二階を調べてからもどってきた。

「ダイムラーに乗っていったようだ。リリアンに会おうと、もどってきたにちがいない」

「もどってくるなんて、危険すぎるわ。たぶん、彼はずっと敷地内にひそんでいて、外には出なかったのよ」

みんなで館のなかを捜しているあいだは、森に隠れていたのだろう。わたしたちが村からもどってきたときは、二台の車とオートバイはちゃんと納屋にあった。だがいまはダイムラーが消えている。どういう手段を使ったのかわからないが、アリステアはリリアンに自分の居場所を伝え、会いにくるように仕向けたにちがいない。

わたしの従妹がアリステアといっしょにいる――そう思うと、不安でたまらなくなる。

「ふたりが出ていってから、どれぐらい時間がたったと思う?」

「リリアンが部屋を抜けだしたのは三十分ほど前か、そこいらだろう。時間が勝負の鍵だ。ずいぶん引き離されてしまった」

気が気ではない思いでわたしが周囲を見まわしているあいだに、レドヴァースは大佐をそっと助け起こした。

「なにがあった?」レドヴァースは大佐に訊いた。

大佐は片手で後頭部の傷口を押さえたまま答えた。「リリアンがやってきたので、話をした。なぜ館を出てきたのかと訊いたんです。そのあと、意識を失った」

レドヴァースの黒い眉がぐいとつりあがった。「アリステアはリリアンを囮《おとり》に使ったんだな」

わたしはうなずき、心を決めた。すっと立ちあがり、扉に近づいて、めいっぱい広く開ける。

「どうしたんだい?」レドヴァースはけげんそうだ。

わたしはモスのそばにもどり、機体のうしろに立ってレドヴァースにいった。「手伝って」

レドヴァースはなにもいわずに機体のうしろにやってきて、モスを納屋から押しだすのを手伝ってくれた。

「ジェーン……」

わたしがなにをする気なのかを察したレドヴァースがなにかいおうとしているが、それを無視する。機体を外に出し、片側の上と下の翼のあいだに支柱を立てる。機体をぐるりと回って、もう一方の支柱も立てる。翼を強く押して、しっかりと装着され、固定されていることを確認する。

「ジェーン……」

わたしはくびを横にふって呼びかけを無視した。おおざっぱに目視点検をしてから、空を見あげ、ハモンド大佐の努力が充分に実っていることを祈る。大佐は寝ずの番をしてモスを守っていたのだから。

「これしかないでしょ」わたしはいった。「これでないと、彼には追いつけない」

「誰が飛ばすんだい？」レドヴァースは納屋のなかの大佐に目をやった。大佐はまだ意識が鮮明ではないようで、ぼうっとしている。

わたしは深く息を吸いこんだ。「わたし」

45

「飛行訓練は万全だという自信があるのか？」

自信はないが、離陸、旋回、着陸のしかたは知っている。それで充分だ。ひとさし指と中指を交差させ、幸運を祈る。翼の上に立ち、操縦席をのぞく。大佐が納屋からよろめくように出てきた。片手はまだ後頭部の傷口にあてているが、もう一方の手に、わたしの飛行帽とゴーグルを持っている。

「あなたならできる」大佐はわたしに飛行帽とゴーグルを渡しながら、うなずいてくれた。それでぐっと気持がらくになった。自信をもたせてくれたのがなによりうれしい。

大佐に礼をいってから、通常なら教官がすわる後部座席に乗りこむ。昨日飛行訓練ができるかと期待して持参した飛行帽とゴーグルを、納屋に置き忘れて帰ってしまったのだが、いまはそれが幸いした。ひんやりと冷たい飛行帽をかぶり、ゴーグルをつける。ゴーグルが曇っていたので、急いできれいに拭く。

「シネマじゃないんだぞ！　グレイスンに連絡すべきだ！」レドヴァースが叫んでいる。

「乗って！」わたしも叫びかえした。いいあらそっている場合ではないし、レドヴァースが乗らないのなら、わたしひとりで離陸するつもりだった。これ以上時間をとられて、リリアンを危険にさらすようなまねはしたくない。レドヴァースはくちびるを引き結んだ。一瞬ためらったあと、心を決めたようだ。体をよじって前部座席に乗りこみ、飛行帽とゴーグルを着けた。両方とも、ヒューズ卿が席に置きっぱなしにしていたものだ。

ハモンド大佐が機体の前に立ち、プロペラを回す姿勢をとった。彼のけがを心配しているわたしの表情に気づいたようだ。

「準備はいいか」叫んだはずみで傷が痛んだようだ。大佐は顔をしかめた。

わたしが親指をあげると、大佐はプロペラを回しはじめた。わたしはスターターを始動させた。モスに生気が吹きこまれる。

胃が足もとにまで沈みこんでしまったような気がする。鉄でできたなにかを飲みこんでしまったような気分。だが、わたしは小型の機体を前に進ませ、土を固めた滑走路に乗り入れた。

「車、どっちに行ったと思う？」大声でレドヴァースに訊く。沈黙がつづき、答える気がないのかと思ったが、機体が空中に浮きあがると、レドヴァースが肩越しに叫んだ。

「左！」

ちらっと下に目をやると、館《やかた》の敷地に沿ってのびている、舗装していない土の道路が見えた。まだ上昇中だが、機体を左に向ける。地上では大佐が見守っている。わたしはごくりと唾をのみこんだ。これまでは専門家である大佐の意見や判断に従ってきた——それがいま、突然に、自分ひとりの裁量で複葉機を操縦しなければならなくなったのだ。

土の道路に沿って機体を飛ばす。アリステアはかなり遠くまで逃げている可能性が高い——

わたしたちが納屋にいたとき、まだ敷地から出ていなかったのなら、自動車のエンジン音が聞こえたはずだ。唯一の救いは、アリステアがこのルートを使っているのなら、それほどスピードを出せないという点にある。土の道路は農作業の車輛用なのだ。自動車のための道路ではないから、整備もされていない。

上空から道路に沿って進んでいく。モスの規則正しいエンジンの音が血管のなかに入りこみ、不安とまざりあう。リリアンのことが心配なのはいうまでもないが、レドヴァースとわたし自身のことも不安なのだ——眼下の道路に目をやっては、方向舵を動かすスティックをそっと押して、こまめに方向を変える。眼下を見るときに操縦桿《かん》を動かさずにいるのは、恐ろしいほどの集中力を要求される。じつをいえば、訓練のときは機体を水平に保つことに集中するのがせいいっぱいだったのだ。それなのに、水平に保ったまま、地上を走る車を追うなんて……。

数分間飛びつづけると、土の道路が舗装された道路と交わる地点の上空にさしかかった。アリステアはどちらの道路を選択したのか。わたしはとっさの判断で左に機首を向けた。アリステアはヒューズ卿の領地に向かうのではなく、そちらから離れるほうを選んだと思えたからだ。レドヴァースは黙りこんだままだ。わたしは彼を無理にふりむかせて、わたしの判断が正しいかどうか、大声で訊きたかった。だが、その気持が通じたのか、レドヴァースは顔だけふりむけて、良しというふうにうなずいてからまた前を向き、眼下をにらんだ。

眼下には田園風景が広がっている。ゆるやかにうねっている丘陵や草を食《は》む羊たちの上に、機体の影がさす。ところどころに農家があるが、走行する自動車は見えない。まちがった方向を選んでしまったのだろうか、引き返すべきだろうかと迷いはじめたとき、レドヴァースの声が聞こえた。

「あそこだ！」

地上に目を向けると、わたしの視線の方向に機体がぐいと動いた。急いでまっすぐにもどす直前に、狭い道路を疾走しているダイムラーが見えた。地形を確認してから、機体をわずかに左に寄せ、地上のダイムラーのまうしろにつける。車を追い越そうと、操縦桿を押して速度をあげる。アリステアはモスのエンジン音を聞きつけたようだ。この高さからでも、車のスピードがあがるのがわかった。あんな狭い道路であんなにスピードを出すなんて、危険きわまりない。アリステアが車をコントロールできることを祈る。さもなければ、事故を起こして、リリアンともども死んでしまうかもしれない――かわいそうなサイモンと同じように。

モスを着陸させ、なおかつ、ダイムラーを停車させる場所が必要だ。次の交差地点にさしかかると、アリステアはほとんど減速せずに猛スピードのまま右折した。わたしたちのほうが優勢な状況だったのに、それを覆《くつがえ》されて、わたしは悔しくて呻《うめ》き声をあげ、機首をダイムラーが走っていった方向に向けた。車に追いつくと、上空を少しばかり先に進む。

レドヴァースはなにもいわない。彼がわたしを信頼してくれているのがうれしい。男という生きものは、なにか計画を立てて、それを実行するさい、すべてを自分の思いどおりに動かしたくて、他者にこまかく指図するものだ。だがレドヴァースはわたしに判断を委ね、口出しをしようとしない。そういう男はめったにいないものだ。もっとも、複葉機で上空からの追跡となると、レドヴァースには選択肢がないも同然なのだが。

「どこか着陸できそうな場所はない？」わたしは大声で訊いた。

「前方の、あそこはどうかな」

レドヴァースの声は風に流されて、かろうじて聞こえた程度だったが、彼が手で示した方向はしっかり見えた。

わたしはダイムラーを追ってモスを飛ばし、アリステアがどうしてもその方向に車を走らせなければならないように仕向けた。少し距離があるが、レドヴァースが提示した地点は、村のパブにクイーニーを訪ねたあとでレドヴァースが車を停めた、あの場所に似ている。舗装道路と農場を結ぶ枝道のひとつだ。農場の畑の作物はすでに刈りとられているが、地面には、折れた茎や茶色く枯れた二番刈りの牧草が多々残っている。わたしは機体を旋回させ、さらにもう一度旋回させて、ダイムラーからは充分に離れていることを祈りながら、高度を下げた。

「足を踏んばって！」レドヴァースに叫ぶ。彼を見る余裕などはなく、ひたすら着陸に集中する。滑走路に使えるような土の道路はない――畑に突っこんで着陸するしかない。

そのとおり、荒っぽい着陸になった。機体が地面に近づくにつれ、残っている茎が車輪にばしばしとあたる。車輪が地面に接した衝撃で、機体が軽く浮きあがった。わたしは歯をくいしばり、必死になって再度モスを着陸させた。今度は無事に車輪が接地し、機体は地面の上を走った。地表がでこぼこしているので、機体がバウンドするたびに、こちらの体も浮き沈みする。速度を落とし、慣性で進むように足もとのペダルを踏みつづけて、機体を畑から舗装道路に至る枝道のほうに向かわせた。

　車輪が地面の穴ぼこを通過するさい、歯がかちかちと鳴るほど、がくんと機体が下がったが、なんとか前に進んで、機体を舗装道路に乗り入れることができた。小さなモスが安定して停止すると、わたしはエンジンを切った――ダイムラーの行く手を完全に封鎖したのだ。モスのエンジンが止まると、あたりはいきなり静かになった。その静けさのなかで、ダイムラーのエンジン音がやけに大きく響く。心臓が跳びあがって喉がふさがれているような気がする。いまにもダイムラーが最後のカーブを曲がってくるはずだ。ダイムラーがモスの側面に衝突することなく、手前で停止してくれますように。

46

　モスが停止するやいなや、前部座席のレドヴァースが行動を起こした。すばやく地面に降りたつと、上着のポケットからリヴォルヴァーを取りだし、走ってくるダイムラーに銃口を向けた。わたしはシートベルトのバックルをはずし、座席から這い出た。もしダイムラーがモスに衝突したら……座席にすわっていたくはない。

　ダイムラーが最後のカーブを曲がってやってきた。だが、停まるようすはない。一瞬一瞬がとても長く感じられる。このままでは、車はレドヴァースを撥《は》ねとばし、さらにモスに衝突してしまう。まちがいなく、アリステアはそうする気だ。だが、最後の最後で、アリステアはブレーキを踏んだ。ダイムラーは悲鳴のようなきしり音をあげながら、横すべりした。右側の前輪が路肩の溝にはまって、車が急停止した。その地点まで、路面にタイヤの跡が長くつづいている。

　ダイムラーからアリステアが降りてくる。額から細く血が流れている。逃げ出そうとした瞬間、レドヴァースに捕まり、地面に投げとばされた。

　レドヴァースはアリステアにリヴォルヴァーをつきつけて、倒れている彼の両腕を背後に荒っぽく引っぱった。

アリステアは捕まえたが、リリアンの姿が見えない。助手席にいるものと思っていたが、そこに彼女はいなかった。後部座席にもいない。

「トランクを」

レドヴァースにそういわれ、わたしはイグニションキーをつかんで、車の後部に走った。手がぶるぶる震えているため、なかなかキーがトランクのキーホールに入らない。ようやくトランクが開いた。なかには、ボールのように丸まったリリアンが押しこめられていた。意識を失っているが、呼吸はしている。脈を測り、顔にかかった髪をかきあげてやる。見たところ、頭にも体にも傷はないようだが、トランクのなかからは、なにやら化学薬品らしい臭いが流れてくる。

「いたわ！」レドヴァースに叫ぶ。「意識を失ってる」開けたトランクの蓋の横っちょからレドヴァースを見る。「ふたりを館《やかた》までどうやって運ぶの？　警察にはどうやって連絡する？」

「さあ、どうしようか」レドヴァースの声が硬い。まだもがいているアリステアの背中を膝で押さえつけ、両方の手くびをしっかりつかんでいるせいだろう。アリステアに抵抗する力が残っているとは驚きだが、きっと、まだアドレナリンが全身を駆けめぐっているのだろう。わたしも同じだから。

トランクに目をもどし、化学薬品臭のもとを捜してみたが、それらしいものは見あたらない。リリアンの呼吸を確かめながら、やさしくあやすようにことばをかけてみたが、彼女には聞こえていないようだ。

そんな状態はそれほど長くつづかなかった。何分かすると、舗装道路の反対方向から、数台の車が近づいてくる音が聞こえてきたのだ。このままでは衝突事故が起こる。パニックに駆られたわたしは、走ってくる車に停まるように合図しようと、アリステアを取り押さえているレドヴァースと、舗装道路に停止しているモスのそばを必死で駆けぬけた。

だが杞憂だった——こちらに向かって走ってきた三台の車は速度を落とし、モスのかなり手前で、路肩に停止したのだ。三台とも警察の車だった。

ほっとして、長い長いため息が洩れた。

先頭の車からグレイスン警部がとびだして、全速力で駆けてきた。わたしはアリステアを押さえこんでいるレドヴァースを手まねで示してから、ダイムラーのトランクのそばにもどり、リリアンのようすを見守った。リリアンはまだ意識をとりもどしていないが、呼吸は正常になってきている。ざっと確かめたかぎりでは、出血している箇所はない。トランクに押しこめられたときに、どこかをぶつけた可能性はありそうだが、打ち身程度ですんだのかもしれない。

アリステアの身柄が確保されると、わたしは館に警察車を一台向かわせて、ミリー叔母を連れてくるべきだと強く主張した。そうすれば、叔母はリリアンに付き添える。いまのいまも、叔母は気も狂わんばかりに心配しているにちがいない。リリアンが無事かどうかわからないままにしておくのは、あまりにも残酷だ。さらに、救急車を呼んでくれと要求した。出血していないとはいえ、リリアンの体のことを考えれば、地元の開業医のもとに運びこむより、たとえ数マイル遠くても、大きな病院に搬送するほうが安心だと思ったからだ。

リリアンがまだ意識をとりもどさないのが心配でならない。だが、体格のいい警察官が彼女をそっとトランクから抱えだしたとき、それまで彼女の体の下敷きになっていた白いハンカチが見えた。わたしはおずおずとそれを拾いあげた。鼻を近づけなくても、そのハンカチから化学薬品臭がしているのはわかった。リリアンは頭を殴られて気絶したのではなく、ハンカチにしみこませた麻酔薬を嗅がされて意識を失ったのだ。それがわかって、胸のなかのしこりがほどけた。それなら、わたしの従妹はすぐに元気になる。もうだいじょうぶだ。

警察車に乗せられたミリー叔母が到着した。わたしはうしろにさがった。叔母はリリアンに駆けよろうと、そこいらに立っている者を全員なぎたおさんばかりに、戦車さながらの勢いで突進してきたからだ。

やがて到着した救急隊員たちが気の毒になった。彼らが到着するやいなや、叔母はリリアンに確実に最善の医療処置をするように、やいのやいのとせっついて騒ぎまくったからだ。リリアンが救急車に乗せられてドアが閉まってからも、同乗した叔母の声はあたりに響きわたっていた。その声がリリアンの意識に作用したのかもしれない。救急車に乗せられるときに、少し反応があったからだ。もちろん、だからといって、叔母が静かになったわけではないが。

救急車を見送ると、わたしは警察署に向かう車の一台に乗りこんだ。ぐったりとシートにもたれる。体じゅうを駆けめぐっていたアドレナリンの奔流が、じわじわとおさまっていくのがわかった。

警察署に着いたころには、わたしは完全にへたばっていたが、グレイスン警部をわきに引っぱって、ヒューズ卿を釈放してもらえないかと訊いた。そうすれば、ヒューズ卿も娘といっしょにいられる。

「この状況からいえば、それは可能です」警部はすぐに、部下のひとりにヒューズ卿を病院に連れていくように指示した。

「お疲れのようですね。コーヒーを持ってこさせましょうか?」グレイスン警部はいつものように気遣ってくれた。

気遣いはありがたいが、わたしはくびを横に振った。「アリステアがどんな話をするのか、ぜひ聞きたいんだけど」

そういいながら、なにげなく頭に手をやって、まだ飛行帽をかぶっていることに気づいた。飛行帽の上には、押しあげたままのゴーグル。両方とも片手でむしりとる。

アリステアのいる取調室に同席させてもらう件で、警部といいあいになるかと思ったが、警部はそれを回避したようだ。黙ってわたしに背を向けると、取調室に向かって歩きだした。どうやら、女の身ながらもわたしが役に立つことを認めたらしい。急いで警部のあとから取調室に入ると、アリステアとともに、レドヴァースが待っていた。

テーブルの向こう側にすわっているアリステアは腕を組み、ふてぶてしい態度を隠そうともしていない。頬に傷があるのは、レドヴァースに地面に組み敷かれたときにできたのだろう。

額の出血は止まり、血も乾いている。ズボンのあちこちが破れている。上着も同様だ。

アドレナリンの噴出がおさまったいま、椅子にすわったら眠ってしまうのではないかと思い、わたしは立ったまま部屋の壁にもたれた。レドヴァースとグレイスン警部がアリステアと向かいあった席を占める。わたしはしげしげとアリステアをみつめた。アリステアの顎が固く引き締められているので、取り調べはスムースにいかないのではないかと思った。

グレイスン警部が口を切った。「誘拐の現行犯として取り調べる」

アリステアは無造作に肩をすくめた。「彼女がぼくといっしょに来たがったのかもしれないだろ」

わたしは天を仰いだ。「気絶して、車のトランクに入って?」思わず口を出してしまった。

アリステアはじろっとわたしをにらんだ。「ぼくとの結婚に同意するはずだったんだ。そこに確実に連れていこうとしただけだ」

「そこって、どこだ?」警部が訊く。

アリステアはくちびるをぎゅっと引き結んだ。青い目が怒りに燃えている。従妹の幸福が第一とばかりに気を遣っていた、屈託のないプレイボーイの仮面が剝がれた——つやつやとした髪はぐしゃぐしゃに乱れ、顔には愛想のよさのかけらもない。覚醒した恨みと怒りがあからさまに顔に出ている。仮面の下の素顔を初めて見たが、決して見目よいものではなかった。

警部は尋問をつづけた。「強制的に彼女と結婚してしまうつもりだったんだな。その理由は想像できる。彼女と結婚すれば、ヒューズ卿の領地を継げる。しかも、ヒューズ卿を殺人やあんたの毒殺未遂の犯人に仕立てあげれば、てっとりばやく、あんたが後継者になれるわけだ」

アリステアは肩をすくめたが、なにもいわない。

警部に尋問を任せるべきだとはわかっていたが、黙っているのはがまんできなくなった。

「アリステア、わたしたちは真実を知っている。あなたがリリアンを誘拐したのはまちがいないんだから、ほかのことでも、ちゃんと罪を認めたほうがいいわよ」

アリステアは怒りに燃える目でわたしをにらんだ。威嚇《いかく》しているつもりらしいが、そんな目つきには慣れている。わたしも怒っているのだ――アリステアは罪もない退役軍人を殺し、やさしい紳士に罪をなすりつけようと奸計をめぐらしたうえに、わたしの従妹を誘拐した。わたしはもたれていた壁から離れて前に進みでると、胸のところで腕を組んだ。

「あなたが自分で砒素《ひそ》を飲むほど愚かだったなんて、信じられないわ」アリステアの知性をあやぶむ攻撃を仕掛ければ、怒って反論してくるにちがいないと踏んで、わたしはそういった。

「あんなの、どうってことはない」

案の定、アリステアは傲慢《ごうまん》な口ぶりで話しだした。

「砒素の適量を調べるのに、ネズミを何匹も使って試してみたからね。で、ネズミが死んでしまうか、それとも、ただぐあいが悪くなるか、きちんと砒素の量をメモした。それから、ぼくの体重に合わせて、摂取する砒素の量を算出したんだ」

わたしの顔はひきつったが、アリステアは得意げな薄ら笑いを浮かべた。

「いや、心配はいらないよ、ミセス・ヴンダリー。そりゃあ、多少の危険はあったけど、ぼくが飲んだのはごく少量だったから。まさか、ほんとうに危険なまねをするわけがないでしょ」

アリステアはわたしの表情を読みちがえたのだ。わたしは実験に使われたネズミたちがかわいそうで顔をひきつらせたのであって、アリステアが死んだかもしれないと心配したからではない。

「わたしを小川に突き落としたのもあなたね」

「ぼくの計画を邪魔するからだよ。あちこちで、いろんなひとに質問してまわるなんてさ。ちょいと脅してやれば、あんたのためになると思って」

わたしの推測はあたっていた——わたしを殺すのが目的ではなく、脅したかっただけ。

「なぜマリーを襲った?」レドヴァースが口をはさんだ。

レドヴァースやわたしが遠慮なく尋問するのを、グレイスン警部が不快に思っているのではないかと思ったが、警部はアリステアの話が聞ければそれでいいらしく、質疑応答をせっせと書き留めている。

アリステアの怒りが血管のなかで煮えたぎったようだ。顔をまっ赤にして、唾を飛ばしてしゃべった。

「あいつが異常な淫婦だからだ! ぼくの妹をたぶらかしやがって! 寝ていると思って剃刀《かみそり》で刺したときに、あいつがベッドにいなかったのが、ほんとに残念だよ。あいつをめためたに切り裂いてやりたかったのに。そうとも、妹は悪くない。あいつにたぶらかされなかったら、妹は過ちをおかしたりはしなかったに決まってる」

それはどうだろう。アリステアがあのふたりの仲をそんなふうに見ているのは遺憾だ。ふたりの関係はふたりだけのものだ。ポピーといっしょにいるときのマリーは、これまで見たことがないほど陽気で楽しげだった。ポピーには会ってまだ間もないので、本来の資質がどうなのかはよくわからないが、アリステアがいまの妹を受け容れられず、彼女の幸福を喜んでいないのは、残念至極。

「上掛けの下には枕が並べられているだけだったとわかったときは、すごくがっかりしたでしょうね」認めたくはないが、アリステアの怒りのボタンを押すのはじつに楽しい。

アリステアの顔がいっそう暗くなった。「あのあと、あいつがひとりでいるところをみつけていたら。あいつがひとりでいたら……」

わたしはぞくっと身震いした。寝具が切り裂かれているのを見たからだ。あのあと、マリーをリリアンの部屋で夜をすごすようにさせてよかった。運がよかったといえる。

「伯父さんとはうまくいってたと思ってたわ。なぜあのかたに罪をなすりつけるようなまねをしたの？」

アリステアは自制したらしく、まっ赤だった顔が平常にもどった。「伯父なんか大きらいだ。ぼくの父にあんな仕打ちをしやがって」暗い声には怒りがこもっている。

レドヴァースが割って入った。「正確なところ、きみの伯父さんにいったいどんな責任があるというのかね？　きみのおとうさんが財産を失ったのは、おとうさん自身の責任だと思うが」

「だけど、伯父なら父を助けられたんだ。いつだって！　ぼくたちは家を失い、金も失った。

エドワード伯父はすべてを持っている。たったひとりの弟に手をさしのべることぐらい、簡単にできたんだ」

わたしは頭を振って、また壁に寄りかかった。毒を吐く若者から、少しでも遠ざかれるのがうれしい。

アリステアは父親の身勝手な人生観を受け継ぎ、真実を見る目が曇っている。ヒューズ卿は弟のジェームズを助けようとしたのだが、その結果、知らずして、非国民的な投資をするという破廉恥なことをしてしまったのだ。

思うに、ヒューズ卿は何度も弟に手をさしのべ、そのたびに、好意は仇《あだ》となり、あるいは無に帰したのだろう。だが、アリステアはなんの疑問ももたずに、父親の吐きだす毒を飲みこんだにちがいない。父親が責任逃れをしているなどとはこれっぽっちも疑わず、父親の言こそ真実なのだと思いこんだのだ。だからといって、全面的にアリステアを責めるのは酷だろう。誰だって、自分の親が極悪人だとは思わないし、また考えたくもないものだ。だが、アリステアは父親にそそぎこまれた毒を心の奥底にためこみ、自分には悪を矯《た》める権利があると思いこむほどに、大きく育ててしまったのだ。

わたしはアリステアを哀れに思った——少しだけだが。

「それで、サイモンは?」レドヴァースが訊いた。

アリステアはくちびるをゆがめた。「あいつはどこかの馬の骨にすぎない。それなのに、伯父はぼくの家族ではなく、あいつを救ってやった。しかも、サイモンはリリアンに求婚できると思っていやがったんだ。ぼくの従妹が養子で、貴族の血を引いてはいないとはいえ、あいつは身の程をわきまえるべきだった。リリアンは高嶺の花だとね」

これはおもしろい。アリステアはリリアンがヒューズ卿の実の娘だとは知らないのだ。彼女が養子だということしか知らないのだ。

わたしはまた頭を振った。もう充分だ。アリステアの尋問はレドヴァースと警部に任せ、わたしはあとで聞かせてもらおう。この幼稚で未熟な若者がためこんだ憎悪を吐き散らすのを聞いているのは、もう疲れた。

47

わたしは取調室を出て、ミリー叔母とリリアンが運ばれた病院はどこかと尋ねた。捕り物騒ぎのせいで、まだ大勢の警官がそこいらをうろうろしているので、誰かが病院まで送ってくれるのはまちがいないと思ったのだ。そのとおり、車で送ってもらえることになった。車に乗っているうちに、わたしはドアにもたれて眠りこんでしまった。手にゴーグルと飛行帽を握りしめて。

警官にそっと揺すぶられて目が覚めた。病院に着いたのだ。警官にもごもご礼をいってから、従妹に会おうと病院に入った。

リリアンの病室のドアをノックする――個室なのは、きっとミリー叔母がそう主張したのだろう。静かにドアを開けると、ヒューズ卿とミリー叔母が手を握り、指をからめて、ベッドサイドに立っていた。叔母はわたしを見たが、知らん顔をした。ヒューズ卿はわたしにちょっとうなずいてみせたが、すぐにまた、心配そうに医師に目をやった。

ちょうどリリアンの診察が終わるところだった。医師はリリアンの瞳孔《どうこう》を照らしていたライトを消し、ヒューズ卿とミリー叔母のほうを向いた。

「二、三時間で完全に回復します。ご自宅に連れて帰れますよ。ただし、目を離さないように」

叔母とヒューズ卿は真剣な面もちでうなずき、リリアンのやつれた顔をみつめた。

医師が出てくるのと入れ替わりに、わたしは病室に入った。

「リリアン」そっと呼びかける。叔母ににらまれたが、気にしない。「どうしてアリステアに会いにいったの？」

横たわったリリアンはわたしを見あげた。その目はまだどんよりしている。

「彼がわざとやったなんて、どうしても思えなかった。警察に捕まえられる前に、彼と話をしたかったの。そうすれば、いろんなことの理由がわかるかと思って」

わたしはうなずき、胸の前で腕を組んだ。叔母はヒューズ卿の手を放して、リリアンの髪をかきあげてやった。

「なにもいまここで、質問に答えなくてもいいんだよ」

叔母はそういったが、リリアンもわたしもそれを無視した。

「彼を信じたかったのね」

リリアンはのろのろとうなずいた。「それに、彼が警察に手ひどい目にあわせられるのは嫌だった。あのね、わたしたち、子どものころ、手紙を書いては木のうろをポスト代わりに使ってたの。それを思い出した。それで、あのとき、寝具なんかを取りに部屋にもどったさいに窓から抜けだして、その木まで行ってみたら、うろのなかにメモが入ってた。メモに書いてある場所に来れば会えるって」

納得してうなずく。けっきょくアリステアは、館《やかた》の敷地内から出ていなかったのだ。「それで、納屋ではなにがあったの？」

リリアンは顔をしかめた。「アリステアは車が要るっていった。わたしに納屋に入ってハモンド大佐と話をしてくれって。わたしが大佐の注意を惹きつけているあいだに、彼が車に乗りこむんだとばかり思ってた。だのに、彼はうしろから大佐の頭を殴りつけた。まさかそんなことをするなんて……。わたしは悲鳴をあげて彼を責めようとした。急いで納屋を出ようとしたんだけど、白い布きれを手にした彼が、うしろから襲いかかってきた。そのあとのことは憶えていない」

ヒューズ卿がいった。「医師はクロロホルムを嗅がされたとみなしているようだ」

つじつまが合う。わたしはふと思いついて、ヒューズ卿に訊いた。「アリステアのおとうさんに連絡なさるおつもりですか？」

ヒューズ卿はくびを横に振って、寂しげな笑みを浮かべた。「そんなことをしても、なんの役にも立たないだろうね。アリステアは父親に助けてほしいなんて思っていないんじゃないかな。だが、彼には腕のいい弁護士をつけてやるつもりだよ」

「きっと必要になりますね」

わたしだったら、娘を誘拐し、自分を殺人犯に仕立てあげようとした当事者に、そこまで親切にしてやれるものかどうか。それにしても、ヒューズ卿に対する最初の印象が正しかったと証明されて、ほんとうにうれしい。ヒューズ卿は胸の内にいくつも秘密を抱えているかもしれないが、芯は善良なのだ。

つまるところ、わたしたちは誰もが、秘密を抱えて生きているのだ。

ヒューズ卿は公式に釈放され、ミリー叔母とリリアンを連れて館に帰った。執事のショウがベントリーで病院まで迎えにきたので、わたしも同乗させてもらった。病院を出るころには、とうに日が落ちて暗くなっていた。後部座席のリリアンとわたしのあいだには、叔母が窮屈そうにすわっていたが、わたしもリリアンもうとうとしてしまった。

館に着くと、くたびれきっていたけれども、わたしは玄関ホールをうろうろと歩きまわった。レドヴァースはグレイスン警部に協力してアリステアの尋問をつづけているのだが、それが終わって館にもどってくるのを待っていたのだ。だが、そう長くは待たずにすんだ――わたしが取調室を出たあと、アリステアは滔々《とうとう》と自分の主張をしゃべりまくったらしい。その夜はもう、彼から聞き出せることはないとわかり、レドヴァースは書類仕事に忙しい警部を残して、署を出てきたのだ。

レドヴァースが玄関ドアから入ってくるやいなや、わたしは彼に駆けよった。「モスを！　あれをこっちにもどさないと。わたしがどこか損傷させなかったかどうか、しっかり調べてみなきゃ」

レドヴァースはけげんな顔をした。「なにも聞いていないのかい？　ハモンド大佐が現場に行ったんだ。大佐が機体をチェックして、あるべき場所にもどしたはずだよ」

わたしはくちびるを噛んだ。「頭を殴られたというのに？」

「ハモンド大佐は戦争体験のある軍人だ。きみが思っているよりもずっとタフだよ。モスはすでに、納屋に格納されているはずだ」

これほど疲れていなかったら、納屋にすっとんでいって確かめただろうが、そうはしなかった。安堵のため息をついただけだ。後始末をするために、田舎道を駆けまわらなくてよくなった。いまはもう、リラックスして強い酒を飲みたいだけ。利己的な衝動だが、それぐらいは勘弁してもらおう。

誰もがわたしと同じ気持だったようだ。居間に行くと、夜も遅い時間だというのに、ヒューズ卿とミリー叔母は暖炉の前に陣取り、癒しの酒を飲んでいた。叔母はいつものハイボールではなく、ウィスキーをストレートで飲んでいる。ヒューズ卿が飲んでいるのもそうらしい。

「お嬢さんたちは?」バーワゴンに向かう途中で足を止め、叔母に訊いた。叔母がリリアンのそばを離れていられるとは、驚きだ。

「階上《うえ》でリリアンの世話をしてるよ」

「叔母さん抜きで?」

暗い目でじろりと見られ、なだめるように叔母の腕に手をおく。「どうしてかなと思っただけよ、ミリー叔母さん」

ヒューズ卿が共謀するような微笑を浮かべて、わたしを見た。

わたしはバーワゴンに向かった。そこでは、レドヴァースとハモンド大佐が小声で話していた。

大佐はほほえんだが、まだ傷が痛むらしく、ちょっとゆがんだ微笑だった。「なにがいいですか？」

「ジンリッキーをお願いします。ぐあいはいかがですか？」

「頭痛という悪魔に取り憑かれてますがね、そのうちよくなるでしょう。それから、モスは無事に納屋に収まってます」

大佐はジンリッキーをこしらえながら、わたしを横目で見た。「機体に数箇所、ひっかき傷がありますが」

頬が熱くなった。「ごめんなさい。ひどい損傷じゃないといいんですが」

大佐はくすくす笑った。「彼らに追いつけたんですから、たとえモスが大破しても、その価値はありましたよ。そりゃあ、少々傷ついてますが、たいしたことはありません」なんだか誇らしげだ。「それに、あなたはしっかり飛行しただけではなく、畑に着陸したとか。そこまで上達したとは、なかなか」

わたしは顔をまっ赤にして大佐に礼をいった。ちらりとレドヴァースに目をやると、彼は目くばせをしてよこした。わたしの初めての単独飛行について、彼が大佐に報告したのだ。モスを着地させてから、車輪を穴ぼこに落としてしまったことも報告されてしまったのだろうか。それは自分から白状すべきかもしれない——次に大佐の飛行訓練を受けるときには、操縦桿《かん》をうっかり動かさないように安定させておかなければ。

さらなる驚きが待っていた。背後からミリー叔母に声をかけられたからだ。

「ジェーン、あんたがあの剣呑なものを動かせる訓練を受けていて、ほんとによかったと認めなきゃいけないね」

わたしたち三人はいっせいに叔母に顔を向けた。わたしはにっこりほほえんだ。

「今日という日が記念すべき日になったね」レドヴァースがわたしの耳元でささやいた。

「なんですって、ミスター・レドヴァース？」叔母はじろりとレドヴァースをにらんだ。

「よくやったと褒めていたんですよ」

叔母の気持が少しやわらいだようだ。おもむろに、こほんと咳払いする。「あれを傷つけたことについては、すまなかったと思ってます」

わたしは顔をしかめた。「畑に着陸させたときに傷がついたこと？　でも、作物がとっくに収穫されていたのは幸運だったと思うわ。そうでなかったら、もっとひどく損傷してたはずだもの」

叔母はグラスをのぞきこみ、まだたっぷり残っている酒を軽く揺すった。「そうじゃなくて」小さくつぶやく。

はっと気づき、わたしはレドヴァースと目を見交わした。「ミリー叔母さん！　叔母さんが燃料供給管を切断したのね」

叔母はとんでもないという顔になった。「わたしが直接に手を下したわけじゃないよ。ミスター・ショウに話して、あんたがあの剣呑なものに乗らないよう、手を打ってもらいたいとたのんだだけだ。あんたときたら、わざわざ自分から危険にとびこんでいたんだから」叔母は酒を大きくあおった。「あれをこわしてしまう気はなかった。だから、ミスター・ショウにもそういった。それで、彼は燃料管とやらをちょっといじって、危険が目に見えるようにしてくれたんだ。それが結果的にうまくいった。ほぼ、ね」

これで最後まで残っていた謎が解けた。わたしのうしろで、大佐が笑いを堪《こら》えているらしい、くぐもった音が聞こえた。大佐は叔母の厚顔きわまりない破壊工作をおもしろがっているようだ。あと始末をしなければならなかったというのに。わたしはおもしろがっていいものやら、怒るべきやら、どうしていいかわからなかった。たぶん、その両方の気持が半々なのだろう――いかにもミリー叔母らしいやりかただから。

わたしたちも暖炉を囲んで腰をおちつけた。

「ポピーのことはどうなさいます？」ヒューズ卿が庇護してくれるといいのだが。

「ここに引き取るよ」

ヒューズ卿はわたしの目を見て、きっぱりとそういった。わたしはうなずき、ほほえんだ。アリステアが抱いている妹への偏見に卿が同調せず、ポピーを庇護してくれるのはうれしい。

わたしたちはしばらく黙っていた。それぞれがアリステアのことを考えていたのだと思う。口に出していおうとする者はいなかったが、アリステアはまちがいなく、残りの生涯の大半を鉄格子の向こうですごすことになるだろう。それも、運がよければ、の話だ。

ヒューズ卿はじっと暖炉の火を眺めていたが、やがて沈黙を破った。「愚かな甥のせいで、みんなを巻きこんでしまってすまなく思っているよ。それに、サイモンの命が奪われたことのしも」静かな口調だったが、顔は苦悶にひきつっていた。

「あなたのせいではありませんよ、エドワード」ミリー叔母は手をのばして、卿の手をつつみこんだ。卿は叔母の顔を見て、あたたかく微笑した。このぶんでは、叔母は当初の心づもりよりも長く、ここに逗留《とうりゅう》することになるのではないかという気がする。

わたしはハモンド大佐にいった。「あなたはどうなさるんですか、クリス？　ロンドンのロイヤル・エアロ・クラブにお帰りになる？」

大佐は小さく笑みを浮かべた。「もう少し、ここに滞在することになると思います」ヒューズ卿が笑顔でうなずくのを見て、大佐はわたしにいった。「お望みなら、あなたも飛行訓練をつづけられますよ、ジェーン」

プロペラ機を操縦するライセンス取得に必要な訓練を、最後までやりとげる気があるのかどうか、自分でもよくわからない。確かなのは、もうあまり時間がないことだけだ——帰国までの時間が。だが、あんなことがあったあとでも、わたしはまた空を飛びたい。その気持に迷いはない。

「そうね、緊急着陸の練習をしたほうがいいみたい。次はもっとスムースに着陸できるように」

レドヴァースは呻《うめ》き、ハモンド大佐は哄笑した。

そのあとはゆったりと時間がすぎていき、それぞれが静かにもの思いにふけっていると。レドヴァースが立ちあがった。

「ちょっと時間をもらえませんか」

レドヴァースはそういって、わたしの手を取り、すわっていたわたしを引っぱって立たせた。片手にウィスキーのグラスを持ったまま、レドヴァースは居間を出て図書室に向かった。

図書室に入ると、わたしはけげんな顔で彼を見た。

「きみとふたりだけで話したかったんだ」

レドヴァースがドアを閉める。わたしは胸がどきどきしてきた。「あと数日でここを引きあげて、仕事にもどらなくてはならないんだ。休暇をのばすわけにはいかなくて」

「休暇?」我ながらすっとんきょうな声が出てしまった。「なにか用があって、ここに来たんだと思ってたわ」ミリー叔母が彼に連絡した理由なら、訊かなくてもわかる。てっきり、叔母が彼を呼びつけたのだとばかり思っていたのだが。

レドヴァースはにやっと笑った。その顔を見て、胸の鼓動が一拍跳んだ。

「わたしがここでなにをしているか、叔母上から聞き出せなかったようだね」

わたしはゆっくりと笑みを浮かべた。「いろいろありすぎて、きっちり聞き出すのを忘れてしまったのよ。ねえ、休暇中だということを、わたしにいいたかったの?」

「そういうことだ」

「なぜここに?」

「きみに会うために」

息が止まった。一瞬だったが、もっと長く感じた。まさかレドヴァースがわたしに会うために、それだけのために、休暇を取ってこんな田舎にやってくるなんて、想像もできなかった。

「ええっと……そのう……人殺しの犯人を追いかけるのに休暇を使ってしまって、お気の毒だったわね」

「きみのそばにいると、平穏にはすごせないようだ」

どんな意味にもとれるけれど、聞き流すことにする。

「じきにアメリカに帰るつもりなの。クリスマスにまにあうように帰れればいいけど」

レドヴァースはうなずき、一歩足を踏みだした。

わたしはくちびるをゆがめて皮肉な笑みを浮かべ、顔を少しのけぞらせた。「ミリー叔母とヒューズ卿のようすからいって、わたしはひとりで帰国することになりそうだけど」

レドヴァースはウィスキーのグラスをテーブルに置いた。「いや、それはどうかな」

また息が止まった。彼をじっとみつめる。「どうして？」

謎めいた微笑が返ってきた。

そしてわたしは、そもそもなんの話をしていたのかすら忘れてしまった。

謝辞

有能な編集者であるジョン・スコナミリオと、すばらしい宣伝係のラリッサ・アッカーマンに深甚なる感謝を。おふたりといっしょに仕事ができたのは、ほんとうに幸運でした。そして、辛抱づよいロビン・クック、ありがとう。熱意あふれる仕事をしてくださったケンジントン社のみなさん、ありがとう。

辣腕《らつわん》のエージェント、アン・コレット。わたしを選んでくれたことを感謝しています。親しい友である、編集者のゾーイ・クイントン・キング。驚くばかりのタッグが組めましたね。日々、あなたに感謝していますよ。愛をこめて。

友人のカトリーナ・ニダス・ホウムとクリス・ホウム。あなたたちふたりがいなかったら、二作目はおろか、最初の本も上梓することはできなかったでしょう。あなたたちの友情と支援と激励、それに差し入れのパイ（飲み物の選択は貧弱だったけど）に感謝。顔を見られないのが残念。おふたりに月まで行って帰ってくるほどの愛を。

ミッドウエスト・ライド・オア・ダイの女性たち、ジェシー・ローリー、ローリ・レイダ・デイ、そして、スージー・カーキンズよ、ありがとう。いつも励ましてくれて、勇気づけてくれて、笑わせてくれたわね。愛してるわ。

コロナ・パンデミックのさなかに、初めての本が世に出るのは、ほんとうに不安でしたが、たくさんの人々の力を借り、助けてもらえました。心の底から、みなさんにありがとうといわせてください。なかでも、ジェシー・ローリー、ジョニー・ショウ、エリザベス・リトル、スージー・カーキンズ、ローリ・レイダ・デイ、キア・グラフ、ジョン・マクゴラン、アンドリュー・グラント、ブライアン・クエーターマス、サラ・ウェインマン、エリック・ビートナー、ジョン・ジョーダン、カトリーナ・マクファースン、ステフ・ゲイル、ジム・レトワール、ハーレイ・サットン、チャーリー・ブース、シェリー・ハリス、そして、ジム・ヒギンズに。声を大にしてありがとう！

友情と愛と支援に感謝。ターシャ・アレグサンダー、グレッチェン・ビートナー、キース・ブルベイカー、ケート・コンラッド、ヒラリー・デイヴィッドスン、ダン・ディストラー、マシュー・フィッツシモンズ、ダニエル・ゴルディン、アンドリュー・グラント、グレン・エリック・ハミルトン、キャリー・ヘネシー、ティム・ヘネシー、メーガン・カンタラ、ステフ・キレン、エリザベス・リトル、ジェニー・ロア、エリン・マクミラン、ジョエル・マクミラン、パトリック・マッカーヴィル、マイク・マクレイ、ケティ・マイアー、トレヴァー・マイアー、パム・ネルスン、ローレン・オブライエン、マグレット・ペトリー、ニック・ペトリー、ブライアン・プライア、アンディ・ラッシュ、カイル・ジョー・シュミット、ジェイ・シェパッド、ベッキー・テスッチ、そして、ブライアン・ヴァンミッター。ありがとう。パトリック・マッカーヴィル、チャンスをくれてありがとう。わたしは幸運でした。

そしてすてきな家族に、感謝と深い愛を。レイチェル&ＡＪ・ノイバウアー、ドロシー・ノイバウアー、サンドラ・オルセン、スーザン・カトラル、サラ・キルザック、ジェフ&アニー・キルザック、ジャスティン&クリスティーン・キルザック、ジョシュ・キルザック、イグナシオ・カトラル、サム&アリアナ・カトラル、マンディ・ノイマン、アンディ、アレックス、そしてエンジェル・ノイマン。ありがとう。そして、堅固な支えである、夫であり友であるガンサー・ノイマンに感謝と愛を。

最後に、ベス・マッキンタイヤ。長年の友情に感謝。ベティ、ボブ、Ｂ・マック、ベッレヘムをもじってベスレヘム、ビーなど、いろいろな愛称で呼ばせてもらいましたね。

わたしがピーナッツバターで、彼女はジェリー。わたしはバートで、彼女はアーニー。〈桃の絵文字〉を送ります。

訳者あとがき

前作『メナハウス・ホテルの殺人』と同じく、本書の時代背景も一九二六年。だが、舞台は、九月なかばの暑いエジプトから、十月なかばとはいえ、涼しいをとおりこして寒いほどのイギリスに移る。南から北へ、主人公ジェーン・ヴンダリーの旅はつづいている。

イギリスでは、叔母の古い友人ヒューズ卿の領主屋敷《マナーハウス》、ウェッジフィールド館《やかた》に滞在している。ここは、エジプトで知り合ったリリアン・ヒューズの実家でもある。

短いあいだに激変した環境や気候にもなじみ、平穏な暮らしに少し退屈してきたおりに、ジェーンは、館の主であるヒューズ卿が複葉機の飛行訓練を受けていることを知る。ジェーンが自分もやってみたいとたのんでみたところ、快く許可してもらえた。訓練を受けてみると、自由と解放感に満たされ、ジェーンは空を飛ぶ楽しさに魅了される。退役したイギリス空軍大佐が専任の教官として同乗しているので、安心して訓練に励めるのだ。

こうしてジェーンが充実した日々をおくっているさなかに、ヒューズ卿の自家用車を運転していた若い使用人が事故で死亡する。その悲報を知らせてきたのは、なんと、あのレドヴァース。エジプトで思いもしなかった事件に巻きこまれたジェーンが、自分にかけられた容疑を晴らしたくて、探偵のまねごとをしているさいに力を貸してくれた、あのレドヴァースだ。協力して真相を解明したあと、彼とはエジプトで別れたのだが、ジェーンはまさか再会することがあるとは予想もしていなかった。レドヴァースはヒューズ卿とは以前からの知り合いで、彼もまたウェッジフィールド館を訪ねてきたところ、館の近くで事故現場に遭遇したのだ。

しかし、地元警察の捜査で、事故ではなかったことが判明した。事故車には、殺意をもった何者かによって細工が施されていたのだ。そのため、ミリー叔母は狙われたのはヒューズ卿ではないかと懸念し、ジェーンに事情を探ってほしいとたのむ。ジェーンも真相を知りたくて、またもや探偵のまねごとを始める。今回も調査にはうってつけの、レドヴァースという絶好のパートナーがいる。さっそく、館の使用人たちにあれこれ訊いてみようとジェーンが動きだすと同時に、館の内外で、次々に不審な出来事が起こる。

というわけで、ジェーンとレドヴァースのコンビ、ふたたび。

作者エリカ・ルース・ノイバウアーは現代のアメリカ人なので、前作も本書も、いわば時代小説ということになる。八年前に（第一次）大戦が終結したとはいえ、戦争の暗い影がまだ色濃く残っている時代で、本書にもそれが反映している。

それにしても、ジェーンはアグレッシブというか、大胆というか、周囲の人々の意表を衝く行動をとる。前作では、基本的な運転講習しか受けていないというのに、異国の公道でトラックを動かしたし、本書では、複葉機の飛行訓練に挑んでいる。車の運転もまだそれほど一般的ではない時代だ。複葉機の操縦ときては、空軍のパイロットを別にすれば、男でも少数の者しか体験できないはずだ。ジェーン自身はスポーツが苦手で、あまり興味もない。体力に自信があるわけでもない。だが、運動神経がまるっきりないかというと、そんなことはない。乗馬はできるし、ラクダも乗りこなせる……のだが。

結婚して夫に従い、家庭を守り、子どもを育てるのが〝女の務め〟だった時代に、ジェーンがここまで行動的なのは、つらい過去にむしばまれたアイデンティティを立て直したくて、できることは、あるいは、できそうなことは、なんでもやってみようという心意気の現われだろうか。

次作は、いよいよアメリカに帰ることになったジェーンが乗りこんだ、北大西洋航路の船上が舞台。一九一二年に氷山に衝突して沈んだ、かのタイタニック号と同じ航路をたどる大型の豪華客船のなかで、どんな事件が待っているのか、どうぞご期待ください。

二〇二三年　初夏

山田順子

検印
廃止

訳者紹介 1948年福岡県生まれ。立教大学社会学部社会学科卒業。主な訳書に、アーモンド『肩胛骨は翼のなごり』、キング『スタンド・バイ・ミー』、クリスティ『ミス・マープル最初の事件』、リグズ『ハヤブサが守る家』、プルマン『マハラジャのルビー』など。

ウェッジフィールド館の殺人

2023年7月14日　初版

著　者　エリカ・ルース・ノイバウアー
訳　者　山《やま》　田《だ》　順《じゅん》　子《こ》

発行所　(株)　東京創元社
代表者　渋谷健太郎

162-0814/東京都新宿区新小川町1-5
電　話　03・3268・8231-営業部
03・3268・8204-編集部
URL　http://www.tsogen.co.jp
DTP　工　友　会　印　刷
暁　印　刷　・　本　間　製　本

乱丁・落丁本は、ご面倒ですが小社までご送付ください。送料小社負担にてお取替えいたします。

ISBN978-4-488-28608-8　C0197